Nina Schindler / Rosie Rushton

Geliebte Brieffeindin – P. S. He's mine

OMNIBUS

Foto: © Frank Pusch

Foto: © John Roan

DIE AUTORINNEN

Nina Schindler, geboren 1946, lebt mit ihrer Familie in Bremen. Sie war viele Jahre Lehrerin an einer Gesamtschule und arbeitet heute als freie Autorin und Übersetzerin.

Rosie Rushton arbeitet als Journalistin für verschiedene Zeitungen und verfasst Reportagen für Zeitschriften. Besonders gern schreibt sie über Teenager und Familienbeziehungen. Rosie Rushton lebt in Northamptonshire und hat drei erwachsene Töchter.

»Geliebte Brieffeindin« ist das erste gemeinsame Buch von Nina Schindler und Rosie Rushton. Es ist nicht nur ein E-Mail-Roman, es entstand auch in einem lebhaften E-Mail-Dialog zwischen beiden Autorinnen. Nina Schindler hat ihren Teil ursprünglich auf Englisch geschrieben und ihn anschließend selbst übersetzt. Ein bisher einmaliges Experiment im Bereich Jugendbuch.

Von beiden Autorinnen sind zahlreiche Titel bei C. Bertelsmann und OMNIBUS erschienen.
Weitere Titel beider Autorinnen sind in Vorbereitung.

Nina Schindler
Rosie Rushton

Geliebte Brieffeindin

Ein E-Mail-Roman

Teile aus dem Englischen
von Nina Schindler

OMNIBUS

OMNIBUS

Der OMNIBUS
Taschenbuchverlag
gehört zu den Kinder-&
Jugendbuch-Verlagen
in der Verlagsgruppe
Random House
München Berlin
Frankfurt Wien Zürich

Band 20955

Umwelthinweis:
Dieses Buch wurde auf chlorfrei gebleichtem Papier gedruckt.

Erstmals als OMNIBUS Taschenbuch Juni 2001
Gesetzt nach den Regeln der Rechtschreibreform

Erstellung der Vokabelangaben und des Glossars:
Terry Moston, English Teaching Materials, Fröndenberg
Die englische Ausgabe erschien 2000 unter dem Titel
»P. S. He's mine!« bei Piccadilly Press, London
Übersetzung: Nina Schindler
Lektorat: Kerstin Wendsche
Umschlagbild: Sabine Kranz
Umschlagkonzeption: Klaus Renner
Kn · Herstellung: Peter Papenbrok
Satz: Uhl + Massopust, Aalen
Druck: Presse-Druck Augsburg
ISBN 3-570-20955-5
Printed in Germany

www.omnibus-verlag.de

10 9 8 7 6 5 4 3 2 1

1

@

Von: Ellie <elliefin@email.com>
Gesendet: Mittwoch, 30. August 2000 21:40
An: Friederike Hofmann <ihofmann@uni-bremen.de>
Betreff: How dare you!

An Frederi... Frieder... Freddie!

Dear Frederi... Frieder... Dear Freddie,
Surprised to hear from me? I bet! I guess you thought you could get away with your devious litte tricks undetected. Dream on! I got my camp newsletter today, with everyone's phone numbers and e-mail adresses – which means I can zap this to you right now and tell you just what I think of you! Not that I think of you more often than I have do – I don't want to pollute my mind.
I suppose you think you've been really clever – not that there's anything new in that; you spent the whole four weeks at Lac Léon acting as though you were a cut above everyone else at camp. Well, you're not – and for your information, Marc reckons you're a dweeb too.
Oh yes – he told me that you sent him an e-mail the very second you got home; it arrived as he was halfway through the mega-long e-mail he was writing to me, if you must know! He told me all about it – because some

people are honest in their relationships, which is something your devious little mind would find hard to understand, I guess.

Ellie Finch drehte sich von der Tastatur weg und griff nach der E-Mail, die sie gerade kurz vorher ausgedruckt hatte. Ihre Augen überflogen die zwei Absätze und sie biss sich auf die Unterlippe. Marc – der wundervolle, hinreißende, sexy Marc – hatte eigentlich gar nichts über Freddie gesagt, aber da konnte man ja ein bisschen nachhelfen …

Sie drehte sich wieder zum Bildschirm um.

@

He says that he had a very twee note from little Rieke Hofmann which he supposed he would have to reply to as it was all part of the job of camp counsellor to be friendly to everyone and besides, he had to forward you the camp newsletter. So when you get his e-mail, DON'T start imagining that you two are an item because you're not. And never will be.
You may have stolen the part of Portia from me in the camp play, you may have bagged the best seat on the coach on every single trip out and you may, because of your oh-so-loaded mummy and daddy, but you needn't think you can swan in and take Marc off me.
Remember, it was me he danced with at the end-of-camp disco, not you. Anyway, didn't you say you liked your precious horse more than people? So go ride it.
With love (No way, cross that out!)
Goodbye!
Ellie

PS He's mine, and don't you forget it!

Von: Friederike Hofmann <ihofmann@uni-bremen.de>
Gesendet: Donnerstag, 31. August 2000 18:30
An: Ellie Finch <elliefin@email.com>
Betreff: Leave me alone!

SO WHAT? Go and tell your lies wherever you want but leave me alone! You expect me to believe that Marc wrote a long e-mail to you? You know as well as I do that Marc's English would not be good enough to correspond with you. You think he's had a crash course since the camp has ended? And don't tell me he wrote to you in French because you certainly wouldn't have a clue what »dweeb« would be in French! The only thing you have in common with him is a big ignorance of foreign languages and don't expect me to excuse myself if I speak more than one language, because I did not like living in the USA for a whole long year and, rest assured, after this summer I don't like the English one tiny little bit better than the Americans!
No, Marc's letter to the one and only you was an official camp letter, composed by whomsoever to send to everyone, but I'm not astonished you've fallen for it the same way you fell for every guy who even deigned to smile at you! Who has got a devious little mind, then, by writing e-mails like this? As to my oh-so-loaded mummy and daddy: this really is nothing to lose YOUR sleep about, got that? What do you know about my family life? Nothing. At least I was not all the time at camp moaning and tossing and turning about a letter from home like some other people I could mention here! Toss and turn and moan as long as you want to, but don't pester me again with stupid lies – OK?
F.

> PS You call that dancing? I would prefer another expression – perhaps clinging? Or engulfing? Or devouring? Sorry, my English vocabulary isn't up to your sort of behaviour ...

Friederike holte tief Luft, schluckte noch einmal und schickte die E-Mail dann ab. Ab mit dir!, dachte sie befriedigt. Und mit dir meine ganze Wut, meinen Ärger, meine Demütigung durch diese dumme Gans!

Was maßte die sich da eigentlich an? Dieses kleine Miststück! Ging hin und vermieste Rieke das Wunderbarste, was ihr jemals widerfahren war!

Rieke schloss die Augen und träumte sich wieder zurück nach Südfrankreich, unter diese riesigen Pinien, roch deren eigenartigen herben Duft, fühlte, wie die Luft flimmerte, wenn alles in der Mittagshitze schmorte und die Sonne herunterknallte – sah sich selbst den kleinen Pfad am See entlang zur Bootshütte eilen – denn dort wartete jemand auf sie, und sie spürte wieder die Erregung und die Atemlosigkeit ...

»RIEKE!« Die Stimme ihrer Mutter.

Rieke machte die Augen wieder auf und sah auf den Bildschirm vor sich.

»Ich komme!«, rief sie und schaltete den Computer aus.

2

@

Von: Ellie Finch <elliefin@email.com>
Gesendet: Freitag, 1. September 2000 09:01
An: Friederike Hofmann <ihofmann@uni-bremen.de>
Betreff: Grow up!

Freddie,
You just can't bear to believe that when two people are in love, they will go to any lengths to communicate with one another, can you? Marc's English may not be as good as the oh-so-brilliant Friederike I-Love-Myself-To-Pieces Hofmann's but there are such things as dictionaries, you know! Besides, words of love are universal...

Ellie las den letzten Satz mit einigem Stolz. Der klang doch wirklich gut. Ich liebe dich. Je t'aime. Man brauchte gar keine Sprachwissenschaftlerin zu sein, um in die Augen eines Jungen zu schauen und zu wissen – ganz sicher und zweifelsfrei zu WISSEN –, dass er einen liebte. Wie hatte Marc sie immer genannt? Jolie, charmante...

So, Miss Hofmann, nun hör mal gut zu!

@

... not that I'd expect you to understand, considering no one has probably ever whispered anything even mildly seductive into your ear. And as for you accusing me of knowing nothing about your family, that's rich! All we ever heard about was how wonderful your brothers were and how Basti was going bike riding (big deal!) and how Mummy was some university high-flyer and dearest Daddy travels the world being mega clever with computers. Oh yawn, yawn! I notice that none of them took time out to write to you, though – unless you count that postcard with three words scrawled on the back. And I did not MOAN over my letters.

Ellie hielt inne und suchte nach einer glaubwürdigen Erklärung für den schrecklichen Albtraum, den sie nach dem Brief von ihrer Mutter hatte, in dem stand, ihr Stiefvater sei schon wieder seit Tagen verschwunden. So eine Erklärung konnte doch nicht so schwierig sein – schließlich erfand sie, schon so lange sie denken konnte, ständig Geschichten, um die Wahrheit zu verbergen. Das Blöde war nur, dass sie nicht genau wusste, was sie während dieser Albträume gesagt hatte – aber Träume musste man ja nicht großartig erklären. Die waren auch gar nicht das Schlimmste, das Entsetzliche waren die Erinnerungen, wenn sie manchmal im halb wachen Zustand die schreckliche Zeit wieder durchmachte, als ...

Nein. Schluss. Lass das. Schreib weiter.

@

I guess if you had heard that your gran had fallen down in the road and narrowly missed being hit by a car, you might get a bit upset.

Das klang doch ganz gut – schließlich stürzten alte Leute immer mal wieder.

@

Although, come to think of it, probably not. You're too wrapped up in yourself to care about anyone else. Let's face it, you did everything you could to get out of camp chores (did you ever wash up, one single time?) and you even refused to help backstage because you were the superstar.
And talking of bedtime, at least I grew out of taking soft toys to sleep with me when I was about seven, never mind stroking them and sucking my thumb! Hardly the sort of alluring behaviour that suggests you are anywhere near ready for a mature adult relationship with a man, is it?

Ein plötzliches heftiges Hämmern an der Haustür störte Ellie in ihren Gedanken. Alarmstufe eins. War das etwa …?

Nein. Bitte, nicht schon wieder dieser Stress.

Sie hielt die Luft an, während sie auf die Schritte ihrer Mutter unten in der gefliesten Diele lauschte.

»Ein Päckchen – bitte hier unterschreiben!«, hörte sie eine Stimme durch das kleine Reihenhaus bis hoch zu ihr. Sie stieß die Luft in einem langen Seufzer der Erleichterung wieder aus.

»Ellie!« Jetzt schallte die Stimme ihrer Mutter durchs Haus.

»Ich komme!« Ellie griff nach der Maus und überflog, was sie geschrieben hatte. Es hörte sich, na ja, ziemlich großspurig an. Vielleicht sollte sie das mit dem Schmusetier löschen und …

»Elinor!« Die Stimme ihrer Mutter hörte sich ganz eindeutig nicht so an, als ob sie noch länger trödeln durfte.

@

Now if you don't mind, I have a life to get on with. May I suggest you go out and get one too?
Ellie

PS He's mine and don't you forget it!

Sie klickte die entsprechenden Tasten und – schwups! – war ihr Brief in Bremen. Wohl bekomm's!

3

Rieke saß regungslos vor ihrem Computer. Sie hatte eigentlich nur nachsehen wollen, ob eine neue E-Mail von Marc gekommen war, denn mittlerweile waren es schon zwei lange Tage ohne ein Sterbenswörtchen von ihm – und da war sie wieder! Ellie Finch, dieses unglaublich unverschämte Ekelpaket, dieses Miststück, die sich in den vier Wochen so schrecklich angestrengt hatte, um Rieke die Ferien zu verderben ... Die ihr fast das Mitspielen in dem Shakespeare-Stück vermiest hatte ... Die immer dreckige Witze erzählte und sich kaputtlachte, wenn ihre Zuhörer wie Rieke schockiert waren ... Na ja, nicht direkt schockiert, aber wahrlich »not amused«, oder hatte Rieke sich da wie die alte Queen Victoria aufgeführt?

Rieke runzelte die Stirn. Wieso konnte dieses Mädchen auf der anderen Seite des Ärmelkanals sie bloß so wütend machen? Warum ließ sie die so dicht an sich ran? Rieke holte tief Luft, und ohne lange nachzudenken, fingen ihre Finger ganz von allein an zu tippen.

@

Von: Friederike Hofmann <ihofmann@uni-bremen.de>
Gesendet: Freitag, 1. September 2000 09:53
An: Ellie Finch <elliefin@email.com>
Betreff: Off you go!

> Dear Miss Finch!
> Would you please be so kind and erase my name and address from your e-mail list? Let me remind you that it was you who started throwing that Internet garbage at me and as I'm not at all interested in receiving more of that spiteful dirt, I ask you very politely to leave me alone.
> Go and write to whoever wants to be written to by you – which I certainly don't. As to who belongs to whom this is certainly not for you alone to decide. May I therefore suggest you leave that to the people concerned?
> There is really not all that much to be thankful to you for, but if you could direct your writing attentions to someone else I would be awfully obliged.
> FH

Rieke schickte die E-Mail ab und ließ langsam die Luft aus ihren Lungen entweichen. Erst jetzt wurde ihr klar, dass sie wie eine Verrückte in die Tastatur gehauen hatte.

Verdammt! Warum ließ sie sich von der Tussi denn so in Rage bringen? Zwischen dieser Ellie Finch und Marc konnte es doch gar nichts geben! Bestimmt nicht! Unmöglich! Das waren doch alles nur Lügen, die Ellie sich ausdachte, um ihr wehzutun! Eine armselige Retourkutsche, weil sie damals die Rolle der Porzia im »Kaufmann von Venedig« nicht gekriegt hatte! Und was sollten all diese gemeinen Anspielungen auf Riekes Familie? Warum war Ellie bloß so eifersüchtig? Was war denn so Tolles an Eltern, die fast nie zur selben Zeit im gleichen Zimmer waren? Was war denn so wahnsinnig interessant an dem Geld, das die beiden verdienten und das sie offensichtlich nicht in die alte Scheune investierten, die sie ihr Haus nannten?

Hatte sie in den Ferien wirklich so angegeben, wie Ellie

behauptete? War es nicht Anna gewesen, die dauernd von zu Hause und ihrer Familie gesabbelt hatte? Na ja, Anna hatte ja auch eine Menge, womit sie angeben konnte…

Rieke drehte sich um, beugte sich zu ihrem Bett runter und angelte sich ihre kleine schwarze Plüschkatze. Was für blöde Unterstellungen!, dachte sie zornig. Als ob es noch nie einen Jungen gegeben hätte, der scharf auf deinen Platz in meinem Bett gewesen wäre! Komm, Fritzchen, ich hab dich immer noch lieb, denn du bist ein Geschenk von meinem großen Bruder Anton, als ich geboren wurde. Der war damals schon dreizehn und ich finde das unheimlich lieb von ihm, dass er so eine kleine Schwester überhaupt zur Kenntnis genommen hat.

Rieke seufzte. Tja, es war schon schön mit großen Brüdern – aber nun waren sie fast alle aus dem Haus: Drei wohnten weit weg und sogar Basti, der bloß drei Jahre älter war, hing mehr bei seinen Kumpels in Bremen ab, als dass er hier in dem kleinen Dorf auftauchte – das war ihm zu weit weg von der Szene.

Rieke fühlte sich sehr allein.

Am besten, sie fuhr los und sattelte Merlin zu einem langen Ausritt. Dann war sie zwar immer noch allein, aber wenigstens hatte sie ihr Pferd dabei.

Doch bevor sie aufstand, schaltete sie den Computer aus. Einige Sekunden lang starrte sie auf den leeren Bildschirm. Marc hatte nicht geschrieben.

Dann eben nicht. Vielleicht morgen. Das war doch etwas, worauf sie sich freuen konnte.

Aber wenn dann immer noch nichts gekommen war?

Sollte sie ihm schreiben?

Sie reckte die Schultern und warf Fritz aufs Bett. Nein, sie würde ihm nicht – mit Betonung auf *nicht* – nachlaufen. Aber schon als sie die Tür zu ihrem Zimmer hinter sich zumachte, begann sie in Gedanken einen Brief an ihn zu entwerfen:

Marc, mon cheri, je suis desésperée d'attendre de tes nouvelles. Je ne sais pas comment survivre jusqu'à demain …

Rieke seufzte. Nein, im Moment wusste sie wirklich nicht, wie sie es ohne ein Wort von ihm bis morgen aushalten sollte!

4

Ja, ja, JA! Ellie boxte triumphierend mit der Faust in die Luft und rannte wie eine Wilde die Treppe hoch – immer zwei Stufen auf einmal. Jetzt war sie Rieke gegenüber im Vorteil – sie konnte es kaum erwarten, den Computer anzuschalten und loszuhämmern. Sie wünschte sich, sie hätte vor einer Stunde die andere E-Mail nicht abgeschickt, denn was sie dieser Zicke jetzt zu schreiben hatte, würde der ein für alle Mal das selbstzufriedene Lächeln von ihrem dämlichen Gesicht wischen.

Ellie knallte die Zimmertür hinter sich zu, drückte die Anschalttaste und trommelte ungeduldig mit den Fingern auf der Tischplatte rum, während sie darauf wartete, dass der Bildschirm lebendig wurde. PING! Da war was im Briefkasten!

Doch hoffentlich nicht schon wieder diese blöde Kuh? Aber wer konnte es sonst sein? Marc! Natürlich – super!

Sie öffnete die Inbox und sah gebannt auf den Bildschirm. Eine Mail von I. Hofmann wurde angezeigt. Was zum Teufel…? Die Enttäuschung traf Ellie wie ein Fausthieb in die Magengrube. Gar kein Marc. Freddie.

@

Dear Miss Finch! Would you please be so kind ...

... erase my name and address ... not at all interested in receiving more ...

Ach ja? Na, damit würde sie aber nicht so leicht davonkommen. Schon gar nicht bei den Neuigkeiten, die sie für diese Madam da in Deutschland hatte.

@

Von: Ellie Finch <elliefin@email.com>
Gesendet: Freitag, 1. September 2000 10:17
An: Friederike Hofmann <ihofmann@uni-bremen.de>
Betreff: You wish!

Liebes Fraulein Hofmann (since you insist on such formality),
I was in the middle of opening Marc's parcel when your e-mail arrived.

Super – da würde sie vor Wut bestimmt platzen!

@

Bless him, he really shouldn't have – but I guess sending me something made him feel closer to me.

Na und?, blaffte sie ihr Gewissen an, als es da ein bisschen zu piksen anfing, schließlich hab ich ja nicht richtig gelogen. Er hat mir doch was geschickt – okay, auch wenn es nur das blaue Turnhemd war, das ich in der Umkleidekabine vergessen hatte.

Da kein Name innen angenäht war, musste er sie also jeden Tag genau beobachtet haben, um zu wissen, dass es ihr gehörte. Bestimmt war er von ihrem Anblick hingerissen gewesen. Ein leises Lächeln spielte um Ellies Lippen, als sie ihn in Gedanken im Schatten der großen Pinien stehen sah, wie er sie heimlich beim Toben mit den anderen beobachtete, oder als sie sich vorstellte, wie er absichtlich vergaß, wohin er ein Requisit zum »Kaufmann aus Venedig« gelegt hatte, damit er Ellie bitten konnte, es für ihn zu suchen. Wenn es diese Freddie nicht gegeben hätte, dann hätte garantiert eine gewisse Ellie Finch die Rolle der Porzia gekriegt und mit Marc als Bassanio auf der Bühne gestanden – aber natürlich hatte sich das deutsche Fräulein da reindrängeln müssen und einfach behauptet, sie hätte die Rolle schon mal an ihrer Schule in Amerika gespielt und könnte sie noch auswendig. Und wenn man dann auch noch massenhaft lange blonde Haare hatte, spielte echtes Talent sowieso keine Rolle mehr.

@

Of course, I will now follow your suggestion and go and write to who I want to – Marc, actually, to thank him for the parcel and the lovely little note...

Na gut, auch wenn dieser kleine Brief nur aus einem Zettel bestand, auf dem »Hallo, Ellie, eines schönen Tages wirst du noch mal deinen Kopf vergessen. Alles Gute, Marc***« stand und er als Liebesbrief bestimmt nie einen Preis gekriegt hätte – aber immerhin hatten da hinter dem Namen noch die drei Sternchen gestanden und die bedeuteten doch zweifellos Küsse oder irgend so was. Wahrscheinlich hatte jemand neben ihm gestanden, während er das Briefchen schrieb, und deshalb hatte er nicht mehr über seine Gefühle schreiben können.

Aber warum hatte sie dann nicht schon längst eine E-Mail von Marc bekommen? Hatte Freddie am Ende Recht, und Marc hatte diese erste E-Mail wirklich an alle Campteilnehmer geschickt? Nein, garantiert nicht! Darin hatte doch gestanden, dass er hoffe, es ginge ihr wieder besser, und sie solle nicht vergessen, was er ihr gesagt hatte. Als ob sie das jemals vergessen könnte – jedes seiner Worte war bis in alle Ewigkeit in ihr Gedächtnis eingemeißelt.

@

... the French are so romantic, aren't they? Oh sorry – of course, you wouldn't know about that. I guess someone whose entire conversation revolves round some stupid horse can't expect mature men to engage in anything other than the most superficial of conversations.

Ellie las den letzten Satz und nickte zufrieden. Sie hatte den Bogen raus im Schreiben, das sagte ihr auch ihre Lehrerin Mrs. Wilson immer. Das kam bestimmt daher, weil Ellie pausenlos am Lesen war – und das hatte sich ja auch bei Marc als sehr vorteilhaft erwiesen, weil sie beide Stephen-King-Fans waren.

Sie lehnte sich auf dem Stuhl zurück und dachte an den Abend zurück, als Marc sie neben dem alten Bootshaus überrascht hatte, während sie sich dort ausheulte.

Natürlich war ihr das wahnsinnig peinlich gewesen, besonders weil sie genau wusste, dass ihre Nase dann lila wurde und ihre Augenlider anschwollen. Aber er hatte so getan, als sähe er das nicht. Er hatte sich einfach neben sie ins Gras gehockt und ihr schweigend ein Taschentuch hingehalten.

»Du hast traurig?«, hatte er sie leise gefragt und Ellie war aufgefallen, dass sich das viel poetischer anhörte als das übliche »Was 'n los?«, das sie von ihren Freundinnen zu hören bekam, wenn der Horror von zu Hause sie bis in die Schule verfolgte und sie ihre Verzweiflung nicht mehr länger unterdrücken konnte.

»Du traurig ohne deine Familie, ja?«, hatte er sich fürsorglich erkundigt, als sie mit der Antwort gezögert hatte, während sie in ihrem Hirn verzweifelt nach einem annehmbaren Grund für ihre Heulerei suchte.

»Nein – eigentlich habe ich …«

Aber genau in diesem Augenblick hatte es gegongt, die Musik-AG fand zum ersten Mal statt und Marc war aufgesprungen.

»Komm!«, hatte er gesagt und sein braun gebranntes Gesicht hatte sich in lauter Lachfältchen verzogen. »Wir spielen – du fröhlich. Musik ist – wie sagt man auf Englisch …?«

Er runzelte die Stirn und suchte offensichtlich nach dem richtigen Begriff.

»The food of love?«, schlug Ellie vor und freute sich, dass ihr das Zitat gleich eingefallen war. Sie rieb sich die Augen und gab sich riesige Mühe, überlegen und erfahren auszusehen.

Marc hatte sie strahlend angelächelt und die Hände zusammengeschlagen.

»Also du bist auch begeistert von Shakespeare, ja? Ich auch. Oh, das ist gut – schon haben wir was Gleiches. Also – komm!«

Dann hatte er sich zu ihr hinuntergebückt, ihre Hand ergriffen und sie hochgezogen. Sie hatte nicht sprechen können. Bei der Berührung seiner Finger waren kleine elektrische Schläge durch ihren Arm gezuckt und ihr waren die Knie ganz weich geworden.

»Vielleicht«, sagte er auf dem Weg zum Musikbungalow, »machst du mit bei Theater, ja?«

Ellie hatte gezögert, denn ihre Freundin Lisa war bestimmt beleidigt, wenn sie bei der Musikgruppe nicht mitmachte, sondern zur Theatergruppe ging. Und eigentlich hatte sie ja auch ein paar Gesangsstunden nehmen wollen.

»Hm ...«, sagte sie unschlüssig.

»Ich - ich bin Regisseur«, sagte Marc dann stolz. »Und ich spiele auch Hauptrolle. Aber wenn du keine Lust ...«

»Oh doch«, hatte Ellie sofort widersprochen, »oh doch, ich habe große Lust.«

Ganz bestimmt hätte sie auch eine Hauptrolle gekriegt, da war sie sich ganz sicher, wenn es nicht diese hinterlistige, intrigante, eingebildete Ziege gegeben hätte ...

@ I suppose you think

tippte sie weiter und wurde immer schneller, je mehr ihre Wut wieder zunahm,

@ that Marc gave you the part of Portia because he liked you. Well, let me put you in the picture. He chose you so that people wouldn't suspect about him and me.

Ihre Finger zögerten kurz. Genau! Das war bestimmt der Grund! Ihr Unterbewusstsein hatte die Wahrheit zu Tage gefördert.

@ And he put me in charge of props because ...

Ellie kaute an der Unterlippe.

@

it meant we could spend time together working through the script and no one would guess what was really going on. Got it? Good! And now I will do what you asked and obliterate your name from my address list for ever. Goodbye and good riddance. Have fun with your horse! It has my sympathy.
Ellie Finch

Ellie überflog noch einmal rasch, was sie geschrieben hatte. Das war klasse, besonders die letzten beiden Absätze. Und so war es natürlich auch gewesen, genau so. Sie hatte es vorher nur noch nie unter diesem Blickwinkel betrachtet. Aber so war es doch stimmig, oder?

Sie schaltete ihren Computer aus, und bis sie runter in die Küche gegangen war, glaubte sie jede einzelne der Lügen, die sie da aufgetischt hatte. Aber sie war im Lügen sowieso sehr gut. Schließlich hatte sie das in den vergangenen vier Jahren reichlich üben müssen.

5

Friederike Hofmann glitt aus dem Sattel. Merlin war nicht mehr der Alte, keine Spur von ihrem sonst so übermütigen Kraftprotz – er hatte keinen Schwung und reagierte lustlos. Der kurze Galopp hügelaufwärts, den er sonst immer so genoss, hatte ihn total erschöpft und nun machte er einen völlig erledigten Eindruck. Nein, sein Fell war nicht glatt und seidig und von seinem Muskelspiel war nicht viel zu sehen – ihr geliebter Wallach war bestimmt krank. Sie stöhnte innerlich. Das bedeutete, sie musste den Tierarzt bitten herzukommen, und das war teuer... Seit ihrer Rückkehr aus Frankreich hatte sie den Eindruck, dass zu Hause das Geld knapp war. Als sie sich ein paar neue Klamotten zum Schuljahresbeginn kaufen wollte, hatte ihre Mutter protestiert.

»Nein, mein Schatz«, hatte Inge Hofmann gesagt, ohne die Augen von der Korrektur eines Tests von einem ihrer Studis zu heben. »Ich weiß schon nicht, wie ich uns durch den ganzen September füttern soll. Wenn du also unbedingt was Neues willst, dann musst du es selbst bezahlen. Vielleicht kann ich dir das Geld in ein paar Wochen zurückgeben.«

»Aber wieso denn?«

»Und mach bitte die Tür hinter dir zu, denn ich habe noch viel zu arbeiten.«

Rieke war ziemlich verwirrt aus dem Arbeitszimmer gegangen. Was war bloß los?

Sie waren nie richtig reich gewesen, aber bisher hatten sie nie sparen müssen – wahrscheinlich war es das gewesen, was Ellie Finch sich gedacht und worum die sie beneidet hatte. Tja, sie würde wohl mal Basti fragen müssen, wenn er heimkam. Aber Basti verbrachte oft die Nacht in Bremen und pennte bei einem seiner Kumpel – die hatten für ihn immer einen Schlafsack bereit, wenn er bleiben wollte.

Jetzt fürchtete Rieke sich davor, ihrer Mutter zu gestehen, dass Merlin den Tierarzt brauchte. Aber als sie sich ihren Braunen noch einmal genau ansah, wurde sie in ihren Befürchtungen bestätigt. Er hatte sich deutlich verändert. Sie striegelte sorgfältig sein stumpfes Fell, gab ihm Heu, prüfte, ob noch genug Wasser da war, und verließ den Stall. Sie holte ihr Rad und war fünf Minuten später zu Hause.

Oben in ihrem Dachzimmer zog sie die Reitklamotten aus, schlüpfte in Jeans und Sweatshirt und setzte sich an ihren Schreibtisch. Ach herrje – der Aufsatz! Was war noch mal genau das Thema?

Sie schaltete den PC an, und während er langsam auf Touren kam, suchte sie in ihrer Schultasche nach dem Heft. Ach, da war es ja! Das Aufsatzthema hieß: »Ein Mensch, der mich beeindruckte«.

Hm. Wer hatte sie denn mal beeindruckt? Ihr Vater? Na ja, vielleicht bis zum letzten Frühjahr. Aber während der letzten Monate hatte sie ihn nur selten zu Gesicht bekommen – entweder reiste er für seine Computerfirma im Land herum oder er versteckte sich in seinem Zimmer und pusselte neue Programme zusammen.

Sie seufzte. Nee, ihr ehemals so heiß geliebter Vater war kein Mensch mehr, der sie großartig beeindruckte. Wie war es mit Anton, ihrem ältesten Bruder? Rieke kriegte Gänsehaut, als sie sich an seine letzte Freundin erinnerte. Anton war eigentlich schwer in Ordnung, aber diese Nicole … Nö. Also insgesamt auch nix Beeindruckendes.

Aber … Rieke lächelte, bückte sich und holte den Brief hervor, den sie im Einband ihres Mathebuchs versteckt hatte.

Es gab in der Tat jemanden, der sie wahnsinnig beeindruckt hatte: Marc. Aber über den würde sie garantiert keinen Deutschaufsatz schreiben. Der hatte sie vielleicht beeindruckt … soooo sehr … Sie zog den Brief aus dem Umschlag und las die Worte, die sie längst auswendig konnte.

@

Ma chérie, ma petite sorcière blonde,
cela fait seulement trois jours que tu es partie et déjà je suis dévoré de désir pour toi … Je suis chez un copain, qui n'a pas internet, c'est pourquoi je t'écris une lettre …

Rieke schloss die Augen und versuchte sich an seine Stimme zu erinnern. *Du bist erst vor drei Tagen weggefahren und trotzdem bin ich ganz krank vor Sehnsucht nach dir …* Sie beschwor die vielen anderen Male in ihrer Erinnerung, als er ihr allen möglichen liebevollen Blödsinn ins Ohr geflüstert hatte, während er mit den Lippen ihren Hals streichelte. Einen Augenblick lang glaubte sie seine Berührung zu spüren und seine Haut zu riechen … Aber als sie die Augen aufmachte, saß sie immer noch an ihrem Schreibtisch und der Bildschirm wartete darauf, dass sie endlich mit ihrem Aufsatz anfing. Dann würde sie eben von dem Tierarzt Dr. Schütz schreiben, den bewunderte sie immerhin so, dass sie später auch mal diesen Beruf ergreifen wollte.

Ohne weiter nachzudenken, ging sie aber erst einmal online und suchte nach Post.

Oh nein! Schon wieder Ellie Finch. Aber warum? Sie hatte ihr doch gesagt, dass sie sie ein für alle Mal in Ruhe lassen sollte! Diese fiesen Unterstellungen und die lächerliche Behauptung, dass Marc sich was aus Ellie gemacht hätte, bloß weil er am letzten Abend mit ihr getanzt hatte …

Das hatte er nur getan, weil sie sich am Nachmittag so furchtbar gestritten hatten! Aber es hatte in der Nacht und am nächsten Morgen ganz früh noch reichlich Zeit für eine Versöhnung gegeben, als sie beide am Ufer des Lac Léon saßen und der Sonnenaufgang eine äußerst passende Kulisse für ihre leidenschaftlichen Umarmungen abgab. Erst als die Sonne an diesem letzten Tag schon ganz am Himmel stand, war Rieke in ihren Bungalow zurückgeschlüpft und hatte gehofft, dass keins der Mädchen gemerkt hatte, dass sie wieder einmal leise abgehauen war, nachdem die anderen eingeschlafen waren. In dieser Nacht hatte Ellie mal ganz fest geschlafen – die hatte bestimmt nicht mitgekriegt, dass Rieke sich heimlich mit ihrem … hm, na mit wem getroffen hatte? Mit ihrem Freund? Ihrem Liebhaber? Ihrer großen Liebe?

Nein, niemand hatte das erfahren, auch nicht Anna, die zwar eine Menge wusste, aber eben nicht alles.

Na, Miss Finch, dachte Rieke, dann wollen wir doch mal sehen, wie Sie heute Ihr Gift verspritzt haben! Rieke las den Text auf dem Bildschirm rasch durch, und bevor sie richtig wusste, was sie tat, tippte sie schon so schnell eine Antwort, wie ihre Finger die richtigen englischen Buchstaben nur finden konnten.

@

Von: Friederike Hofmann <ihofmann@uni-bremen.de>
Gesendet: Freitag, 1. September 2000 15:55
An: Ellie Finch <elliefin@email.com>
Betreff: Final!

Dear Miss Finch,
You are a laugh! I just can't resist writing to you one last time because you really have no idea at all about

Marc and me. You are jealous, spiteful and mean. You want to destroy something when you don't even have the slightest idea what it is. If it was not so evil it would be funny. What is Marc to you? A boyfriend? Well, then, go ahead and tell him because, rest assured, he has no idea of it.

Perhaps we can now end this farce.

Look for another enemy because I have no time for you and I have no fun with my horse, as you keep saying, because my horse is sick and I am very worried. So go ahead and rejoice, as this is something you always wanted to hear from me. I AM VERY UNHAPPY BECAUSE MY LOVELY HORSE IS SICK AND I HAVE NO MONEY TO PAY THE VET! Suits you well, doesn't it?

FH

6

»Was soll das heißen: Du hast ihn vergessen?« Ellie riss ihrer Mutter den Briefumschlag aus der Hand, ihr Herz pochte wie verrückt beim Anblick der französischen Briefmarke und beim Erkennen der mittlerweile vertrauten schrägen Handschrift. »Dieser Brief ist an mich – du hast kein Recht –«

»Ellinor, nun mach aber mal einen Punkt!« Ihre Mutter fuhr sich müde mit der Hand durch die Haare. »Ich habe wirklich wichtigere Dinge im Kopf, als den Briefträger zu spielen.« Sie warf Ellie ein Geschirrtuch zu. »Außerdem hättest du ihn längst gefunden, wenn du getan hättest, worum ich dich gebeten hatte, nämlich die Küche aufzuräumen. Er steckte hinter dem Toaster.«

Sie zeigte ärgerlich auf den Tellerstapel auf dem Abtropfbrett. »Du hättet hier längst mal was tun können.«

Ellie schleuderte das Tuch auf den Tisch. »Oh klar, immer ich – hack auf mir ruhig rum wie immer! Und warum kann Becky nicht auch mal was tun? Mit zehn Jahren ist man doch wohl im Stande, ein paar Teller abzutrocknen, oder? Warum bleibt alles immer an mir hängen?«

Aber Ellie brauchte gar nicht zu fragen, denn sie wusste die Antwort. Becky war der Liebling, Becky war diejenige, die allen immer Leid tat.

»Ist sie nicht süß?«, tuschelten die Verwandten immer. »Und so aufgeweckt und fröhlich, nach allem, was sie durchmachen musste.«

Und obwohl sie es niemals laut aussprachen, konnte Ellie die Bedeutung der Seitenblicke nur zu gut erraten, nämlich dass sie diejenige war, der alle die Schuld an dem gaben, was passiert war.

»Becky hat schon genug zu tun«, sagte Ellies Mutter und nahm ihre Tasche. »Und außerdem hattest du gerade einen Monat lang Ferien in Frankreich. Wenn ich mich recht erinnere, dann hast du damals geschworen, wenn du dorthin fahren dürftest, würdest du freiwillig ganz oft im Haushalt helfen.«

Ellie schwieg. Das konnte sie ja wohl kaum abstreiten – sie hätte ihrer Mutter das Blaue vom Himmel versprochen, damit sie vier lange Wochen von zu Hause wegdurfte.

Natürlich hatte sie ihre Mutter und ihre Schwester lieb, aber jeden Tag wurde sie an damals erinnert und jeden Tag wurden die Schuldgefühle wegen damals stärker. Wenn sie Becky dabei zusah, wie sie sich bei den Hausaufgaben Mühe gab, wie sie sehnsüchtig in den Schaufenstern Miniröcke betrachtete, oder wenn sie sie bei Sportfesten am Rand des Sportplatzes stehen sah – und wusste, dass sie selbst daran schuld war.

Aber ich war es ja nicht allein!, dachte Ellie verzweifelt. Wenn Dad nicht da gewesen wäre … Aber nein. Solche Grübeleien waren fruchtlos. Sie hatte Becky an der Hand genommen, sie hatte sie quer durch den Park gezerrt, den Abhang runter, zu dem Pfad am Kanalufer. Wenn sie das nicht getan hätte, könnte Becky immer noch mit ihren Freundinnen herumrennen und springen und Volleyball spielen. Wenn Ellie nicht gewesen wäre.

»Hast du gehört, was ich gesagt habe?« Die Stimme ihrer Mutter unterbrach Ellies Gedanken. Mrs. Grant sah müde aus, müde und erschöpft. Aber so sah sie in letzter Zeit eigentlich immer aus. Die Sorgen wegen Becky und der zweite Job, den sie angenommen hatte, nachdem Ellies Stiefvater arbeitslos geworden war, ließen ihr kaum Zeit für irgendwelchen Spaß.

Ellie sah rasch auf den Brief in ihrer Hand und plötzlich hatte sie das Bedürfnis, großzügig zu sein. Sie hatte ihren Brief von Marc und was hatte ihre Mutter?

»Also, hör zu«, fuhr ihre Mutter fort, »ich hole jetzt Becky ab – du weißt ja, wie sie sich immer aufregt, wenn ich mich verspäte. Wenn ich heimkomme, erwarte ich, dass diese Küche picobello aussieht. Und dass deine Schuluniform gebügelt ist. Okay?«

»Okay«, nickte Ellie und streichelte immer noch den Briefumschlag. »Ich versprech es dir.«

Ihre Mutter lächelte und zerzauste ihr liebevoll die Haare. »Gut. Das ist doch schon was.«

Sie öffnete die Küchentür, blieb stehen und drehte sich noch einmal zu Ellie um. »Es tut mir Leid, dass ich den Brief vergessen habe. Aber ich mach mir momentan so viele Sorgen, weil Dad doch wieder weg ist und …«

Ellies Magen machte einen unangenehmen Hopser. »Dad hat doch nicht –?«

Ihre Mutter schüttelte den Kopf. »Nein. Er hat nichts von sich hören lassen. Noch nicht.«

Ellie gab sich alle Mühe, ihre Erleichterung nicht zu zeigen.

»Aber er ruft bestimmt bald an«, sagte ihre Mutter mit gespielter Fröhlichkeit. »Ich bin mir ganz sicher. Und dann wird es bei uns wieder so werden wie früher.«

»Wie früher? Bei uns? Mensch, Mum, wach doch auf!« Die Wörter waren draußen, bevor Ellie sie wieder runterschlucken konnte.

»Ellie!«, brüllte ihre Mutter und dann holte sie tief Luft. »Hör mal, es ist nicht Dads Schuld.« Sie presste die Lippen kurz zusammen. »Ich will damit sagen, er macht das nur, wenn ihm die Dinge über den Kopf wachsen. Du musst ihm deshalb keine Vorwürfe machen.«

Ellie schluckte. Oh nein, man durfte Dad keine Vorwürfe machen. Denn dass er einfach tagelang verschwand, dass er unberechenbar war, dass er trank und dann die Kontrolle über sich verlor – das war schließlich alles ihre Schuld, nicht wahr?

»Das fing alles nach dem Unfall an…«

Wie oft hatte sie ihre Mutter diese Worte zu ihrer besten Freundin Isla sagen hören?

»Seit diesem Tag hat er sich so verändert… Becky ist nun mal sein Ein und Alles…«

Ellie biss sich auf ihren Daumennagel. Wenn es doch bloß mich getroffen hätte und nicht Becky. Wenn es mir passiert wäre, hätte ihm das nichts ausgemacht. Wenn ich im Rollstuhl sitzen würde, hätte er nicht dauernd diese schlechte Laune. Ich wünschte… Hör auf! Du weißt, was passiert, wenn du solche Gedanken wälzt. Lass das! Na los. Jetzt mach dir mal ein paar hübsche Gedanken. Marcs Brief in deiner Hand. Voll von Liebesschwüren. Denn Marc liebt dich wirklich. Ein Brief für dich.

»Du solltest jetzt aber losgehen, Mum!«, sagte Ellie. »Sonst kommst du noch zu spät.«

Sie wartete, bis die Haustür ins Schloss gefallen war, und dann riss sie das blaue Luftpostkuvert auf. Ihre Hände zitterten vor Vorfreude, als sie den Brief herauszog. Zwei Seiten! Zwei ganze Seiten!

@

Ma chérie,
cela fait seulement trois jours que tu es partie et déjà je suis dévoré de désir pour toi…

Ein wundervoller Schauder rieselte Ellies Rückgrat entlang. Auch ohne die Hilfe eines französischen Wörterbuchs verstand sie so viel, das Marc sich nach ihr verzehrte.

@

Est-ce que tu te souviens du soir dans le petit bois...

Ob sie sich an den Abend in dem Wäldchen erinnerte? Wie konnte sie den jemals vergessen! Ihr Blick huschte über die Seite und sie runzelte vor Ungeduld die Stirn. Nein, es reichte nicht, sie musste das Wörterbuch holen. Aber nein – dort unten auf dem Blatt standen ja auch ein paar englische Wörter.

@

So write to me soon, my little cabbage – each day I am looking at the mail to see is there a letter from you and each day I am disappointed to see nothing. Already I think you have forgotten your Marc...

Deinen Marc! Ellies Herz schlug bis zum Hals vor Entzücken. Hier war der Beweis, falls sie jemals einen vorzeigen musste. Was sie natürlich nie zu tun brauchte, denn sie hatte ja immer schon gewusst, dass Freddie Hofmann nur Ärger machen wollte. Aber trotzdem tat es wahnsinnig gut, diese Sätze zu lesen. Dein Marc!

Sie rannte die Treppe hoch und hatte den Abwasch völlig vergessen. Sie würde ihm gleich schreiben – nein, viel besser, sie würde ihm eine E-Mail schicken, denn bestimmt war er mittlerweile wieder zu Hause in Paris. Sie würde die leidenschaftlichen Sätze, die gerade durch ihren Kopf rasten, sofort druckreif formulieren, damit er gleich lesen konnte, was für wahnsinnig intensive Gefühle sie für ihn empfand. Der arme Liebling war ja ganz krank vor Sehnsucht.

Sie stieß ihre Tür auf und zog eine Grimasse. Sogar sie musste zugeben, dass das Zimmer wie eine Müllkippe aussah. Auf dem Fußboden lagen Klamotten, Bücher und angefangene Referate, die sie vor den Ferien aufgekriegt hatten und die sie eigentlich bis Montag, zum ersten Schultag, fertig haben sollte. Auf dem Schreibtisch lagen zwei Apfelgriebsche und eine Bananenschale in unterschiedlich fortgeschrittenem Verwesungszustand, der Nachttisch war voll gestellt mit halb leeren Kaffeetassen. Sie hob eine hoch und stellte sie auf den Tisch.

Aufräumen würde sie später.

Jetzt musste sie sich erst mal um wichtigere Dinge kümmern.

Sie schaltete den Computer ein.

@

My own darling Marc,
Your letter arrived today and my heart is full of unspoken emotion.

Sehr gut. Das musste sie dann nur noch irgendwie übersetzen.

@

You must never think I have forgotten you. I yearn to be with you; I miss you so much and live on the memories of those magical moments when we held one another close and shared our innermost secrets.

Was jetzt? Sie würde erst mal die ihr noch unverständlichen Stellen in seinem Brief übersetzen müssen, bevor sie wusste, worauf sie noch antworten musste, und dann …

Sie wollte gerade *nous devons oublier* nachschauen, als ihr Computer mit einem »Pling!« eine neue Nachricht anzeigte, sicher noch mehr Botschaften von Marc. Sie klickte sich ins Programm ein.

@ You know nothing!

Freddie! Wahnsinn! Das kam von dem Mädchen, das geschworen hatte, sie wollte nie mehr mit ihr reden!

Ellie grinste. Bestimmt würde Freddie sich wünschen, dass sie Ruhe gegeben hätte, wenn Ellie ihr nun die letzten Neuigkeiten auftischen würde! Jetzt konnte sie nicht mehr so tun, als ob sie Marcs einzige Freundin gewesen wäre, nicht nachdem Ellie ihr eine Inhaltsangabe seines Briefes gegeben hatte.

Arme Kleine, dachte Ellie selbstzufrieden, als sie den ersten Absatz der E-Mail las. Ich eifersüchtig? Von wegen! Warum sollte ich eifersüchtig sein? Eine pferdeverrückte Nuss, die sich Wunder was einbildet! Also wirklich!

@ ... my horse is sick and I am very worried... I HAVE NO MONEY TO PAY THE VET! Suits you well, doesn't it?

Ellie zwinkerte und las die Sätze noch einmal. Und noch mal. Es war der letzte Satz, der sie stutzen ließ. Aber ihre Gedanken drehten sich dabei nicht um Freddies Pferd. Sie erinnerte sich an einen lange zurückliegenden Tag, als ihr vor Angst ganz schlecht war und alle so wütend auf sie waren.

»Becky geht es sehr schlecht... Wir machen uns große Sorgen... Was soll das heißen, du kannst dich nicht erinnern? Du machst es dir wirklich sehr leicht... Du machst es dir wirklich sehr leicht... Du machst es dir wirklich sehr leicht...«

Plötzlich war Ellie nicht mehr vierzehn, sie war wieder zwölf Jahre alt. Und sie hatte Angst. Schreckliche Angst. Alle drangen mit Fragen auf sie ein, alle erwarteten Antworten. Nicht nur Mum und Dad, auch die Polizistin mit dem Lockenkopf und der Arzt in dem weißen Kittel. Becky lag völlig regungslos in dem großen weißen Krankenhausbett, ganz anders als zu Hause, wenn sie in dem Zimmer schlief, das sie miteinander teilten. Und immer wieder hörte sie Dads Stimme sagen: »Was hast du dir bloß gedacht? Wenn du gemacht hättest, was du solltest, wäre das nie passiert. Wie konntest du nur?«

Und Mum schluchzte: »Und sag nicht dauernd, du könntest dich nicht mehr erinnern … Du machst es dir wirklich sehr leicht …«

Ellie biss sich auf den Fingerknöchel, bis es wehtat. Aufhören! Nicht mehr daran denken!

Arme Freddie. Wenn es ihr mit dem Pferd so ging, wie ihr selbst damals bei dem Unfall ihrer Schwester … Aber das war ja lächerlich! Es war doch bloß ein Pferd, verdammt noch mal! Na gut, es gab ja Leute, die wegen so einem Vieh völlig ausrasteten, aber trotzdem …!

Und außerdem – was sollte das denn nun wieder: Sie könnte den Tierarzt nicht bezahlen? Ausgerechnet Freddie mit den teuren Designerjeans und Nobeltretern, die allen in Bungalow 5 fast jeden Tag ein Eis spendiert hatte, die tat jetzt auf einmal so, als sei sie knapp bei Kasse? Wenn man ein Pferd besaß, musste man doch ziemlich viel Knete haben, das wusste Ellie genau, denn nachdem Becky sich von dem Unfall etwas erholt hatte, bekam sie Reitstunden für Körperbehinderte und damals hatte ihr Vater sich erkundigt, wie viel ein Pony kosten würde. Als er den Kaufpreis erfuhr und sich dann die Unterhaltskosten dazu ausrechnete, hatte ihn fast der Schlag getroffen.

Anschließend war er dann zum ersten Mal für mehrere Tage verschwunden …

Ellie riss sich zusammen und klickte auf Antwort. Lieber etwas tun, als diesen schrecklichen Erinnerungen nachzuhängen.

@

Von: Ellie Finch <elliefin@email.com>
Gesendet: Freitag, 1. September 2000 16:08
An: Friederike Hofmann <ihofmann@uni-bremen.de>
Betreff: Your horse

Hi Freddie,
I'm sorry your horse is sick. Of course, you won't believe me, because you are the sort of person who always thinks the worst of everyone, but actually it's true. Although it's the horse I'm sorry for more than you. What's wrong with it (aside from having you on its back every day, that is)? I can't believe that you don't have the money to call the vet – surely your rich mummy and daddy will pay the bill? Or this oh-so-perfect brother of yours, the one you kept telling us adored you so much? Sad boy. Anyway, even if they won't pay, you must have one of those free vet services in Germany. We have one here called the People's Dispensary for Sick Animals, although I don't know if they do horses. We took my sister's gerbil there once when it swallowed a button.

Bin ich eigentlich noch ganz dicht?, dachte Ellie, während sie den Brief noch mal durchlas. Wenn ich nicht aufpasse, dann schreibe ich ihr gleich noch allerfreundlichste Grüße – so weit kommt's noch!

@

> Anyway, I have to go and finish my e-mail to Marc. Did I mention he had written? Two pages. He misses me dreadfully, poor love. And yes, since you ask, Marc is my boyfriend…

Sie unterbrach das Schreiben und las den letzten Satz noch einmal laut. »Marc is my boyfriend.«

Sie lächelte in sich rein. Das klang klasse. Und außerdem war das ein Spitzenthema für die Pausengespräche, wenn die Schule jetzt wieder anfing. Natürlich wusste ihre Freundin Lisa schon Bescheid, die hatte am Seeufer ihre Rolle auswendig gelernt, als Marc Ellie das eine wunderbare Mal geküsst hatte. Aber sogar Lisa wusste nicht alles, was dann später passiert war. Niemand wusste das. Noch nicht.

@

> So I suggest you devote your attentions to your horse and accept the fact that Marc is mine and mine alone. You will save yourself a lot of trouble.
> Ellie
>
> PS Get that? He's mine!

So! Sie klickte auf SEND. Erledigt!

Vielleicht kapierte Freddie jetzt ja, was Sache war. Es wurde auch langsam Zeit.

Ellie hoffte, dass das Pferd wieder gesund würde. Sogar so eine Ziege wie Freddie Hofmann verdiente nicht zwei Schicksalsschläge an einem Tag.

Ellie war gerade beim Ausknobeln von etwas, wovon Marc sagte, sie sollten es vergessen (und dabei hatte sie gelernt, dass *oublier* vergessen heißt), als die Türklingel schrillte. Bestimmt hatte ihre Mutter wieder mal ihren Schlüssel vergessen. Sie raste die Treppe runter und machte die Tür auf. Vor ihr stand mit gerötetem Gesicht ihre beste Freundin Lisa, das kastanienfarbene Haar hing ihr zerzaust auf die Schultern.

»Ich hab die Fotos!«, keuchte sie und lehnte sich an den Türrahmen. »Die Fotos vom Camp – sie sind super geworden!«

»Klasse!« Ellie packte sie am Arm. »Komm mit hoch in mein Zimmer und zeig sie mir – und wenn du schon mal da bist, kannst du mir auch noch ein bisschen beim Übersetzen helfen.«

Lisa kniff die Augen zusammen und kam mit. »Du willst mir doch nicht sagen, dass du deinen Aufsatz noch nicht fertig hast? Das wäre ja –«

Ellie lächelte selbstzufrieden. »Doch nicht so was, du Dussel! Ich hab einen Brief gekriegt. Von Marc.«

Sie waren jetzt in ihrem Zimmer und sie ging zum Schreibtisch.

»Och, das!«, sagte Lisa abfällig. »Ich hab auch einen – wahrscheinlich haben alle einen gekriegt, der Rundbrief an alle Campteilnehmer und ein Anmeldeformular für nächstes Jahr, ja?«

»Nein!«, zischte Ellie. »Hier!« Sie wedelte mit den Seiten vor Lisas Gesicht herum. Lisa überflog den Brief mit der Übung von einer, die immer nur Einser in Fremdsprachen bekam.

»Wow! Das war also nicht nur so ein harmloses Küsschen, was ich damals gesehen habe? Ist der Typ scharf auf dich, oder was?«

»Nun sag schon! Was schreibt er? Ich versteh bloß ab und zu ein paar Wörter.«

Lisas Augen folgten Ellies Finger. »*Wir müssen alles ver-*

gessen, was dich traurig gemacht hat… Was meint er denn damit? Was hat dich traurig gemacht?«

Ellie schluckte. »Äh, nichts, ich…«

»Na ja, wenn ich mich recht erinnere«, überlegte Lisa, »dann hattest du in der zweiten Woche ein ziemliches Tief. Hach, und da hat der Süße dich an seiner Schulter ausweinen lassen?«

Ellie bemühte sich um ein sorgloses Grinsen. »Klar – na du weißt ja. Ich kriegte meine Tage und mir ging's nicht so prall, aber das konnte ich ihm schließlich schlecht sagen, oder? Er dachte, ich hätte Heimweh.«

»Du? Dass ich nicht lache!« Lisa strich sich die Haare hinter die Ohren. »Na egal – willst du nun die Fotos sehen oder nicht?«

»Halt mal! Lies doch bitte noch den Rest. Was schreibt er denn nach *vergessen*?«

»*…wenn ich nur an unser nächstes Wiedersehen denke…* hm… wie heißt das noch mal… *wo auch immer! Wo auch immer das sein mag. Wenn ich an unser Wiedersehen denke und mir vorstelle, wie ich dich küsse, dann kann ich meine einsamen Tage gleich viel besser überstehen, mein kleiner Kohlkopf.*

Alles Liebe,
dein Marc.«

Lisa drehte sich zu Ellie um. »Na, da hast du ja echt einen Hit gelandet, was?«, frotzelte sie. »Du und noch ein halbes Dutzend andere!«

Ellie zog die Brauen zusammen. »Was meinst du damit?«

»Och, du weißt doch, wie der immer war – der hat ja alle Mädchen angebaggert, ihnen die Ohren voll gesülzt, wie süß sie wären – so sind die Franzosen nun mal!«

»Ja, klar!« Ellie tat so, als sei sie der gleichen Meinung,

und versuchte verzweifelt, ganz cool und selbstbewusst zu klingen. »Er wurde als Betreuer ja schließlich dafür bezahlt, dass er zu allen nett war. Aber er und ich – das war etwas völlig anderes. Er hat mir gesagt, ich wäre das Tollste, was ihm jemals passiert wäre.«

Lisa machte den Mund auf, sagte dann aber nichts, zuckte die Achseln und holte die Fotos aus der Tasche.

»Wahrscheinlich hast du Recht – dieser Brief ist ja total romantisch. Da – da hast du die Bilder.«

Während der nächsten zehn Minuten betrachteten die beiden Mädchen die Fotos vom Camp, kicherten über die Aufnahmen von ihrem missglückten Versuch, im seichten Wasser Wasserball zu spielen, seufzten sehnsüchtig beim Anblick von Lisa, die sich so viel Mühe beim Saxofonspielen gab, dass ihr fast die Augen aus den Höhlen kullerten. Als sie den Stapel fast durchgeschaut hatten, schnappte Lisa zwei der Bilder und schob sie wieder zuunterst unter den Stapel.

»He!«, rief Ellie und streckte eine Hand aus. »Die hab ich noch nicht gesehen.«

»Och die – die sind nichts geworden, falsche Belichtung!«, brabbelte Lisa und schob Ellies Hand weg. »Hör mal, ich muss dir unbedingt was erzählen. Aber versprich mir, dass du es keiner Menschenseele in der Schule sagst.«

»Okay.«

»Nein, du musst es schwören!«

»Ich schwöre«, wiederholte Ellie gehorsam. »Was?«

»Ich bin verliebt«, sagte Lisa.

Ellie platzte laut raus vor Lachen.

Lisa sah sie verblüfft an. »Was ist denn daran so komisch? Du bist schließlich nicht die Einzige, der ein Kerl nachsteigt, weißt du.«

Ellie grinste. »Bei dir hört es sich an, als wäre das was ganz Besonderes. Lisa – du bist EWIG verliebt: mal in Duncan, mal in Alex, mal in Matthew – und damit habe ich bloß das letzte halbe Jahr genannt!«

Lisa schleuderte ungeduldig eine dicke Haarsträhne nach hinten. »Das war doch bloß Kinderkram. Das jetzt ist echte Liebe. Er heißt Jason.«

»Ein blöder Name!«, entfuhr es Ellie, bevor sie sich wieder im Griff hatte.

»Ich finde ihn toll!«, gab Lisa zurück. »Der Typ ist spitzenmäßig, Ellie – groß, mit so einem Waschbrettbauch wie die Kerle in *Baywatch*, und er hat ganz dunkle Augen, fast schwarz. Aber sag es nicht weiter – noch nicht.«

»Warum nicht?«

»Wenn meine Eltern von ihm erfahren, bringen sie mich um.«

Ellie runzelte die Stirn. »Die müssten doch langsam Übung darin haben, dass du alle Jungs aus unserem Jahrgang vernaschst.«

Lisa biss sich auf die Unterlippe. »Die Sache ist die, weißt du – Jason ist ein Stück älter als ich – er ist schon fast achtzehn.«

Ellie zuckte mit den Achseln. »Na und? Marc ist doch auch schon so alt – ich finde ältere Jungs eh besser, die sind intelligenter und haben weniger Pickel.«

»Genau!«, stimmte Lisa zu. »Aber wenn man meine Mutter hört, dann würdest du denken, ich wäre auf dem Weg direkt ins Verderben. Dauernd mährt sie rum: Dieser Jason Hill ist ja so arrogant, dieser Jason Hill hält sich ja für mordsmäßig schlau – so geht das den ganzen Tag lang… He, Ellie, was ist denn?«

Ellie stand stocksteif da und starrte Lisa mit weit aufgerissenen Augen an. »Hast du Jason Hill gesagt?« Die Frage kam wie ein Krächzen aus ihrem Hals.

Lisa nickte und lächelte verzückt. »Hmmm«, sie seufzte. »Mrs. Lisa Hill – klingt super, was?«

Ellie lachte nicht. Sie lächelte nicht mal. Sie stand da, ballte und öffnete ihre Fäuste und starrte Lisa immer noch an.

»Wie sieht er denn aus?«, fragte sie plötzlich.

»Hab ich dir doch gerade erzählt, groß, gute Muckis ...«

»Was für eine Haarfarbe?«

»Blond – momentan! Er hat sie sich letzte Woche gebleicht, das sieht total cool aus.«

Er kann es nicht sein, dachte Ellie. Jason ist doch ein häufiger Name, na, und Hill ist doch fast genauso häufig wie Smith und Baker. Aber Jason – der Junge aus ihren Albträumen, dessen Tat ihr Leben so zum Schlechten verändert hatte –, der müsste jetzt knapp achtzehn sein. Das war doch total verrückt! Jason Hill wohnte nicht in Nambridge – Ellies Eltern waren mit ihren Töchtern nach dem Unfall hierher gezogen, weil ihre Mutter hier einen besseren Job gekriegt hatte. Ellie war blöd, dass sie sich solche Sorgen machte.

»Aha.« Sie versuchte ihre Stimme wieder ganz alltäglich klingen zu lassen. »Und wo hast du ihn kennen gelernt?«

Lisa grinste. »Mein Bruder hat ihn mit zu uns nach Hause geschleppt – sie spielen in der gleichen Band vom Daniels College. Jason ist neu hier, er wohnte vorher in Brighton. He, habt ihr da nicht früher auch gewohnt?«

Ellies Knie wurden immer wackliger. Er war es. Sie war sich ganz sicher, dass er es war.

Sie ließ sich auf den Schreibtischstuhl plumpsen, die Hand an den Mund gepresst, als ob diese Geste die Aufwallung von Übelkeit verhindern könnte.

»Na, ist ja auch egal.« Lisa wandte sich wieder dem Brief zu. »Genug von meiner Liebesgeschichte. Wir müssen uns was Schönes ausdenken, was du deinem hinreißenden Marc zurückmailen kannst!«

Aber plötzlich waren Marcs Liebesschwüre gar nicht mehr wichtig.

Jason Hill war hier in der Stadt. Und jeden Augenblick konnte Dad wieder nach Hause kommen.

Der Albtraum fing jetzt wieder von vorn an. Ellie war sich da absolut sicher.

7

Friederike schloss die Badezimmertür hinter sich.

Nichts.

Immer noch nichts.

Nicht das winzigste rote Blutströpfchen in ihrem Slip. Sie stöhnte innerlich. BITTE, das darf nicht passieren. BITTE, das darf nicht passieren.

Sie wiederholte den gleichen Satz immer wieder in ihrem betäubten Hirn, wie ein Mantra.

Wie in Trance ging sie nach unten in das Arbeitszimmer ihres Vaters. Es war leer. Kein Bildschirm flimmerte, keine Stimme, die zu klassischer Musik vom CD-Player summte wie sonst, wenn er nicht auf einer Geschäftsreise war.

Seltsam. Er war zu Hause – als sie heute Morgen zum Schulbus flitzte, hatte sie Paps' Auto vor der Garage gesehen.

Wo war er denn?

Offensichtlich nicht hier in seinem Zimmer – außer er kauerte hinter seinem riesigen Schreibtisch. Rieke kam sich etwas lächerlich vor, als sie vorsichtig hinter die Tischkante peilte. Niemand.

Aber wo war er dann?

Sie ging zu dem Bücherregal an der gegenüberliegenden Wand, wo die Wörterbücher, Lexika und Enzyklopädien aufgereiht waren. In Paps' Arbeitszimmer gab es keine Romane, die standen im Wohnzimmerregal, in Mamis Arbeitszimmer und sogar im Esszimmer, denn alle in der Familie außer ihrem Vater waren manische Bücherleser. Wenigstens damals, als die Brüder noch alle hier gewohnt hatten.

Wo war denn der richtige Band – D… H… ah ja, M. Rieke blätterte zwischen den Seiten herum, bis sie zu dem Wort kam, das sie nachschlagen wollte. Da war es ja: Menstruation: Regelmäßiges Auftreten der monatlichen… Das wusste sie doch alles. Das brauchte sie nicht nachzuschlagen. Alle Mädchen in ihrem Alter wussten, was Menstruation war. Sie hatte ihre erste vor zwei, nein, vor zweieinhalb Jahren gekriegt. Das passierte jedem Mädchen, wie Mami ihr damals erklärt hatte, das war nichts, wovor man sich fürchten oder weswegen man sich schämen müsste. Rieke erinnerte sich voller Sehnsucht an das Gespräch damals. Mami hatte ihr gratuliert, weil sie jetzt eine richtige Frau sei, wenn auch noch eine sehr junge. Auch wenn Rieke nun die ganze innere Einrichtung hätte, mit der man ein Kind kriegen konnte, so wäre es doch besser, noch ein paar Jährchen zu warten. Sie hätte noch viel, viel Zeit zum Kinderkriegen, wenn sie erst mal in einer glücklichen Beziehung mit einem Partner leben würde und einen Beruf und eine Lebensperspektive hätte…

Rieke erinnerte sich an die Sätze ihrer Mutter, mit denen die ihr versucht hatte klarzumachen, dass sie kein Risiko eingehen und gut Acht geben sollte, damit nicht ihr fröhliches Leben als Teenager zu früh unterbrochen würde…

Fröhliches Leben? Und wie! Einfach super!

Ich würde so gern noch warten. Ich würde so gern noch warten. Ich würde so gern noch warten.

Na so was – sie hatte schon wieder ein Mantra im Kopf. Momentan schien ihre Welt voller Mantras zu sein, als ob sie durch die Beschwörung und das Wiederholen wichtiger Worte die Realität zwingen könnte, so zu sein, wie sie es wollte.

Sie las weiter.

NATÜRLICH! Klar, das war es!

Da stand es: Frauen konnten unregelmäßige Perioden haben, weil ihre Hormone noch nicht so funktionierten, weil sie Hormonstörungen hatten, bei plötzlichen Klimawechseln konnte das auch passieren oder bei psychischem Stress – na bitte.

Stress hatte sie doch reichlich gehabt: Reisestress – denn eine Busfahrt quer durch Europa rangierte doch bestimmt unter Stress, oder? Dann der Ärger mit dieser blöden Gans aus England, die sich damit dicketat, sie wäre Marcs Freundin, und die ihr dauernd erzgemeine E-Mails schickte, Stress mit Merlin, weil er krank war, und Stress, weil sie den Tierarzt bezahlen mussten und sie nicht wusste, wovon.

Rieke atmete tief ein. Sie reckte sich zu ihrer vollen Höhe empor und ihr war, als ob ein Riesengewicht von ihren Schultern gerutscht wäre. Natürlich lag es an diesem ganzen verdammten Stress! Also kein Grund zur Sorge.

Na, dann mach mal mit deinem Leben weiter und schick die Angst zum Teufel, ermahnte sie sich. Sie klappte das Buch zu und stellte es wieder ins Regal zurück.

Danke, Buch, du hast mir toll geholfen.

Dann wanderten ihre Gedanken zu dem nicht anwesenden Vater. Vielleicht sollte sie ihn um Geld für den Tierarzt bitten? Rieke wanderte durch alle Zimmer des Hauses, aber wie sie schon gedacht hatte, war sie völlig allein.

Sie ging in die Küche und schmierte sich ein Brot, ein dick belegtes Brot. Komisch, seit ihrer Rückkehr aus Frankreich hatte sie ständig Hunger. Als ob sie sich für den Abschied von Marc entschädigen müsste, dafür, dass es die Sonne, den See und all den Spaß nun nicht mehr gab, indem sie alles in sich reinstopfte, was der Kühlschrank bot.

Dann sah sie den Zettel an dem kleinen Pinnbrett, das neben dem Kühlschrank hing:

Familienkonferenz morgen Abend
um sieben Uhr.
Anton, Johannes und Felix kommen auch.
Küsschen, Mami.

He, das war ja eine Überraschung! Da sollten morgen also die alten Rituale wieder aufgegriffen werden und sie würden eine Familienkonferenz abhalten, ganz so wie früher.

Rieke lächelte in sich hinein, während sie dicke Scheiben von dem großen Roggenbrotlaib abschnitt und sahnige Butter darauf strich. Sie dachte an die alten Zeiten, als sie einmal im Monat um den großen Küchentisch saßen, mit einer richtigen Tagesordnung und mit demokratischer Abstimmung entschieden, zum Beispiel, wo sie im Sommer die Ferien verbringen wollten oder ob Johannes außer seinem Judotraining auch noch Karate machen durfte und wer mit Unkrautjäten dran war und wie die Hausarbeit verteilt werden sollte und darüber stritten, wer den Teppich am letzten Freitag nicht gesaugt hatte…

Rieke biss einen großen Happen von ihrem Salamibrot und überlegte, wann sie die letzte Familienkonferenz abgehalten hatten. Das musste schon fast ein ganzes Jahr zurückliegen, als Johannes ausgezogen war, um in Freiburg zu studieren, und Felix und Basti sich zankten, wer nun in Johannes' Zimmer ziehen durfte. Ja, das war das letzte Mal gewesen. Mittlerweile standen die Zimmer der Jungens leer und Basti und sie hatten die freie Wahl – und blieben trotzdem in ihren Dachkämmerchen wohnen. Ach, früher war bei Familie Hofmann viel mehr los gewesen…

Rieke kaute und wunderte sich, warum Mami nach so langer Zeit wieder eine Konferenz angesetzt hatte. Und auch noch eine, zu der Anton, Johannes und Felix anreisten. Das war seltsam – was gab es denn noch gemeinsam zu beschließen? Die Jungen machten ihre Ferien, wo sie wollten, und als sie im Frühjahr den Wunsch äußerte, zu dem Feriencamp am Lac Léon zu reisen, wurde niemand gefragt, sondern da hatte Mami ihr die Erlaubnis gegeben, und fertig.

Weshalb gab es jetzt wieder eine Konferenz? Vielleicht war das ein günstiger Zeitpunkt, um das Geld für Merlins Behandlung zu erwähnen – vielleicht würden ihre großen Brüder ihr dabei helfen, Mami und Paps davon zu überzeugen, dass ein Pferd die beste Behandlung verdiente, die es kriegen konnte. Andererseits – möglicherweise wären sie dagegen. Rieke war die einzige Pferdebesitzerin in der Familie und die Brüder hatten sie immer damit aufgezogen, dass sie von den Eltern schrecklich verwöhnt würde: »Weißt du, Rieke, als wir so alt waren wie du jetzt, mussten wir jeden Tag den Abwasch machen und jede Woche unsere Zimmer putzen und …« Bla, bla, bla.

Als ob sie es sich ausgesucht hätte, als letztes Kind geboren zu werden! Und dann noch als einzige Tochter! Während sie die Treppe zu ihrem Zimmer hinaufging, verschlang sie mit ein paar großen Bissen den Rest ihres Brotes.

Oje – Mathe wartete, nächste Woche war ein Test fällig. Aber … vielleicht hatte Marc ihr einen süßen kleinen Liebesbrief geschickt … Und bevor sie noch richtig überlegt hatte, klickte sie sich ins Internet ein: Ja, da war etwas gekommen!

Ellie Finch! Schon wieder! Nein! Das las sie garantiert nicht, sie würde jetzt das Programm beenden und mit Mathe loslegen – aber ganz gegen ihre Absicht tauchte nun auf dem Bildschirm Ellies E-Mail auf, und bevor sie wusste, wie ihr geschah, war Rieke schon am Lesen: …

@

Dear Freddie,

I'm sorry your horse is sick.

Rieke las es und las es noch einmal. Das stand da doch nicht, garantiert nicht. Ellie schrieb ihr doch bestimmt nicht so was – Rieke las weiter. Ah, da kam es ja schon: – *your rich mummy and daddy … this oh-so-perfect brother…*

Nein, es hatte sich nichts geändert. Ellie war immer noch genau dieselbe widerliche, blöde Ziege, keine, bei der man sich für ein freundliches Wort bedanken konnte. Obwohl diese Information über den kostenlosen tierärztlichen Gesundheitsdienst sich ja fast wie ein guter Tipp anhörte, und das mit dem verschluckten Knopf war echt witzig – aber… Rieke, hör auf zu spinnen! Das hier ist Ellie, das Stinktier, die Lügnerin, die ihr Marc abspenstig machen wollte und so tat, als wäre sie eine ernst zu nehmende Rivalin!

Sie überlegte kurz und dann huschten ihre Finger über die Tasten:

@

Von: Friederike Hofmann <ihofmann@uni-bremen.de>
Gesendet: Freitag, 1. September 2000 17:23
An: Ellie Finch <elliefin@email.com>
Betreff: Leave me alone!

Hello Ellie,
We don't have that service here in Germany. Everything is more or less private insurance and so terribly expensive that even so-rich mummies and daddies are not eager to pay the instalments. Whatever gave you the idea we were German billionaires? And Bill Gates is not my relative, whatever you were told. The cure for Merlin is not too expensive, but somehow since my return from France my mother gets nervous whenever money is mentioned and I haven't found out yet how I'm supposed to take care of Merlin without a pfennig.
Anyway, stop gibbering about Marc – people don't BELONG

to other people, that is plain stupid. I don't know why you still keep insisting that he is your boyfriend. Didn't you know that he and I had a full-blown romantic love story? With secret meetings at the lakeside and sailing trips in his friend's boat (when everyone thought we were rehearsing my lines); that we even spent some nights in a shed in the woods, which belongs to the camp but is hardly ever used? It was when I came home to our bungalow those nights that I found you sweating and mumbling in your bed and that's how I know you rarely slept well. So you could not have been soooo awfully happy right then, could you?
The love between Marc and me is the most beautiful thing that ever happened in my whole life...

Ihre Finger bewegten sich nicht weiter.

Ja, das stimmt, dachte sie trotzig. Es war so unglaublich schön gewesen und aus so einer Geschichte kann sich doch nichts Schlimmes entwickeln – das war doch unmöglich!

@

...and this is why I hate your lying and telling stories of relationships which never existed. I don't ask you to stop that, because I know you well enough to be absolutely sure that this would be the best way of tempting you to carry on with your fibs. So I tell you very simply the truth: Marc and I love each other, and he told me so many, many times – which are my most treasured memories of those summer weeks, and I will not have them smeared by your claims and half-truths. Of course Marc was nice to you as he was to everybody, but it is me he loves.

Und selbst wenn ich wollte, kann ich das jetzt nicht mal für eine Zehntelsekunde vergessen, dachte Rieke unglücklich. Nicht, solange ich nicht endlich …

VERDAMMT! ICH WILL ENDLICH MEINE TAGE KRIEGEN! Sie schloss die Augen und zählte bis zehn. Dann machte sie sie wieder auf und tippte weiter.

@

And I cannot forget those times for one second, even if I wanted to –. So let it be, Ellie, will you? You can't change or destroy what we had. Especially not you. Believe me!
Goodbye.
Rieke, formerly known as Freddie

Rieke schluckte, denn eigentlich war ihr nach Losheulen. Sie schickte den Brief ab und stand auf. Ihr war nicht nur zum Heulen zu Mute, ihr war regelrecht schlecht.

Das … das bedeutete doch nicht … bestimmt nicht. Das war garantiert das Wurstbrot, das hatte sie viel zu hastig runtergeschlungen, deshalb war ihr jetzt so kodderig.

Doch während sie sich mit aller Macht beruhigte, spürte sie wieder die Angst wie eine schwarze Kanonenkugel ganz tief unten in ihrem Bauch und ihre Beine wurden ganz wackelig und in ihrem Kopf fing es an zu rauschen.

Aber es ist doch alles in Ordnung, es war doch nur das Brot, dachte sie noch, als sie schon zum Badezimmer lief und sich über der Toilettenschüssel übergab.

Als das Würgen nachließ, wusch sie sich die Hände und putzte die Zähne. Dann schaute sie in den Spiegel und betrachtete ihr blasses Gesicht.

Nein, das ist es nicht, dachte sie. Das ist unmöglich. Weil

überhaupt nichts passiert ist, was das zur Folge haben könnte, wir haben doch gar nichts gemacht…

Doch, es hatte diese eine Nacht in der Hütte gegeben, als sie in Marcs Armen eingeschlafen war.

Aber er war so lieb und fürsorglich gewesen – der Arm war ihm eingeschlafen, als sie später aufwachte, weil er sich nicht getraut hatte, ihn unter ihrem Kopf wegzuziehen.

Da war nichts anderes gewesen. Natürlich nicht, nichts war passiert. Deshalb kann *mir* auch gar nichts passiert sein, dachte sie trotzig.

Aber Rieke weinte. Dicke Tränen rollten über ihre Wangen. Ärgerlich wischte sie sie weg.

Alles war okay. Sie würde sich auf die Aufgaben konzentrieren, die vor ihr lagen. Ihre Mathehausaufgaben machen. Sich um Merlin kümmern. Marc eine E-Mail schicken. Sich auf die Familienkonferenz freuen.

Weshalb war die bloß angesetzt worden?

8

»Ellie! Hast du ein einziges Wort von dem gehört, was ich dir eben gesagt habe?« Lisa gab Ellie einen Rippenstoß. »Ich dachte, du wärst in den Kerl verknallt.« Sie seufzte. »Hier gebe ich mir alle Mühe und bin schöpferisch tätig, setze alle meine linguistischen Kenntnisse ein, um einen Liebesbrief zu schreiben, der alle bisherigen Liebesbriefe in den Schatten stellt, und du hockst da und glotzt mit einem Gesicht aus dem Fenster, als hätten sie dir das Portmonee geklaut. Was ist denn los?«

Ellie riss sich zusammen und zwang sich zu einem Lächeln.

»Entschuldigung«, murmelte sie. »Ich war ganz in Gedanken.«

Sie konnte Lisa ja wohl kaum beichten, dass sich ihre Gedanken – abgesehen von Marc – nur noch um Jason Hill drehten, seinen arroganten Blick, die Art, wie er sie eine Sekunde vor dem …

»Ellie?« Lisa sah ihre Freundin aufmerksam an. »Ist mit dir auch alles in Ordnung?«

»Na klar«, sagte Ellie. Schau nicht mehr zurück, befahl sie sich in Gedanken. Denke nur an Marc. »Lies mir vor, was du geschrieben hast.«

Sie fragte sich, warum ihr das jetzt passierte, warum die Vergangenheit sie nach zwei Jahren in der Person von Jason Hill in Nambridge eingeholt hatte.

»My dearest darling Marc. I, too, dream of the day when I

can once again lie in your arms, feel the tender touch of your lips against mine, thrill to the pressure of your firm body against my breasts and …«

»Lisa!« Ellie merkte, wie sie rot wurde. »Das kannst du doch nicht!«

»Was kann ich nicht?«

»Na so was schreiben – du weißt schon, das ist viel zu … intim.«

Lisa warf ihrer Freundin einen vernichtenden Blick zu. »Willst du damit sagen, dass so was zwischen euch nie passiert ist? Dass es nur die übliche Kinderknutscherei war? Ein Küsschen auf die Backe, eine keusche Umarmung zum Abschied? War es bloß das?«

Ellie dachte zurück an den langen, warmen Abend am See, die beiden Spaziergänge im Wald, an die paar Male, als sie am Ende des Bootsstegs saßen und die Beine baumeln ließen. Na klar, war da mehr gewesen. Er hatte sie doch einmal leidenschaftlich geküsst, ihr übers Haar gestreichelt und sie zärtlich in den Armen gewiegt und immer wieder hatten sich seine Finger den Knöpfen ihrer Bluse genähert …

»Natürlich nicht!«, erwiderte sie wütend und suchte verzweifelt nach den richtigen Worten. »Aber wenn man es so schwarz auf weiß liest, dann … na ja …«

»Ellie Finch! Willst du nun, dass Marc dich als eine sexysinnliche Frau wahrnimmt – oder als einen kleinen Teenie, der von nix eine Ahnung hat?«

Lisa funkelte Ellie ärgerlich an und fuhr fort, ohne auf eine Antwort zu warten:

»… and know that you are mine and I am yours for ever. The only sadness I have is the sadness of separation from you …« Lisa grinste. »Ich bin echt klasse, was? Das kommt daher, dass ich selbst so verknallt bin.«

»Hmmm«, machte Ellie wenig begeistert.

Falls Lisa wirklich so verrückt auf Jason war, würde sie ihn garantiert überall mit hinschleppen und das bedeutete, dass Ellie ihm früher oder später über den Weg laufen würde. Und wenn es wirklich DER Jason war, würde er sie bestimmt wieder erkennen. Und daran wollte sie überhaupt nicht denken.

»Na?«, fragte Lisa und tippte den letzten Punkt. »Los, schick es ab.«

Ellie schluckte, ihre Gedanken rasten. »Das mach ich später.«

»Nee, jetzt!«, forderte Lisa. »Man muss Leidenschaften voll auskosten – das hab ich in einem Buch gelesen: ›Die nackte Wahrheit über Sex, Liebe und alles andere‹. Das ist super – ich leih es dir mal, wenn du willst.«

Die nackte Wahrheit. Lächerlich. Niemand erzählte einem die nackte Wahrheit – alle erzählten einem doch immer bloß so viel, wie sie einem sagen wollten, und der Rest wurde verschwiegen.

»Okay, nett von dir«, antwortete Ellie automatisch. »Und mach dir keine Gedanken – ich schick die E-Mail, aber ich warte erst, bis es billiger wird, sonst dreht meine Mutter durch wegen der Telefonrechnung.«

Lisa nickte verständnisvoll.

»So will ich auf gar keinen Fall mal werden«, sagte sie und spielte mit der Maus herum. »Du weißt schon, so knickerig in Geldsachen wie bei Telefonrechnungen oder bei Turnschuhen.«

In diesem Augenblick machte der Computer piep. Lisa fuhr zusammen und ließ die Maus fallen.

»He, was war denn das? Ich hab nichts gemacht – ehrlich nicht!«

Ellie grinste. »Das heißt doch bloß, dass ich eine Mail gekriegt hab.«

Sie zeigte auf den flackernden Briefumschlag links oben in der Menüleiste. Sie beugte sich an Lisa vorbei zum Computer herunter, klickte mit der Maus – und schnappte nach Luft.

»Schon wieder dein Lover?«, fragte Lisa, die sich immer sehr für die Liebesgeschichten ihrer Freundinnen interessierte.

Doch bevor Ellie eine passende Lüge einfiel, wurde sie durch einen Schrei aus dem Erdgeschoss aufgeschreckt.

»ELINOR! Komm sofort runter, aber dalli!«

Ellie wurde ganz blass. Ihre Mutter war wieder da und der Abwasch war noch nicht erledigt und das Bügelbrett noch nicht einmal aufgestellt.

Schritte polterten die Treppe hoch und ihre Zimmertür flog auf.

»Kann ich mich nicht mal bei den primitivsten Sachen darauf verlassen, dass du sie erledigst?«, brüllte Ellies Mutter mit rotem Gesicht. »Ich hab deine Faulheit satt! … Oh, Lisa. Ich wusste nicht, dass du hier bist.«

»Ich wollte gerade gehen, Mrs. Grant«, dudelte Lisa in demselben Ton, mit dem sie sonst wütende Mathelehrer beschwichtigte. »Ich wollte Ellie nur eben die Fotos vom Sommercamp zeigen und die neuesten Nachrichten von ihrem Freu–«

»Du gehst dann jetzt besser!«, wurde sie von Ellie eilig unterbrochen. »Ich muss noch meiner Mutter helfen.«

Sie stieß Lisa fast die Treppe runter und zur Haustür hinaus.

»Kein Wort über Marc!«, zischte sie durch zusammengebissene Zähne. »Sonst fängt sie noch an meine E-Mails zu lesen, und dann gnade mir Gott!«

»Na gut«, meinte Lisa verständnisvoll. »Toll, was? Du und ich – beide haben wir heimlich einen Freund. Das finde ich ja soooo romantisch!« Sie kicherte. »Schade, dass Marc so weit weg ist, sonst könnten wir mal zu viert weggehen. Er und du und Jason und ich.«

»Hmmmm«, machte Ellie, für die diese Vorstellung absolut Grauen erregend war. »Ich muss jetzt wieder rein – tschüss, bis bald!«

Erst eine Viertelstunde später, als Ellie geistesabwesend am Bügelbrett stand, ihren Schuluniformrock bügelte und die Klagen ihrer Mutter zu überhören versuchte, dass Ellie die ihr aufgetragenen Aufgaben nie erledigen würde und nur rumfaulenze, kam ihr plötzlich eine verrückte Idee. Die E-Mail eben war von Freddie gewesen. Daran war nichts Außergewöhnliches. Viel verwunderlicher war, dass Ellie wild entschlossen gewesen war, diesen Briefwechsel vor Lisa geheim zu halten.

Freddie ist meine Freundin, hatte sie blitzschnell gedacht, bevor sie den Computer ausschaltete. Aber das war natürlich völliger Quatsch. Freddie war ihre erbittertste Feindin, eine intrigante, eingebildete doofe Ziege, die ihr den Freund klauen wollte! Während Ellie den Rock auf den Bügel hängte und eine zerknitterte Schulbluse auf das Brett breitete, fragte sie sich, warum sie es dann, verdammt noch mal, kaum erwarten konnte, nach oben zu rennen und ihren Mist zu lesen? Was zum Teufel interessiert mich ihr Geschreibsel wegen einem alten Gaul oder ihre Phantasieliebe zu Marc?

Und woher habe ich diesen übermächtigen Drang, ihr von Jason Hill zu erzählen? Warum? Das ist doch total bekloppt. Ich hasse diese Tussi.

Und wie.

Erst Stunden später konnte Ellie nach oben gehen und den Computer wieder anschalten. Als sie mit dem Bügeln fertig war, hatte ihre Mutter ihr aufgetragen, Becky bei der Krankengymnastik zu helfen, und danach kam Ellies Großmutter vorbei, behauptete zwar, sie wolle gleich wieder gehen, blieb dann aber trotzdem auch noch zum Abendessen, während sie stundenlang auf Ellie einredete, sie sollte sich die

Haare schneiden lassen, mit dem Nägelkauen aufhören und nicht mehr solche Häkeltops anziehen, sondern hübsche Strickjäckchen. Erst als Ellie dann vorgab, sie müsste jetzt aber noch unbedingt was für die Schule tun, hatte sie entkommen können.

Sie machte die Tür hinter sich zu und mit Fingern, die zu ihrer Überraschung leicht bebten, holte sie sich die E-Mail herein. Wahrhaftig – ein Brief von Freddie. Sie überflog die ersten Zeilen.

@

... since my return from France my mother gets nervous whenever money is mentioned ...

Wie gut ich das kenne, dachte Ellie. Die vergangenen zwei Jahre waren eine einzige Folge von Sparplänen und Einschränkungen gewesen; und nur weil ihre Mum überraschenderweise wieder ein bisschen Geld für Ellie von ihrem ersten Mann bekommen hatte, war Ellies Reise an den Lac Léon möglich gewesen. Und Dad hatte noch fünfzig Pfund draufgelegt, weil er sich so freute, dass er Ellie los war. Manchmal störte es sie, dass sie an ihn als »ihren Vater« dachte, schließlich war er nicht ihr leiblicher Vater. Und das war auch ein Teil des Problems. Becky war von ihm.

»Meine kleine Prinzessin«, sagte er immer zu ihr.

Und Ellie? Na, die hatte seine Frau in die Ehe mitgebracht, die hatte er akzeptieren müssen, um die Frau zu heiraten, von der er behauptete, er würde sie lieben. Ellie zwang sich, an etwas anderes zu denken und wandte ihre Aufmerksamkeit wieder Freddies E-Mail zu. Oha! Der Anfang war zu nett gewesen – hier kamen altbekannte Töne! Da, bitte, sie phantasierte wieder von Marc. Was sollte das denn?

@

...he and I had a full-blown romantic love story?
...secret meetings ...sailing ...nights in a shed...

Nein! Unmöglich! Diese Hütte kannte sie doch – da war sie auch einmal mit ihm gewesen, an dem Abend, als sie sich den Splitter in den Fuß getreten hatte. Er hatte ihr gesagt, sie sollte sich auf das wacklige alte Sofa setzen, dann hatte er behutsam ihren Fuß hochgehoben und die wehe Stelle geküsst. Und dann hatte er ihren Knöchel geküsst, dann ihr Schienbein, dann ihr Knie und ihr zwischendurch dauernd erzählt, wie süß sie sei, wie hübsch, und wie gern er mit ihr zusammen sei. Okay, sie hatte mit ihrem mangelhaften Französisch zwar kaum im Einzelnen verstehen können, was er gesagt hatte, aber sie hatte es sich ja denken können – bei den vielen kleinen Küssen!

Bestimmt war er nie mit Freddie dort gewesen! Das hatte die erfunden! Erstunken und erlogen!

Eher nicht, dachte Ellie unglücklich. Sogar Freddie mit ihrer blühenden Phantasie konnte so was nicht einfach erfinden. Außer – außer sie hatte die Hütte mal bei einem ihrer Spaziergänge entdeckt und sich überlegt, dass das ein toller Plan wäre, um irgendwelchen Mist über sich und Marc zu erzählen.

Genau. So war es gewesen.

Aber ganz egal, wie sehr Ellie sich das einredete, sie konnte es nicht richtig glauben. Im Bett grübelte sie weiter.

Selbst wenn Freddies Geschichten stimmten, konnte sie doch nicht einfach hergehen und behaupten, dass Marc ihr Freund wäre und nur ganz allein ihr Freund, denn Ellie war schließlich in dieser Hütte auch einmal von ihm geküsst und gestreichelt worden... und... hm. Sonst eigentlich nichts. Denn als sie meinte, dass Marc ihr zu dicht auf die Pelle rückte, hatte sie was davon gebrabbelt, dass sie zu einer Probe müsste. Jetzt wünschte sie sich, sie wäre etwas neugieriger gewesen und hätte es mal darauf ankommen lassen – aber was, wenn er am Ende gar nichts von ihr gewollt hätte? Obwohl sie zu allem bereit gewesen wäre? Ob Freddie mit ihm …? Konnte es sein, dass Marc und Freddie …?

Bestimmt nicht. Das war ja total bescheuert. Freddie war vielleicht eine arrogante Zicke, aber die war doch nicht so doof.

Oder?

Irgendwann schlief Ellie über ihren Grübeleien ein. Am nächsten Morgen beschloss sie herauszufinden, was zwischen Mark und Freddie wirklich gelaufen war.

@

Von: Ellie Finch <elliefin@email.com>
Gesendet: Samstag, 2. September 2000 10:22
An: Friederike Hofmann <ihofmann@uni-bremen.de>
Betreff: Big mistake!

Hi, Freddie!
So you went to the shed with Marc, did you? The shed with the broken window, and the green door with peeling paint, and the battered red sofa inside? Well, so did I, and more than once, I can promise you! And we didn't just sit and talk, either! So don't start thinking that you are Marc's one and only love; what he and I had was a mature relationship. I guess with you he was just trying to be kind and make you feel at home.

Ellie hörte auf zu tippen und las noch einmal, was sie geschrieben hatte. Ganz schön blöd von ihr. Sie wusste doch selbst, dass das nicht stimmte. Vielleicht – ganz vielleicht sollte sie mal schreiben, was sie wirklich dachte.

@

Unless he was two-timing us. Unless he was saying all the same things to you as he said to me. Not that I believe that is true for a moment, considering the letter I received from him today. He's missing me so much – says he's quite overcome with passion for me. And he sounds pretty committed to me. Like me to quote you a bit? Well, get his!
"*...et c'est seulement parce que je suis convaincu de te revoir bientôt et de sentir tes lèvres sur les miennes je peux sourire pendant ces jours sans toi, mon petit chou...*" And in case you don't know, *petit chou* is a term of endearment in France. So there!

Wieder unterbrach Ellie das Tippen und las das Geschriebene noch einmal. Seltsamerweise verschafften ihr ihre unfreundlichen Worte nicht die erwartete Befriedigung. Fühlte sich Freddie beim Lesen etwa ähnlich wie sie sich jetzt? Spürte sie auch einen unangenehmen hohlen Schmerz tief im Magen? Und würde sie sich genauso über die Möglichkeit aufregen – es war natürlich nur eine ganz, ganz schwache Möglichkeit –, dass Marcs Liebesbeteuerungen für ihn nur so eine Art Zeitvertreib waren? Vielleicht sollte Ellie zum Schluss noch mal was Nettes schreiben.

@

Is your horse better today? I know what it's like to have mothers wittering on about money; mine never stops. I guess they've had to spend so much on Becky since ... (She crossed out the last word.) ... recently that there's

nothing left to fall back on. Surely your parents wouldn't let a dumb animal suffer just for material gain? Couldn't you say that to them – make them feel guilty? It usually works.
By the way, my friend Lisa (remember her – the one with the saxophone and the long brown hair?) – well, she got her pictures back from camp and they are really funny. There aren't any of you – not that I want one, of course. But there are some cool ones of Marc and me.

Na gut, das war gelogen, aber nicht sehr. Ellie seufzte. Ach, hätte sie doch bloß nicht an Lisa gedacht, denn dann fiel ihr auch gleich immer Jason Hill ein. Und der verdarb ihr total die Laune. Ihre Finger zögerten über der Tastatur und fast hätte sie Freddie die ganze Geschichte erzählt.

Aber das war doch völlig bescheuert! Diese Freddie war doch total zum Abwinken, der würde sie doch nie was erzählen, worüber die dann hämisch grinsen könnte.

@

Must dash – hope you get the money out of your parents.
Love
Ellie

Und schon war die E-Mail auf und davon. Dann saß sie auf einmal bolzengerade da. *Love, Ellie?* Das hab ich doch nicht wirklich getippt?, dachte sie entsetzt. In einem Brief an dieses Scheusal? Du große Scheiße, ich hab sie doch nicht mehr alle.

Ellie schnalzte tadelnd mit der Zunge. Von Marc war nichts gekommen.

Vielleicht sollte sie ihm doch diesen leidenschaftlichen

Liebesbrief schicken, den Lisa zusammenphantasiert hatte. Andererseits…

Morgen.

Bis dahin kam bestimmt wieder eine E-Mail von ihm.

So lange würde sie warten.

9

Da! Sie hatte eine E-Mail von Marc!

Juhuuuuu! Mit der Zungenspitze zwischen den Zähnen huschten Riekes Finger mit der Maus übers Pad, bis sie die ganze Mail lesen konnte.

@

Von: Marc Fouquet <marc.fouquet@telecom.fr>
Gesendet: Samstag, 2. September 2000 9:08
An: Friederike Hofmann <ihofmann@uni-bremen.de>
Betreff: Tu me manques

Ma petite sorcière blonde,
Tu m'as complètement enchanté. Tu me manques plus qu'avant. I miss you so much. Je suis rentré à Paris pour travailler quelques semaines avant de recommencer l'université et c'est pour ça que je peux t'écrire des e-mails. Imagine-toi: Je travaille comme garçon dans un bistro pas loin du Boul Mich. Mais je ne peux pas me concentrer sur mes clients ou sur mes livres parce que je pense toujours à toi...

Also war sie für Marc immer noch seine kleine Hexe, die ihn verzaubert hatte – toll! Und er vermisste sie immer noch – aber warum dieser englische Satz?

Rieke las weiter, wie er seine Tage verbrachte, wie er seine Freunde nach den langen Ferien nun wieder traf und schließlich am Ende seine Liebesschwüre und die Papierküsse und runzelte die Stirn. Na gut, sie fehlte ihm also, das las sich ja ganz nett. Aber was zum Teufel sollte dieser englische Satz mittendrin? Marc und sie hatten sich doch niemals auf Englisch miteinander unterhalten – für beide war es nicht die Muttersprache und ihr Französisch reichte aus, um seine gemurmelten Liebkosungen und Liebeserklärungen zu verstehen, und was ihr zunächst noch unverständlich war, hatte sie blitzschnell gelernt. Was sollten also diese englischen Wörter?

Sie las die E-Mail noch einmal und grübelte weiter darüber nach.

Merkwürdig.

Bis vor vier Tagen hätte so ein Brief sie ruck, zuck auf Wolke neun gebeamt, sie wäre selig gewesen und fest davon überzeugt, dass ihre Liebe für Marc und seine für sie nicht nur ein kurzer Sommerflirt waren, sondern ein tiefes, echtes Gefühl füreinander – keine Teenieliebe, sondern eine richtige Erwachsenenliebe.

Aber jetzt, wo sie ungeduldig auf ihre seit einer Woche überfällige Periode wartete, war das alles fast unwichtig geworden.

Ihre Menstruation war doch immer superpünktlich gewesen! Natürlich waren ihre Ängste irgendwo total lächerlich. Es war ja nichts geschehen, überhaupt und gar nichts, was ihre Periode verhindern könnte! Der Grund für die Verzögerung war doch rein – na ja, psychologisch oder stresslogisch oder reiselogisch oder was-auch-immer-logisch. Aber trotz ihrer tapferen Ermahnungen an sich selbst hatte sie grässliche Angst und diese häufige Übelkeit war nicht dazu angetan, um sie zu beruhigen.

Sie seufzte und holte ihr Fahrrad, um zu Merlin zu radeln.

Als sie um die Garagenecke bog, sah sie ihren Vater gerade in sein Auto einsteigen und die Tür zuschlagen.

»Hallo, Paps, wo fährst du denn hin?«, rief sie.

Er ließ das Fenster runterfahren und sagte: »Mach doch nicht solch einen Krach! Ich habe einen Termin in der Stadt. See you later, alligator!«, fügte er noch hinzu.

»After 'while, crocodile«, antwortete sie automatisch mit ihrer üblichen Verabschiedungsformel, während sie sich gleichzeitig wunderte, warum er so formell angezogen war, wo er doch nur in die Stadt fuhr. Vielleicht traf er sich mit neuen Kunden? Am Samstag? Er hatte nicht gelacht wie sonst, wenn sie das sagten – er hatte eher ausgesehen, als ob er sich Sorgen machte.

Er winkte ihr noch mal durch die Windschutzscheibe zu und fuhr los und sie fuhr mit dem Rad die fünf Minuten bis zu Mertens' Stall. Als sie in die Sattelkammer trat, unterhielt sich Herr Mertens gerade mit Dr. Schütz.

»Ach, da ist sie ja!«, rief der Tierarzt. »Ich habe gute Neuigkeiten für dich, Rieke! Heute kam der Laborbericht. Es war die Dasselfliege, genau wie wir befürchtet hatten, nichts Schlimmeres. Merlin müsste eigentlich in einer Woche wieder auf dem Damm sein und bald kannst du ihn wieder reiten, wenn er in den nächsten Tagen seine Medizin brav nimmt und ein bisschen Extrafutter kriegt.«

»Oh super!« Rieke war ganz schwindlig vor lauter Erleichterung.

»Lass es zu Anfang ganz langsam angehen, nur immer eine halbe Stunde«, sagt Bauer Mertens. »Er muss seine Kraft erst wieder aufbauen.«

Rieke strahlte die beiden Männer an. Toll! Das war heute wirklich die allerbeste Nachricht.

»Haben Sie ihm schon die heutige Dosis gegeben, Dr. Schütz? Und wann kriegen wir Ihre Rechnung?«

Der alte Herr lachte leise. »Nicht so eilig, nicht so eilig –

alles zu seiner Zeit. Ja, er hat die heutige Dosis schon gekriegt. In zwei Tagen komme ich vorbei und schau nach, ob er wieder ganz in Ordnung ist. Und was die Rechnung betrifft – na, da würde ich mir mal an deiner Stelle keine Sorgen machen. Ich schick sie dann wie immer an deine Mutter.«

»Tausend Dank!« Und schon rannte Rieke zur Koppel, wo Merlin jetzt zusammen mit den anderen Pferden von Bauer Mertens beim Offenstall stand. Sie rief ihn, und als er kam, umarmte sie ihn und redete ihm zu, dass er jetzt ganz bald wieder ganz gesund und ganz der Alte wäre, und fütterte ihm ein paar Leckerli. Was war er doch für ein bildschönes Pferd, wenn sie seinen Kopf mit dem weißen Stern über den beiden großen braunen Augen betrachtete!

Rieke blieb länger bei ihrem Pferd, als sie vorgehabt hatte, deshalb war es schon ziemlich spät, als sie nach Hause kam. In ihrem Zimmer schmiss sie die Reitklamotten auf den Fußboden und zog saubere Jeans und ein Sweatshirt an. Doch noch Zeit genug, um nachzuschauen, ob da …

Nein! Sie wollte lieber gar nicht wissen, was diese raffinierte Lügnerin wieder zusammengeschwindelt hatte!

Aber …

Und bevor sie sich entschieden hatte, ob sie es nun wissen wollte oder nicht, hatte Rieke den Computer angeschaltet und sah in der Inbox nach.

Da! Da war was gekommen!

@

… shed with the broken window, and the green door with peeling paint, and the battered red sofa …

Aber das war *ihre* Hütte, Marcs und Riekes! Woher konnte Ellie davon wissen? Wahrscheinlich hatte sie ihnen nachspioniert, war ihr heimlich zu den Treffen mit Marc gefolgt und hatte so die Hütte entdeckt...

Nein! Ellie war bestimmt ein Rabenaas und es war mit ihr sehr schwierig gewesen, aber so hinterlistig war sie nicht, sie war nicht heimtückisch... Oder doch?

Oder er hat uns alle beide reingelegt...

Oh nein, bestimmt nicht – das war doch absurd! Wie konnte sie nur auf eine so absolut idiotische Vermutung kommen? Rieke las mechanisch weiter, aber in ihrem Kopf tönte es unablässig: *reingelegt, reingelegt,* und plötzlich war ihr wieder speiübel. Sie raste zum Bad, kniete vor der Toilette nieder, aber aus ihrem Hals kamen nur trockene, kratzige Würgegeräusche.

Sie spürte den kalten Schweiß auf ihrer Stirn, stand auf und wusch langsam ihr Gesicht, trocknete es ab und betrachtete sich im Spiegel.

...reingelegt... reingelegt...

Das tat weh. Das tat so schrecklich weh.

Rieke ging hinunter, um ihrer Mutter beim Kochen zu helfen. Inge Hofmann stand an der Spüle und schälte Kartoffeln.

»Worum geht es eigentlich bei dieser Familienkonferenz, Mami? Und wann kommen die Jungs?«

Die Mutter sah auf ihre Armbanduhr.

»Ich hab ihnen gesagt, wir essen um acht. Also nehme ich an, dass sie bis dahin eintrudeln werden.«

»Und was ist so schrecklich wichtig, dass du sie alle hierher zitierst?« Rieke öffnete die Kühlschranktür und goss sich ein Glas Sprudel ein.

»Du, ich möchte nicht gern alles zweimal erzählen. Warte doch bitte, bis alle da sind, okay?« Ihre Mutter hörte sich müde an, und als sie mit dem Handrücken ihre Wange berührte, schien sie gleichzeitig unsichtbare Tränen wegzuwischen.

Rieke war völlig entgeistert. Bis zu diesem Augenblick hatte sie die Sache mit der Familienkonferenz für eine Art nostalgischen Witz gehalten, aber plötzlich schien es so, als ob irgendetwas sehr Wichtiges passiert wäre. Ihr kam es vor, als ob eine Art Damoklesschwert über ihnen hing. Ihr schauderte, aber dann konzentrierte sie sich auf den Salat, wusch ihn, schnitt die Zwiebel klein und mischte eine Vinaigrette – wohltuende, beruhigende Alltagstätigkeiten, die vielleicht das Bedrohliche, was ihnen bevorstand, auf Abstand halten konnten.

Als Basti zum Tischdecken in die Küche kam, waren Felix und Johannes bereits eingetroffen und erzählten von den Jobs, die sie in den Semesterferien gehabt hatten.

Genau wie Marc, dachte Rieke. Marc. Der sich angeblich wegen ihr nicht auf seinen Kellnerjob konzentrieren konnte, der aber englische Wörter zwischen die Sätze streute …

… two-timing, two-timing …

Ganz klar, ich bin irgendwie ein Mantra-Mensch, dachte Rieke und versuchte sich auf die Geschichten zu konzentrieren, die ihre Brüder erzählten. Alles war ihr recht, um diese schmerzlichen Gedanken zu verdrängen und um Mami zum Lachen zu bringen und das Problem wegzuschieben, das sie heute Abend zusammengeführt hatte.

Sie hatten schon den Salat gegessen, als Anton endlich auch kam. Als hätten sie sich vorher abgesprochen, vermieden alle fünf Kinder während des Essens ihrer Mutter irgendwelche Fragen nach dem Anlass zu dieser Konferenz zu stellen, sondern alle tauschten Neuigkeiten aus, während sie das Bœuf bourguignon hinunterschlangen, das Inge gekocht hatte – eins der Lieblingsessen der Familie. Erst als der Tisch abgeräumt und sich alle wieder gesetzt hatten, schwiegen sie und warteten darauf, dass die Mutter mit dem herausrückte, was eine Konferenz notwendig gemacht hatte.

Rieke warf dem leeren Stuhl am anderen Ende des Tisches einen ängstlichen Blick zu. Wieso war Paps nicht dabei? Warum überließ er alles Mami? Wusste er am Ende gar nicht, dass sie alle hier versammelt waren? War ihm das vielleicht sogar gleichgültig?

Ihre Mutter räusperte sich.

»Ich bedanke mich bei euch allen, dass ihr gekommen seid. Ich wünsche mir von ganzem Herzen, dass es einen schöneren Anlass für diese Zusammenkunft gegeben hätte. Aber ich will mich kurz fassen: Wir stecken in ziemlichen Schwierigkeiten. Finanziell und auch sonst. Euer Vater verspielt seit einiger Zeit Unsummen am Spieltisch und wir haben massenhaft Schulden.«

Inge wischte die ungläubigen, überraschten Ausrufe beiseite und machte weiter.

»Glücklicherweise gehört dieses Haus nicht mehr der Bank, da es völlig abbezahlt ist, und es läuft auf meinen Namen. Aber da euer Vater und ich nie einen Ehevertrag geschlossen haben, gehört ihm von Rechts wegen die Hälfte von allem, was mir gehört. Bloß gehört es ihm jetzt leider nicht mehr, weil er alles verspielt hat.«

»Moment mal, Inge, bitte mach mal kurz Pause!«, unterbrach Anton. »Wie lange läuft das denn schon? Warum hast du nicht eher die Notbremse gezogen?«

»Damit zeigst du nur, dass du nichts über Sucht weißt.«

Seine Mutter lächelte traurig. »Natürlich wusste ich schon lange, dass er gern bei den Pferderennen in der Vahr wettet und ab und zu ins Spielkasino geht. Aber mittlerweile ist er fast täglich dort und in Bremen hat er bereits Hausverbot, weil er in einen kleinen Skandal verwickelt war – deshalb fährt er jetzt meistens nach Travemünde oder Bad Zwischenahn oder sogar zu noch weiter entfernten Kasinos. Er ist wie besessen.«

»Aber wann hat sich das geändert?«, fragte Johannes verwirrt. »Wann ist es so schlimm geworden?«

Seine Mutter schüttelte ratlos den Kopf. »Ich weiß es nicht auf den Tag genau, aber anscheinend wurde es für ihn immer wichtiger, als Rieke und ich das Jahr in New York waren und er hier allein mit Sebastian gelebt hat.«

»Aber, Basti – wie …?« Felix drehte sich um und sah seinen jüngeren Bruder vorwurfsvoll an.

»He – warte mal!« Basti hob abwehrend die Hände. »Ich habe doch meistens bei Till in Bremen übernachtet – seine Eltern hatten mich dazu eingeladen, weil sie wussten, dass ich mit Paps allein hier draußen wohnte. Das war aber bekannt, ich meine, dass ich meistens bei Till geschlafen habe.«

»Felix, hör bitte damit auf! Ich wollte wirklich nicht Sebastian die Schuld in die Schuhe schieben für das, was passiert ist.« Inge Hofmann lächelte entschuldigend. »Vielleicht hätte ich wissen müssen, dass Jens in seiner Einsamkeit auf die Dinge zurückgreifen würde, die ihm schon immer am meisten Spaß gemacht haben, und als echter Computerfreak hat er nun mal diese verrückte Idee, dass es einen mathematischen Trick gibt, irgendein Gesetz, mit dem man beim Roulette gewinnen kann – ihr wisst schon, Zahlenfolgen und Wahrscheinlichkeitsrechnung und lauter solche Sachen.«

Sie sah alle am Tisch der Reihe nach an. »Wisst ihr, es nützt überhaupt nichts, wenn wir ihm die Schuld an allem geben. Was ich jetzt will, ist Schadensbegrenzung. Ich war schon bei einer Anwältin und sie hat mir geraten, mich scheiden zu lassen.«

»Nein!«

»Wie konntest du bloß!«

»Unmöglich!«

»Schrecklich!«

Nachdem alle Brüder ihrem Entsetzen Ausdruck verliehen

hatten, sagte Rieke, die jetzt begriff, in das darauf folgende Schweigen: »Deshalb war er so fein angezogen.«

Basti tippte sich an die Stirn, aber ihre Mutter nickte. »Ja, Schätzchen. Man darf ein Spielkasino nicht in Jeans betreten.«

»Ich hab mich schon gewundert, als ich ihn heute sah, wie er losfuhr. Er sagte, er fährt in die Stadt – und ich dachte, er trifft sich mit Kunden von seiner Firma.«

»Mehr mit seinen Spielkumpels, denke ich«, sagte Felix trocken. »Also, Inge, dann sag uns mal, wie wir helfen können.«

»Momentan weiß ich nichts. Ich kann euch nur um Verständnis für die ganze beschissene Situation bitten, und dass ihr mir nicht die Schuld daran gebt.« Sie stieß einen tiefen Seufzer aus. »Das Übrige muss ich mit der Anwältin ausknobeln. Das Beste, was mir einfiel, war die Frage an euren Vater, ob er bereit wäre, eine Therapie zu machen – aber er weigert sich, darüber will er nicht einmal sprechen. Wahrscheinlich ist das das Schlimmste an der ganzen Sache: Er hat überhaupt keinen Realitätssinn mehr. In seinen Augen ist das alles nur eine unglückliche Episode, die bald vorübergehen wird. Er redet sich das ein – aber genau das ist die Krux. Als ich in den letzten Wochen das Ausmaß von dem ganzen Desaster so langsam mitbekam, habe ich mich in Sachen Sucht schlau gemacht und so viel darüber gelernt, wie ich erfahren konnte, und in allen Büchern steht, dass dieser Verlust des Realitätssinns typisch für Süchtige ist. Und wir sollten wahrscheinlich genau so denken: Er ist spielsüchtig und wir können ihn für das, was er da tut, nicht verantwortlich machen.«

Sie seufzte wieder und legte die Fingerspitzen an die Schläfen. »Ich bin längst nicht so tolerant und verständnisvoll, wie ich gern wäre, meistens würde ich ihn am liebsten dahin treten, wo es am meisten wehtut, weil er uns das antut.« Sie legte die Hände flach auf den Tisch.

»Aber was bedeutet das? Muss ich Merlin hergeben?«, fragte Rieke ängstlich.

»Muss ich von der Uni runter?«, fragten Felix und Johannes fast gleichzeitig.

»Brauchst du Geld?«, fragte Anton, der als Zahnarztassistent als Einziger der Söhne schon ein regelmäßiges Einkommen hatte.

»Nein, ich danke dir, mein Herz.« Seine Mutter beugte sich vor und tätschelte liebevoll Antons Hand. »Ich verdiene genug, um uns durchzubringen – darum geht es nicht. Das Gehalt einer Professorin ist ja nicht gerade mickrig. Und Rieke, du kannst dein Pferd natürlich behalten, solange es irgend geht und solange ich dieses Haus behalten kann. Ich weiß immer noch nicht ganz über das Ausmaß der Schulden Bescheid und inwieweit ich dafür auch aufzukommen habe. Das werde ich aber in den nächsten Tagen alles herausfinden. Doch…«

Inge Hofmann sah ihre Kinder eins nach dem andern an. »Ich muss mir das mit der Scheidung ernsthaft überlegen, falls ich diesen Ehevertrag nicht zu Stande bringe. Um das, was uns noch gehört, zu behalten. Diese Entscheidung ist eigentlich das Allerschlimmste. Das, was am meisten wehtut. Und niemand kann sie mir abnehmen.«

Sie legte ihr Gesicht in die Hände und Anton legte seinen Arm um ihre Schulter. »Ich wäre jetzt ganz schön dumm, wenn ich dir sagen würde, du solltest dir keine Sorgen machen, denn natürlich machen wir uns alle schreckliche Sorgen, aber denk jetzt um Himmels willen nicht an uns oder welche Auswirkungen das auf uns haben könnte. Denk jetzt nur an dich.«

»Aber… aber… Paps…«, stotterte Rieke, sah von Felix zu Johannes und zu Basti. »Ich will nicht, dass er weggeht – ich möchte…«

Und plötzlich fing sie an zu heulen. Sie legte die Arme auf

den Tisch und vergrub ihren Kopf dazwischen. Dann weinte sie sich das Herz aus dem Leibe.

Paps war ein Spieler.

Mami wollte sich vielleicht scheiden lassen.

Marc hatte sie vielleicht betrogen, ihre blöden Tage kamen nicht und diese Ellie machte alles noch schlimmer mit ihren Lügen und ihren Unterstellungen.

Es war einfach zu viel.

Rieke weinte, bis sie keine Tränen mehr hatte. Ihre Mutter streichelte ihr übers Haar, Basti tätschelte ihr den Arm, die drei großen Brüder gaben irgendwelche tröstenden Geräusche von sich.

Schließlich hob sie wieder den Kopf und nahm dankbar von Felix ein Abtrockentuch entgegen, um sich das Gesicht abzuwischen und die Nase zu putzen.

»Anton, geh mal und hol die guten Gläser aus dem Esszimmerschrank. Felix, du gehst in die Speisekammer und holst eine Flasche Rioja, nein, bring lieber gleich zwei Flaschen. Johannes und Basti, ihr räumt die Geschirrspülmaschine ein.« Die Mutter hatte sich wieder aufrecht hingesetzt und versuchte ein Lächeln. »Ich hole Kerzen und Rieke sucht nach Streichhölzern.«

Mit grimmigem Blick betrachtete Inge Hofmann ihre fünf Kinder. »Wisst ihr, ihr seid alle gesund, es geht euch gut und das ist doch das Wichtigste. Wenn wir nun also mit dem unangenehmen Teil heute fertig sind, dann sollten wir feiern, dass wir nach so langer Zeit wieder mal zusammen sind. Es gibt viel schlimmere Dinge als einen Vater, der mehr Geld ausgibt, als er hat.«

»Junge, Junge, sie ist so zäh wie ein alter Stiefel«, sagte Felix bewundernd, nachdem Inge Hofmann aus der Küche gegangen war. »Kommt, Leute, es gibt 'ne Party!«

Als am Montagmorgen der Wecker fiepte, wusste Rieke im ersten Augenblick nicht, warum sie so fröhlich war. Dann fiel ihr Stück für Stück wieder ein, was am Wochenende alles geschehen war, und sie wunderte sich noch mehr über dieses Gefühl der Erleichterung – mit so einem Vater gab es doch garantiert keinen Grund zur Freude!

Die ausgedehnten Spaziergänge mit Mami und den Brüdern, das gemeinsame Kochen und das lange Gespräch am gestrigen Abend – es hatte so gut getan, endlich mal wieder alle ihre Brüder zu Hause zu haben, und die hatten sie diesmal nicht wie ein Baby, sondern wie eine Erwachsene behandelt. Vielleicht wurde man ja bei so großen Schwierigkeiten eher erwachsen. Oder dann merkten große Brüder erst mal, dass ihre Schwester kein kleines Kind mehr war. Rieke lächelte in sich hinein, doch als sie die Beine über die Bettkante schwang, war das Übelkeitsgefühl wieder da. Nein! Sie rannte ins Bad und übergab sich. Wieder betrachtete sie ihr käseweißes Gesicht im Spiegel, aber ihre Lippen fanden keine tröstende Antwort für ihre furchterfüllten Augen. Sie zog sich an – schon bei dem Wort Frühstück wurde ihr schlecht – und rannte los, um den Bus nach Bremen noch zu erwischen.

»Was hast du?« Anna kuckte Rieke so verdutzt an, dass ihr fast die Augen aus den Höhlen kullerten.

»Ich hab meine Tage nicht gekriegt.«

»Bist du krank oder was?«

»Nur im Kopf«, antwortete Rieke rätselhaft und schaute auf das Pausenbrot in der Hand ihrer Freundin und wartete darauf, dass ihr wieder übel wurde. Überraschenderweise passierte nichts.

»Ja aber, was ist dann der Grund …? Oh nein!«

»Das sage ich auch schon die ganze Zeit: Oh nein!« Rieke lächelte mit vorgetäuschter Tapferkeit.

»Aber wer…?« Anna verdrehte ihre weit aufgerissenen Augen zum Himmel. »Das ist ein Wunder. Eine jungfräuliche Schwangerschaft oder was?« Sie zerrte an Riekes Arm, damit die näher heranrückte. Sie standen in ihrer gewohnten Schulhofecke, niemand war in ihrer Nähe, doch sie flüsterte trotzdem. »Oder hast du?«

»Hab ich was?«

»Na – du und Marc, habt ihr?«

»Natürlich nicht!«, erwiderte Rieke entrüstet.

»Warum machst du dann so einen Aufstand?« Anna biss von ihrem Brot ab und Rieke drehte sich vorsichtshalber weg. Immer noch war ihr nicht schlecht.

»Warum? Weil… Ach, Anna, manchmal raffst du einfach gar nichts! Ich quäl mich zu Tode und du sagst, wozu der ganze Aufstand?«

»Aber wenn du doch nichts getan hast, dann brauchst du dir doch keine Sorgen zu machen!«

Das stimmte. Anna hatte absolut Recht, dachte Rieke. Also mach ich mir keine Sorgen mehr. Aber damals – in dieser einen Nacht – ist da was passiert?

Sie begriff ja selber nicht, weshalb sie solch schreckliche Angst hatte, woher diese widerwärtigen Panikanfälle kamen. Rieke wollte jetzt nicht länger darüber mit Anna grübeln. Manchmal begriff eben auch die beste Freundin nicht, was Sache war. Und auch zwischen den besten Freundinnen gab es eine Grenze für vertrauliche Mitteilungen – schon allein der Gedanke, sie würde Anna von der Katastrophe mit Paps erzählen, dem Spieler, der gerade dabei war, seine Familie in den finanziellen Ruin zu treiben… Nein! Das ging nicht! Manche Dinge konnte man leider nicht mal der besten Freundin sagen.

Als Rieke am Nachmittag von einem Besuch bei Merlin zurückkam, der sich sichtlich erholt hatte, setzte sie sich an ihren Schreibtisch und starrte minutenlang ihren Computer an.

Sollte sie?

Wenn sie es nicht irgendwem erzählte, würde sie irgendwann explodieren.

Ihre älteren Brüder waren in die Städte zurückgereist, in denen sie studierten oder arbeiteten, und Basti übernachtete mal wieder bei Till in Bremen.

Mami war noch in der Uni und Paps – sie hätte nicht gewusst, wie sie mit dem reden sollte. Oder worüber. Alles hatte sich verändert.

Auf eine verrückte, seltsame Weise war es vielleicht leichter, sich einer anzuvertrauen, die keine Freundin war – einer, die weit weg war … Also …

Rieke schaltete ihren Computer ein und begann zu tippen.

@

Von: Friederike Hofmann <ihofmann@uni-bremen.de>
Gesendet: Montag, 4. September 2000 16:39
An: Ellie Finch <elliefin@email.com>
Betreff: Completely confused

Dear Ellie,
Guess what happened in my oh-so-rich-and-beautiful family! You won't believe it, but perhaps you are the only one who can understand what it feels like if things go wrong.

Sie merkte, dass Ellie dem eine andere Bedeutung beimessen könnte, und beeilte sich mit den nächsten Sätzen.

@

I don't mean our disastrous love life. I think about the time your friend Lisa told about the accident of this little sister of yours. I never understood what actually happened – Lisa clammed up when we asked questions – but it seemed really tragic. So you can understand maybe when I say that now I am dreadfully unhappy because my father is not the hero I always thought him to be. Instead he has done something absolutely terrible and I don't even know if I love him any more.

Stimmt, dachte sie. Das ist die Wahrheit. Aber sie würde nicht alles erzählen. Falls es Ellie einfiel, sich über sie lustig zu machen, würde sie jedenfalls nicht in einer offenen Wunde herumstochern können. Lieber den sicheren Weg nehmen.

@

I think this is the worst time I ever had in my life and even the memory of Marc doesn't help so much any more. I still can't get over your hint that he is perhaps two-timing us – he sent me a letter with an ENGLISH sentence between his French ones. By the way, I am not his little cabbage; he calls me his little blonde witch. Which would you prefer? I like the witch better.
I don't know if you will answer this mail because I know I'm rambling on a bit but it was not so bad having had someone to write to now.
Best wishes (if not for your love life in case it concerns a certain person)
Rieke

10

»Wo zum Teufel bist du gewesen?« Lisa zerrte an Ellies Arm, als sie am Montagmorgen knapp zwei Minuten vor der Anwesenheitskontrolle in den Garderobenraum gestürmt kam. »Ich habe stundenlang an der Kreuzung auf dich gewartet!«

Ellie kriegte einen roten Kopf und schaute Lisa, um Entschuldigung bittend, an.

»Tut mir Leid«, murmelte sie. »Ich hab den Bus genommen!«

»Den Bus?«, rief Lisa verblüfft aus, als ob ihre Freundin gestanden hätte, sie wäre mit einer fliegenden Untertasse in die Schule gekommen. »Aber wir waren uns doch einig – wir fahren entweder mit dem Rad oder wir laufen. Hör mal, dieses Fitnessprogramm war damals einzig und allein deine Idee, erinnerst du dich?«

Ellie nickte zerknirscht. Damals hatte sie das wichtig gefunden, weil sie eine Zellulitisdelle an ihrem rechten Oberschenkel entdeckt hatte. Aber sie konnte Lisa ja jetzt wohl kaum erklären, dass ihr wichtigstes Programm momentan die Vermeidung jeder Begegnung mit Jason Hill zum Ziel hatte. Wenn sie bloß daran dachte, dass sie beinahe doch mit dem Rad gefahren wäre und an dem Treffpunkt nicht nur Lisa, sondern auch Jason gewartet hätte…

»Also, dann fahren wir morgen wieder mit dem Rad, oder?«, fragte Lisa und bemühte sich, das Schrillen der Schulglocke zu übertönen.

»Ich hatte gedacht, dass du vielleicht lieber mit Jason fahren wolltest – vielleicht fängt das College ja zur selben Zeit an.« Ellie hatte eine direkte Antwort vermieden und erfuhr jetzt vielleicht mehr über Jason.

»Na klar, aber erst ab nächster Woche«, erwiderte Lisa fröhlich, während sie die Treppe zur Aula hochliefen. »Sein College fängt erst dann an. Und Jason ist keiner, der morgens ohne zwingenden Grund so früh aufsteht.«

Ellie stieß einen Seufzer der Erleichterung aus. Wenigstens hatte sie noch eine Woche Zeit, um sich eine gute Vermeidungsstrategie auszudenken.

Sieben Tage Zeit zum Planen, wie sie es anstellen konnte, dass Jason Hill niemals rauskriegte, wo er Lisas bester Freundin schon mal begegnet war.

»Mach dir bloß keine Sorgen, du brauchst nicht mehr lange zu warten, bis du ihn kennen lernst.« Lisa grinste und kniff Ellie in den Arm. »An einem der nächsten Abende krieg ich ihn dazu, dass er mal zu dir mitkommt und…«

»Nein!« Das Wort war draußen, bevor Ellie Zeit zum Überlegen gehabt hatte. »Das – äh – das geht momentan nicht. Meine Mutter will tapezieren.«

Das war eine glatte Lüge und sie fand sich deshalb auch saublöd, aber was blieb ihr anderes übrig? Falls Jason Hill bei ihnen zu Hause auftauchte, würde ihre Mutter ihn bestimmt wieder erkennen. Und wenn ihr Vater bis dahin zurück war – was dann? Und wie würde erst Becky darauf reagieren? Sie musste das unter allen Umständen verhindern.

»Ach?« Lisa sah aus, als wäre sie eingeschnappt. »Sie wird ja schließlich nicht ununterbrochen im Tapetenkleister rühren!«

»Nein, aber…«

»Aha! Ich hab's kapiert! Du bist eifersüchtig!«

»Eifersüchtig?« Ellie winkte ab. »Wie kommst du denn darauf?«

»Weil dein Marc hunderte von Kilometern weit weg ist und du ihn nie siehst – deshalb hältst du es nicht aus, wenn ich glücklich verliebt bin!«

»Du spinnst ja total!« Vor lauter Panik und Sorge klang Ellies Antwort schärfer, als sie beabsichtigt hatte. »Warum sollte ich auf einen solchen Depp wie diesen Jason eifersüchtig sein –« Sie brach ab, weil ihr klar war, dass sie sich fast verraten hatte.

»Was weißt du denn schon von Jason? Du hast ihn doch noch nie gesehen! Na bitte, das ist der Beweis – du bist rasend eifersüchtig!«

Lisa warf den Kopf in den Nacken und stürmte davon ins Klassenzimmer. Ellie bahnte sich einen Weg durch die anderen Schülerinnen, die den Weg versperrten, und lief hinter Lisa her.

»Lisa, warte doch mal!« Sie holte tief Luft. »Du, entschuldige bitte, ich weiß auch nicht, was mich da geritten hat. Wahrscheinlich krieg ich demnächst meine Tage. Tut mir Leid, ehrlich.«

Lisa sah wieder etwas besänftigt aus.

»Hm, na ja ...«, knurrte sie. »Weißt du was? Komm doch einfach am Mittwoch zu mir, wie wär das? Jason will dann auch kommen und wir könnten ...«

»Lisa Farrell! Hättest du bitte die Güte, mal leise zu sein – oder ist deine Zunge auf Automatik eingestellt?« Die Klassenlehrerin Mrs. Dunmore sah Lisa von der anderen Seite des Klassenraums her aufgebracht an, während die andern in der Klasse vergnügt kicherten. Ellie ergriff die Gelegenheit und setzte sich rasch auf einen freien Platz hinten im Raum und tat so, als sei sie ganz schrecklich mit dem Auspacken ihrer Schulsachen beschäftigt. Mittwoch. Bis Mittwoch musste sie sich eine gute Entschuldigung einfallen lassen, aber welche? Selbst wenn sie es diesmal schaffte, die Begegnung zu vermeiden, so würde Lisa nicht ruhen, bis sie ihrer besten Freundin diesen tollen Jason präsentiert hatte. Und der würde Ellie bestimmt wieder erkennen, denn im Gegensatz zu einigen ihrer Freundinnen hatte sie sich in den zwei Jahren seit diesem entsetzlichen Nachmittag kaum verändert. Klar, sie war gewachsen und blöderweise hatte sie jetzt sogar mehr Sommersprossen als damals, aber davon abgesehen gab es kaum einen Unterschied. Sogar ihre Frisur war eigentlich immer noch die gleiche – ein bisschen länger, aber … Ihre Haare!

Mrs. Dunmore begann den Unterricht mit einer Predigt über die Notwendigkeit von harter Arbeit und von Teamgeist, während Ellie an ihrem Plan bastelte. So lange, wie Lisa in Jason so verknallt war, konnte sie sich einem Treffen nicht ständig entziehen. Aber wenn sie es richtig schlau anstellte, dann konnte sie vielleicht verhindern, dass er sie wieder erkannte. Vielleicht.

Ellie schloss die Haustür auf, schleuderte ihre Jacke über den Garderobenständer und galoppierte nach oben in ihr Zimmer. Ihre Mutter würde erst in einer halben Stunde kommen, meistens holte sie auf dem Heimweg vom Büro erst Becky ab, denn Becky konnte es überhaupt nicht leiden, wenn andere dabei zusahen, wie sie sich beim Besteigen des Schulbusses abquälen musste.

Ellie riss die Schublade ihres Nachttischs auf und holte ihre Brieftasche heraus. Na toll! Drei Pfund, fünfzig Pence – das reichte nie und nimmer für einen neuen Haarschnitt. Sie schmiss die Brieftasche aufs Bett und starrte wütend ihr Spiegelbild in dem Schrankspiegel an. Wenn sie ihr schulterlanges Haar ganz kurz schneiden ließ, würde sie garantiert total verändert aussehen – doch Frisöre kosteten ein Vermögen und sie bekam erst in zwei Wochen wieder Taschengeld. Aber egal – irgendwie musste sie ihre Mutter dazu rumkriegen, dass sie das Geld rausrückte. Das würde nicht leicht werden.

Sie hockte sich vor ihren Computer. Der erste Schultag – und schon türmten sich massenhaft Hausaufgaben.

Normalerweise wäre sie jetzt zu Lisa gegangen und hätte sich von der helfen lassen, aber momentan ging das auf gar keinen Fall. Also musste sie jetzt ihren Geschichtsaufsatz allein schreiben und danach kam die grässliche Deutschübersetzung dran.

Sie zog das Deutschbuch aus ihrer Mappe.

Mein Bruder wird seine Ferien in England verbringen und mit dem Zug und der Fähre reisen.

Was zum Teufel hieß denn das nun schon wieder? *Zug*? Das war doch das Gleiche wie *Eisenbahn – train*. Aber *Fähre*? Hatte das was mit *Fuhre* zu tun? Mit *fahren* oder wie oder was? Was für eine blöde Sprache – warum hatte sie überhaupt dieses Wahlfach genommen? Na klar, weil ihr Vater – ihr leiblicher Vater – die Familie verlassen und nach München gezogen war und sie damals noch phantasiert hatte, dass sie eines Tages dorthin fahren würde und… Reiß dich zusammen, ermahnte sie sich. Das waren doch nur Hirngespinste von einem dusseligen Kind. Mach deine Hausaufgaben!

Während sie in ihrem deutschen Wörterbuch blätterte, um das Wort *Fähre* nachzuschlagen, gab ihr Computer einen Piepser von sich. Marc! Sie warf das Wörterbuch auf den Boden und klickte die Inbox an.

@

…perhaps you're the only one who can understand what it feels like if things go wrong.

Kein Marc.

Freddie.

Aber an Stelle der üblichen Gefühlsmischung aus Enttäuschung und Verärgerung war Ellie ganz begeistert. Nicht etwa, dass sie Freddies E-Mail für besonders fesselnd hielt, sondern eher deshalb, weil sie gerade überlegt hatte, dass sie niemals wieder über einer Übersetzung schwitzen müsste, wenn sie es schlau anstellte. Sie brauchte den Text nur an Freddie zu mailen und konnte dann in aller Gemütsruhe warten, bis der übersetzte Text wieder in ihrem Computer landete. Genial! Natürlich musste sie als Erstes Freddie dazu bringen, dass die ihr gern half. Bisher hatte sie nicht gerade den Eindruck gemacht, als ob sie vor lauter Nächstenliebe nur so überströmte – vielleicht sollte sich Ellie erst mal lang und breit nach Freddies Pferd erkundigen und Marc ganz außen vor lassen …

@

Lisa told us about the accident of this little sister of yours.

Unwillkürlich überlief Ellie eine Gänsehaut. Lisa konnte einfach nie den Mund halten – aber zum Glück wusste sie gar nicht alles. Nur dass Becky einen Unfall gehabt hatte, der sie meistens an den Rollstuhl fesselte. Ellie hatte ihren eigenen Anteil an dem Unfall nie erwähnt, und schon gar nicht, was ihr Vater damals getan hatte, nein, sie hatte nur von dem Unfall als solchem erzählt, nichts über die Hintergründe. Deshalb konnte Freddie gar nicht so viel darüber wissen, dachte Ellie, während ihr Blick über den Bildschirm huschte.

@

... dreadfully unhappy because my father is not the hero I always thought him to be. Instead he has done something absolutely terrible and I don't even know if I love him any more.

Ellie wusste hinterher nicht mehr, wie lange sie auf den Bildschirm gestarrt hatte. Erst als sie den Absatz noch einmal lesen wollte, merkte sie, dass ihre Augen voller Tränen waren. Sie kannte das Gefühl, von dem Freddie schrieb, aber sie hätte nie gedacht, dass die auch so was fühlen konnte. Ellie war sich über ihre Gefühle für ihren Vater – eigentlich war er ja ihr Stiefvater – schon urlange nicht mehr im Klaren: An den Tagen, wenn er gute Laune hatte, war sie der Meinung, sie konnte ihn ganz gut leiden, aber wenn er in mieser Stimmung war, dann brüllte er und fluchte und rannte einfach aus dem Haus, in dem dann ihre Mutter traurig und tief gekränkt zurückblieb, und an solchen Tagen hasste Ellie ihn. Nicht nur, weil er die Atmosphäre zu Hause vergiftete, sondern wegen seiner Lügen. Wegen der Lügen, über die nur sie Bescheid wusste. Und hier schrieb Freddie, dass ihr Vater etwas Schreckliches getan hatte. So schrecklich, dass nicht einmal die Erinnerung an die wunderbare Zeit mit Marc ihr darüber hinweghelfen konnte. Auch das konnte Ellie nur zu gut nachvollziehen – erst gestern Abend hatte sie versucht, sich die romantischen Begegnungen mit Marc ins Gedächtnis zurückzurufen, aber dauernd hatte der Gedanke an Jason Hill die Erinnerung an Marc aus ihrem Kopf verdrängt. Arme Freddie – was war da wohl passiert? Sie schob ihre Schulsachen zur Seite und griff nach der Maus. Sie klickte auf *Antwort* und begann zu tippen.

@

Von: Ellie Finch <elliefin@email.com>
Gesendet: Montag, 4. September 2000 16:55
An: Friederike Hofmann <ihofmann@uni-bremen.de>
Betreff: Bad news

Dear Freddie,
What has happened? What has your dad done? Is it something to do with your horse – has he said it has to be put down? Is he refusing to pay for medical treatment for it? Or is it worse than that? You can tell me because I do understand – I don't much like my dad. Well, he's not my real dad; he married my mum when I was three years old and then the next year they had Becky, my sister. He always liked her best, even before her accident. Since then – well, anyway, I do understand.

Ellie brach ab. Sie wusste nicht, was sie sonst noch schreiben sollte. Falls Freddie ihr mehr darüber erzählen wollte, würde sie es schon tun. Deshalb sollte sie jetzt lieber wie in einem normalen Brief weiterschreiben.

@

I guess we have to face the fact that Marc was seeing both of us. I can't believe it and I don't want to believe it; he was so loving, so romantic to me, and you mustn't forget that his letters keep talking about wanting to see me again. Has he asked to see you again? I don't think so. I also don't think being called a witch is very romantic at all – mind you, cabbages aren't exactly hot stuff, are they?!! I guess the French language isn't up to much.

I don't want to add to your problems but I guess the fact that he slipped an English sentence into his letter is a kind of clue to which one of us he is really keen on. I read in this psychology book that your subconscious mind works even when you are trying to pretend to be something you are not. Maybe Marc is trying to be really sweet to you when all the time he is fighting his passion for me. You could ask him – my languages aren't up to complicated things like that.
Talking of languages, can I ask you a favour? Each week I get German translation homework and I'm awful at it. But I want to get better because – well anyway, I have my reasons. If I e-mail it to you, would you translate it for me? I know it's a bit of a cheek to ask but maybe I could do something for you. My Maths is quite good, if that helps. Let me know what you think – and in the meantime I mail you that stupid text.
Cheer up – whatever your dad has done, he is still your dad, which is more than I can say about mine. My real dad went to Germany, by the way. Which is kind of why I want to get better at German. For what it's worth.
Write soon,
Love
Ellie

Ellie stellte sich eben die Frage, ob diese ganze E-Mailerei nicht ziemlich übertrieben war, als sie die Haustür zuschlagen hörte. Ihre Mutter!

Sie sprang auf, bemühte sich um ein liebendes Tochterlächeln in ihrem Gesicht und raste nach unten, bereit, ihre Hilfe anzubieten, vielleicht den Tisch zu decken oder Becky beim Klavierüben zu helfen oder den Boden zu schrubben – alles, wenn sie dafür einen neuen Haarschnitt bekam.

Als sie um den Treppenpfosten bog, blieb sie wie angewurzelt und mit offenem Mund stehen.

»Na, Ellie«, sagte ihr Stiefvater. »Ich bin wieder da.«

11

Rieke saß an ihrem Schreibtisch und versuchte sich auf die Matheaufgaben in dem Heft vor ihr zu konzentrieren. Aber immer wieder flutschten ihre Gedanken zu ihren Sorgen zurück und mit hängenden Schultern grübelte sie darüber nach, wo ihre Periode, eine E-Mail von Marc, das Geld in der hofmannschen Familienkasse und ihr Vater blieben. Bestimmt würde Mami einen Ausweg finden, andernfalls mussten sie in eine kleinere Wohnung nach Bremen ziehen, Merlin musste verkauft werden und die Brüder würden nie mehr zu Besuch kommen, weil in einer Dreizimmerwohnung nicht genug Platz für alle war.

Stopp!, ermahnte sie sich selbst. Du wirst ja echt melodramatisch. Sie seufzte, klappte ihr Buch zu und fing an auf der Tastatur zu ihrer Linken herumzutippen. Da – sie hatte es ja gewusst. Noch immer nichts von Marc, obwohl sie ihn in ihrer letzten E-Mail ganz offen gefragt hatte, ob er was mit Ellie am Laufen hätte. Aber er hatte immer noch nicht geantwortet.

Und wenn Ellie Recht hatte? Wenn er sie wirklich betrogen hatte? Oder vielmehr, wenn er sie beide, jede mit der anderen, betrogen hatte?

Unmöglich! Absolut unmöglich! Ihr Herz krampfte sich zusammen und tat weh und sie spürte Tränen hinter ihren Lidern piksen.

Nein! So ging das nicht! Sie schlug ihr Mathebuch wieder

auf, schaute aber zur Sicherheit noch einmal nach Post. Eine neu eingegangene E-Mail tauchte auf dem Bildschirm auf. Sie fummelte mit der Maus herum und las:

@ ... I can't believe it and I don't want to believe it ...

Genau ihre Gedanken! Und ausgerechnet von einem Mädchen, das sie nicht leiden mochte, das sie überhaupt nicht ausstehen konnte!

@ I don't want to add to your problems ...

Wem willst du das denn erzählen, Ellie? Bisher hast du nichts weiter gemacht als das: Du hast mir bloß Schwierigkeiten gebracht ...

@ ... he is fighting his passion for me ...

Was soll denn dieser Quatsch? Einfach lächerlich! Eine heiße Leidenschaft für Ellie Finch? Wenn Rieke nicht so unglücklich gewesen wäre, hätte sie laut gelacht! Aber dann kniff sie die Augen zusammen. Was war das?

@ ... can I ask you a favour? ... I know it is a bit of a cheek ...

Wo Sie Recht haben, haben Sie Recht, Miss Finch! Du bildest dir ernsthaft ein, du könntest mir in Mathe weiterhelfen? Das ist doch ein Witz!

@

Cheer up – whatever your dad has done, he is still your dad, which is more than …

He, das hörte sich aber jetzt irgendwie anders an, fast freundlich …

Rieke wurde in ihren Überlegungen durch ein leises Anklopfen an der Tür gestört.

»Komm rein«, sagte sie und wunderte sich, was Basti in ihr Zimmer bringen konnte. »Damit du es gleich weißt: Ich tausche nicht das Staubsaugen im Wohnzimmer gegen das Kücheputzen, falls du deshalb gekommen bist«, sagte sie.

»Ähem, nee, deshalb bin ich nicht gekommen«, sagte Paps' Stimme hinter ihr.

Sie drehte sich um und starrte ihn verblüfft an.

»Oh, Paps, komm rein. Ich dachte, es wäre Basti.«

Ihr Vater kam ins Zimmer und schloss die Tür hinter sich. Seine Blicke wanderten an den Wänden entlang und wichen ihren Augen aus. Sie sah sein blasses Gesicht und registrierte, dass er sich nicht rasiert hatte – und dabei war es schon fünf Uhr!

»Ja, Paps, was gibt's?«

Er sah sie immer noch nicht an, sondern schaute aus dem Fenster. Er räusperte sich.

»Ich … ähem … wollte dich fragen …« Er brach ab.

»Was denn?«

»Oh, eigentlich nichts Besonderes. Weißt du, ich hab

meine Brieftasche verlegt und muss noch ein paar Sachen kaufen und da dachte ich …«

»Ja?« Ihr Herz fühlte sich an wie ein kalter Stein. Das hier geschah doch nicht wirklich? Das war doch nicht wahr! Das war ja schlimmer als jeder Albtraum, den sie bislang gehabt hatte!

»Tja, also, ich brauche etwa hundert Mark und da dachte ich, du könntest …« Wieder wanderte sein Blick im Zimmer umher und blieb schließlich am Computer hängen.

»Du willst dir von mir Geld leihen? Hundert Mark?«

»Äh, ja … ähem …«

»Paps, sieh mich an, bitte, nur ganz kurz.«

Er sah sie an, aber nur eine Sekunde lang, dann blickte er zu Boden.

»Paps, Mami hat uns erzählt, dass du spielst. Selbst wenn ich das Geld hätte, was nicht der Fall ist, würde ich dir nicht …«

»Aber ihr begreift einfach nichts!« Seine Stimme klang gequält und seinem Gesicht konnte man ansehen, wie sehr er litt. »Keiner von euch versteht mich! Ich habe ein ganz wunderbares, narrensicheres System – ich brauch nur noch einen einzigen Testdurchgang und dann sind wir reich und …«

Er hustete. Seine Blässe war einer fieberhaften Röte gewichen, während er nach den richtigen Worten suchte.

»Paps, du solltest lieber mit Mami darüber reden. Sie hat gesagt, sie würde dir gern helfen, falls du –«

»Helfen? Ich brauch keine Hilfe! Ich brauch nur ein bisschen Geld, um mein System zu perfektionieren, das ist alles! Ich dachte, ich könnte mich auf dich verlassen, ich dachte, du von allen meinen Kindern, du …« Er sah sie bittend an.

»Nicht, Paps. Sag so was nicht. Wir haben über dein System gesprochen, alle, die Jungs waren alle hier und wir waren uns absolut einig, dass keiner von uns Millionär werden will, dass wir nichts weiter wollen, als dass es uns wieder so gut wie früher geht, bevor du diese fixe Idee hattest, wie wir alle ganz schnell reich werden könnten …«

»Das ist keine fixe Idee!«, brüllte ihr Vater. »Eine fixe Idee! Unglaublich! Das ist ein absolut wasserdichtes System, ich kann das mathematisch beweisen. Das funktioniert, da bin ich mir ganz sicher, ich brauch nur noch ein paar Mark für den letzten Testversuch«, wiederholte er und hustete wieder.

Rieke weinte lautlos vor sich hin. Tränen strömten nur so über ihre Wangen. Es war genau so, wie Mami vorausgesagt hatte. Sie hatte prophezeit, dass Paps nichts unversucht lassen würde, um an Geld zu kommen, und sie hatte Recht behalten.

»Oh, Paps, es tut mir so Leid, es tut mir so schrecklich Leid«, schluchzte sie, »aber es liegt nicht an meinem guten Willen – ich habe einfach nicht so viel Geld. Ich muss sparen, um den Tierarzt zu bezahlen, weißt du.«

»Dieses dumme Pferd«, flüsterte ihr Vater, während er sich umdrehte und wieder aus dem Zimmer ging. »Dieses verdammte, blöde Pferd.«

Als sich die Tür hinter ihrem Vater schloss, legte Rieke die Arme auf den Tisch und weinte hemmungslos. Wie war das nur möglich, dass ihr Paps, ihr früher so heiß geliebter Paps, sich so furchtbar verändert hatte? Seit ihrer Rückkehr aus Frankreich hatte sie ihn immer nur im Vorbeigehen gesehen, wenn der eine das Haus betrat, während der andere es gerade verließ, oder wenn er mal in die Küche kam, um sich etwas zu essen zu machen. Aber er war schon immer ein eher stiller Mensch gewesen, deshalb war seine Zurückhaltung nicht besonders aufgefallen – sie schien nur ein wenig ausgeprägter als früher. Bis zu dem Abend der Familienkonferenz hatte Rieke absolut keine Ahnung davon gehabt, wie sehr er sich verändert hatte. Sogar als ihre Mutter ihnen von der Sucht ihres Vaters erzählt hatte, hatte Rieke in einem Eckchen ihres Herzens immer noch glauben wollen, dass Mami sich irrte, dass alles ein schreckliches Missverständnis war… Aber nun wusste sie es besser. Der Paps von heute war für sie ein Fremder gewesen, und als sie sich dessen bewusst wurde, schluchzte sie nur um so haltloser.

Hinterher ging sie ins Bad, putzte sich die Nase und untersuchte zum x-ten Mal ihren Schlüpfer – das war mittlerweile zu einer fast stündlichen Gewohnheit geworden.

Immer noch nichts. Verdammt.

Rieke kehrte an ihren Schreibtisch zurück und schlug das Buch wieder auf. Aber der Bildschirm leuchtete immer noch und da war immer noch Ellies Brief zu lesen, klar und deutlich. Und schon war Rieke am Tippen.

@

Von: Friederike Hofmann <ihofmann@uni-bremen.de>
Gesendet: Montag, 4. September 2000 17:23
An: Ellie Finch <elliefin@email.com>
Betreff: So depressed

Ach, Ellie, it is more terrible than I thought! No, it is nothing with my horse; Merlin is recovering very nicely. The thing is – well, I almost don't know how to say it in German and it is even more difficult in English.
The thing is, my Paps is gambling. There you are. Now I've said it. He has changed terribly since I came back from France. I have seen him only a few times and he has changed into another person.
Can you imagine that he was here half an hour ago and tried to borrow money from me? He has a »terrific system, absolutely sure to win him millions« and he is away most of the time to lose all our family's money at some roulette table or whatever he favours for trying

out his stupid system. My mother said it has something to do with him being one of those computer wizards, that the idea of a perfect mathematical system sometimes goes to their heads and makes them believe weird things.

So now you know.

Nobody else knows. I don't dare tell even my best friends about it, not even Anna. I sit in school and my classmates seem like aliens who have no idea at all what life is all about. This is not laughter and silly jokes, it is naked plain fright. At least so it seems to me. If you want you can joke about it or humiliate me – I don't care any more.

I am afraid I am pregnant, I have a father who is a gambling junkie and I don't know if we can afford Merlin much longer. Somehow my world is upside-down and I doubt if Marc could put it right even if he wanted to, which I have come to doubt. I am terribly tired and unhappy and I wonder why I have written to you all this stuff.

Perhaps so that you can hurt me where it hurts most, what do you think?

Freddie

PS: I'll mail the translation later.

PPS: I could do with a little help right now with my Maths, as my thoughts keep wandering and I find it hard to concentrate on figures. I'll send them as an attachment to the translation and we'll see if you can help me.

12

»Ich gehe nach oben, Hausaufgaben machen!« Ellie schob ihren Stuhl zurück, knüllte ihre Serviette zusammen und warf sie auf den Tisch.

»Aber Ellie, wir hatten doch noch gar keinen Nachtisch!«, protestierte ihre Mutter. Sie wandte sich an Ellies Stiefvater. »Wenn ich bloß früher gewusst hätte, dass du heute wiederkommst, Schatz, dann hätte ich für dich Mousse au chocolat gemacht, weil du die doch so gern magst, aber ...«

»Ich bin satt!«, unterbrach Ellie ihre Mutter.

»Bist du krank?« Sofort war ihre Mutter auf Alarmstufe eins.

Ja!, hätte Ellie am liebsten gebrüllt. Es macht mich krank, wie du diesem Kerl immer um den Bart gehst, wie du dich immer unterordnest, wie er dich ständig ausnutzt, all das macht mich krank!

»Mit mir ist alles in Ordnung«, sagte sie und lächelte schwach. »Wir haben nur massenhaft Hausaufgaben auf und das nervt mich ab.«

Ihr Stiefvater lehnte sich auf seinem Stuhl zurück, tätschelte seinen dicken Bauch und hob die Augenbrauen.

»Na so was«, seine Stimme war ironiegetränkt, »das ist ja was ganz Neues! Ellie Finch arbeitet mal zur Abwechslung! Na, ich fürchte nur, das hält nicht lange an.«

Ellies Mutter sah ihn gequält an und kaute an der Unterlippe.

»Sie gibt sich in diesem Schuljahr ganz viel Mühe, Dave«, sagte sie mit einem bettelnden Unterton in der Stimme. »Sie weiß selbst, wie wichtig das ist, nicht wahr, Ellie?«

»Ja!« Ellie spuckte das Wort aus und stürmte die Treppe hoch, während hinter ihr die Esszimmertür ins Schloss fiel. Wütend versuchte sie, sich die Tränen zu verkneifen. Sie würde sich von diesem Mann nicht an den Karren fahren lassen, oh nein! Er versuchte immer wieder, sie als faul hinzustellen, aber das war sie nicht. Sie gab sich alle Mühe – es war schließlich nicht ihre Schuld, dass sie nicht so superschlau wie Becky war.

Warum ist er bloß zurückgekommen?, dachte sie, während sie ihre Zimmertür hinter sich zuknallte. Und schon hatte sie Schuldgefühle. Ihre Mutter hatte so glücklich ausgesehen, als sie nach Hause gekommen war und ihn in der Küche stehen sah, wo er Tee aufbrühte. Becky war vor Freude in Tränen ausgebrochen, als er sie hochgenommen, durch die Luft gewirbelt und von oben bis unten abgeküsst hatte. Am Anfang war er auch richtig nett gewesen und hatte erzählt, dass die Pause – wie er es nannte – ihm die Möglichkeit geboten hatte, seinen Kopf klarzukriegen, und dass jetzt alles in Ordnung kommen würde.

»Und außerdem habe ich einen neuen Job an Land gezogen!«, hatte er verkündet und aus einer Tragetüte eine Flasche Sekt herausgeholt. »Darauf müssen wir anstoßen!«

Ihre Mutter hatte Mund und Augen aufgerissen.

»Einen Job?«, hatte sie wiederholt. »Das ist ja wunderbar! Wo? Was?«

Der Vater hatte die Flasche entkorkt. »Hausmeister«, sagte er stolz. »Erster Hausmeister am Nambridge College, zuständig für Instandhaltung und Reparaturen.«

Und während ihre Mutter begeistert in Glückwünsche ausgebrochen war und Becky ihrem Vater gesagt hatte, er sei einfach der Allergrößte, hatte Ellie aus dem Fenster geschaut und sich alle Mühe gegeben, ihren Mageninhalt unter Kontrolle zu halten.

Das College. Wo Jason Hill studierte. Und wo ihr Vater jetzt täglich arbeiten würde.

Wenn ihr Vater und Jason sich begegneten – und das musste ja eines Tages passieren, ganz klar –, dann konnte alles geschehen.

Lieber nicht darüber nachdenken.

Sie ließ sich auf ihren Stuhl fallen. Aber sie konnte ihre Gedanken nicht einfach abschalten und musste ständig an das denken, was an diesem schrecklichen Tag vor zwei Jahren passiert war. Ob Jason sich auch daran erinnern konnte? Ob er sich die Gesichter gemerkt hatte? Bestimmt würde er sich an den Unfall erinnern – aber würde er sich auch an das erinnern, was vorher geschehen war? Würde er noch alle Gesichter kennen? Oder war für ihn alles verschwommen, oder etwas, das er aus seinem Gedächtnis radiert und vergessen hatte?

»Du musst jetzt versuchen, nicht mehr daran zu denken!« So hatten alle mit ihr in den Wochen und Monaten nach dem Unfall geredet. Und sie hatte es auch versucht. Aber es ging nicht. Nicht völlig. Vielleicht war es Jason ja ähnlich ergangen. Obwohl er das Vergessen nicht verdient hätte.

Trotzdem hoffte sie von ganzem Herzen, dass er alles vergessen hatte.

Zögernd holte sie ihr Aufgabenbuch aus der Mappe heraus und blätterte bis zur laufenden Woche, um nachzusehen, was sie aufhatte.

Geografie: Vergleiche verschiedene Wolkenbildungen miteinander und –.

Garantiert nicht.

Naturwissenschaften: ein Aufsatz über Fotosynthese.

Na, das war doch reizend!

Geschichte: ein Tag im Leben einer Londoner Familie während der Luftangriffe 1943.

Das würde sie zuerst erledigen – im Internet gab es sicherlich massenhaft viele Infos zum Zweiten Weltkrieg, davon konnte sie bestimmt was abschreiben.

Sie loggte sich ins Netz ein, doch bevor sie überhaupt die Suchmaschine starten konnte, kam deutlich das Signal »Neue Message!«.

Als sie den Briefkasten anklickte, erschien eine Nachricht auf dem Bildschirm.

»Eine nicht abgeschickte Message ist in der Outbox – wollen Sie die jetzt losschicken?«

»Na klar!«, sagte Ellie ungeduldig und klickte das richtige Logo in der Menüleiste an. Dann starrte sie erschrocken auf den Bildschirm. »Nee – ich wollte sagen: doch nicht!«

Aber da war es schon zu spät. Der hocherotische Brief, den Lisa ihr getippt hatte – und den Ellie noch etwas überarbeiten wollte –, war schon auf seinem Weg nach Frankreich.

Irgendwie war das heute nicht ihr Tag.

Sie klickte die Inbox an und seufzte. Wie sie sich schon gedacht hatte – schon wieder Freddie! Sie soll jetzt bitte nicht sagen, dass sie was von Marc gehört hat – bitte nicht!

@

... more terrible than I thought... my Paps is gambling.

Ellie riss die Augen auf, beugte sich näher zum Bildschirm hin und las atemlos die eng getippten Zeilen. Arme Freddie! Sich vorzustellen, dass der eigene Vater sein ganzes Geld verspielte – und auch noch das seiner Frau! Nicht einmal Ellies Stiefvater würde so etwas tun!

@

... nobody else knows. I don't dare tell even my best friends ...

Ellie wurde von einer Welle der Sympathie überrollt. Sie wusste nur zu gut, was es hieß, wenn man mit einem Geheimnis lebte, das man niemandem erzählen konnte, wenn man tage- und nächtelang die gleichen Gedanken in seinem Kopf hin und her wälzte, bis zu einem Punkt, wo man fast verrückt wurde. Niemals würde sie über so was Witze machen, was immer Freddie sich da auch denken mochte. »Was?« Der nächste Absatz überraschte Ellie dermaßen, dass sie laut aufschrie. Schwanger? Freddie? Wie zum Teufel...?

Aber da stand weiter nichts mehr. Keine Erklärung zu dieser unglaublichen Bemerkung, nur noch etwas über das Pferd und wie müde sie wäre.

Dann gab es eine zweite Message von Freddie: die Übersetzung von Ellies Hausaufgabe. Freddie hatte sich wirklich die Mühe gemacht, ihr zu helfen. Vielleicht war sie am Ende doch keine ganz so dumme Zicke, wie Ellie gedacht hatte. Vielleicht versuchte sie mit ihrer Tour, sich ständig in den Mittelpunkt zu setzen, und mit ihrer hochnäsigen Art nur, ihre Unsicherheit und ihre Ratlosigkeit zu übertünchen.

Aber da war noch was! Freddie dachte, sie wäre schwanger. Und mit wem war sie angeblich die meiste Zeit zusammen gewesen und mit wem hatte sie rumgeknutscht und wen liebte sie so über alle Maßen?

Nein!

Das ging doch nicht... Das war doch unmöglich...

Doch. Natürlich konnte sie.

Vielleicht hatte sie...

Aber eigentlich war sie doch viel zu vernünftig?

Wenn Freddie wirklich schwanger war, dann gab es nur einen Kandidaten, der dafür in Frage kam.

Marc.

Ellies Marc.

Aber falls Freddie wirklich schwanger war, dann war das nicht mehr Ellies Marc.

Von: Ellie Finch <elliefin@email.com>
Gesendet: Montag, 4. September 2000 19:13
An: Friedrike Hofmann <ihofmann@uni-bremen.de>
Betreff: Unbelievable

Dear Freddie,
I don't know where to start. Well, actually I do. Let's get one thing clear: I am not going to laugh at you, or joke about your situation or tease you about your father's gambling. You may think I am the pits but I don't sink that low.
It's awful about your father and his gambling – and the worst bit is that he asked you for money. Nothing makes me angrier than when parents drag you into the messes they have made of their lives and then expect you to help bale them out. My dad – no, I'm fed up with referring to him as my dad – my STEPDAD is just the same. When Becky had her accident, he was ...

Ellie hielt inne und löschte die letzten Wörter wieder aus. Was in aller Welt hatte sie sich bloß dabei gedacht? Sie konnte Freddie auf gar keinen Fall die Wahrheit erzählen, niemand kannte die ganze Geschichte. Niemand außer ihr und Jason Hill. Und ihrem Stiefvater.

@

Anyway, what is going to happen? Will your dad go to one of those Gamblers Anonymous places? Do you have them in Germany? My stepdad went to Alcoholics Anonymous for a while; he's meant to go still but I guess he skives off. Will you have to move house? That's the worst part of things going wrong – selling up and starting over in some new place where you don't know anyone.

Wieder machte sie eine Pause, ihre Finger schwebten über den Tasten. Es war wahnsinnig wichtig, dass sie das Nächste richtig hinkriegte. Denn falls ihr das nicht gelang, würde Freddie dichtmachen und dann würde sie nichts mehr von ihr erfahren.

@

You said you thought you might be pregnant. Are you sure? I mean – do you have a boyfriend back in Germany? Or did you and Marc – well, you know. Get it together? I guess you didn't – I mean even you are not that daft, surely? I can't imagine what you must be feeling like – are you being sick? My mum was as sick as anything when she was expecting Becky. Mind you, Becky is enough to make anyone sick. I shouldn't say that – I mean, not after all she has been through. It's just that everyone makes such a fuss of her and she plays up to it, and I feel like a spare part in my own family. Sometimes I wish I knew where my own real dad was so that I could whizz off in the school holidays and spend time with him. Loads of my mates have parents who are divorced and they get two holidays and two Christmasses and everything – and I'm stuck with a stepdad who hates my guts and a sister who makes me feel guilty every time I look at her.

I guess I shouldn't have written all that but I reckon that we are getting past the holding back secrets stage, don't you? I mean, I know you are worried about being pregnant (maybe) and about your dad and everything – so I don't suppose it much matters that you know stuff about me. The thing is, there is this guy called Jason Hill who was the cause of everything that happened to my sister – well, partly the cause but the rest is too awful to write about. Anyway, he's moved to Nambridge. And worse – my best friend Lisa (the one who played the sax at camp) is going out with him. It's like a nightmare and there's no escape. You see, I'm bound to have to meet him soon, because Lisa is so crazy about him that she wants to show him off to everyone – and when Jason sees me, he will recognise me. He always said he'd get me one day and I'm scared.

Anyway, I'm going to get all my hair cut off – assuming I can get my mum to cough up the money. Do you think I'll look really different with cropped hair? I've got to look different. By Wednesday.

Love

Ellie

PS Have you tried a hot bath? Or skipping really fast with a skipping rope? That's supposed to make overdue periods come. Good luck.

PPS Have you heard from Marc? Have you told him that you think you're pregnant? Or was it another boyfriend? If it was, you were two-timing him as well, weren't you?

PPPS Good luck. Really. I mean it.

PPPPS Thanks for the translation. I had a go at your Maths – I hope it helps!

PPPPPS Somehow I still can't believe it that we are mailing each other these letters – weird, eh?

13

Als Rieke zwei Stunden vor ihrer üblichen Zeit aufwachte, wartete sie einige Augenblicke ab, voller Angst, dass diese schreckliche Übelkeit sie wieder überfallen würde. Nichts. Ihr ging es gut. Total gut. Mit einem Satz sprang sie aus dem Bett und lief ins Bad. Toll! Sie hatte sich alles doch nur eingebildet. Nun würde alles wieder gut werden.

Es passierte dann beim Zähneputzen. Ohne die leiseste Warnung krampfte sich ihr Magen plötzlich zusammen und sie übergab sich ins Waschbecken. Als der Würgezwang nachließ, zitterten ihre Knie und sie setzte sich auf den Badewannenrand.

Nichts war gut.

Sie wartete, bis das Zittern aufhörte und ihr Pulsschlag sich normalisiert hatte, dann duschte sie und ging wieder in ihr Zimmer. Während sie sich anzog, grübelte sie darüber nach, warum Marc sich nicht meldete.

Sie fühlte sich im Stich gelassen. Wie konnte er sie bloß so lange auf eine liebe Zeile warten lassen, wo es ihr doch so dreckig ging – auch wenn er das nicht wusste. Er müsste es ahnen – wenn zwei Menschen sich richtig doll lieb hatten, musste jeder doch merken, wenn es dem anderen nicht gut ging.

Sie ging die Treppe hinunter in die Küche. Aus dem Arbeitszimmer rief ihre Mutter: »Bist du das, Rieke? Könntest du mal bitte kurz herkommen?«

Inge Hofmann saß bereits wieder hinter dem großen Schreibtisch ihres Mannes, wo sie schon den ganzen letzten Abend gesessen und gerechnet hatte.

»Ich möchte dir gern ein paar wichtige Dinge sagen.«

Rieke blickte zu ihr runter. Mami sah irgendwie kleiner aus als vor den Ferien und die Krähenfüßchen um ihre Augen hatten sich vertieft. Die Falten auf ihrer Stirn waren jetzt auch sichtbarer als früher.

»Ich habe mich mit der Anwältin getroffen und mich mit einem Kollegen an der Uni unterhalten, der ein Fachmann auf dem Gebiet der Suchtpsychologie ist. Ich habe danach als Erstes ein eigenes Konto eröffnet, wo dein Vater nicht mehr an mein Gehalt rankommt. Zweitens: Er wird deshalb verstärkt versuchen, sich von Leuten Geld zu leihen, und ich befürchte, er wird nicht mal vor dir Halt machen.«

Rieke schluckte mühsam. Die Augen ihrer Mutter wurden größer.

»Was – nein! Er …?«

Rieke nickte. »Doch – er wollte hundert Mark für ein absolut perfektes Gewinnsystem. Aber ich hab ihm gesagt, ich hätte kein Geld.«

Inge Hofmann hatte die Hände vor ihr Gesicht gelegt. Jetzt ließ sie sie wieder sinken. Sie sah schrecklich erschöpft aus.

»Oh nein. Wie konnte er nur! Wie konnte er so tief sinken. Aber das ist genau das, wovor ich euch ja neulich schon mal gewarnt habe und was mir die Fachleute bestätigt haben. Tja«, der Anflug eines Lächelns huschte kurz über ihr Gesicht, »jedenfalls ist es ihm nicht geglückt. Wie dir vielleicht schon aufgefallen ist, habe ich alle einigermaßen wertvollen Dinge weggepackt, damit er sie nicht in irgendeinem Pfandhaus versetzen oder verkaufen kann.«

Erst jetzt bemerkte Rieke, dass der silberne Kerzenleuchter, der sonst auf dem Fenstersims stand, verschwunden war, genau wie die silbernen Fotorahmen vom Bücherregal.

Ihre Mutter war dem Blick ihrer Tochter gefolgt.

»Ja, genau, und das Tafelsilber hab ich in einen Safe gebracht und auch noch ein paar andere Dinge.« Sie seufzte. »Es ist schrecklich, dass wir ihn wie ein Kind behandeln müssen – aber Leute mit Suchtproblemen sind nicht mehr verantwortlich für das, was sie tun. Wenigstens nicht mehr voll verantwortlich.«

Rieke ging um den Schreibtisch herum, legte die Arme um ihre Mutter und gab ihr einen Kuss.

»Es tut mir so schrecklich Leid für dich. Dich trifft das alles hier am allerschlimmsten. Und du hast nichts getan, womit du das verdient hättest.«

Ihre Mutter lächelte wieder, aber es war ein trauriges Lächeln. »Da wäre ich mir nicht so sicher. Wenn ich mich nicht so in meine Forschungsarbeit vergraben hätte und wenn ich nicht die Gastprofessur an der New Yorker Uni angenommen hätte, dann wäre mir vielleicht früher klar geworden, was hier los war, und dann hätte ich es vielleicht verhindern können. Er war in dem Jahr, in dem wir in den Staaten waren, sehr einsam und das hat ihn offensichtlich in die Kasinos geführt.«

Sie machte eine Pause und strich sich eine Haarsträhne hinters Ohr.

»Egal«, fuhr sie energisch fort, »ich bin bereit, meine Verantwortung zu tragen, wenn ich ihn nur dazu bringen könnte, mit mir zum Therapeuten zu gehen. Na, wir werden ja sehen. Vielleicht kann ich ihn irgendwann noch dazu überreden.«

Aber sie hörte sich nicht sehr hoffnungsvoll an.

Rieke stieg die Treppe hoch zu ihrem Zimmer, setzte sich aufs Bett und starrte blicklos die Wand an. Das war nun wirklich der allerungeeignetste Augenblick, um ihrer Mutter zu all ihren Problemen auch noch ihre Furcht zu gestehen, dass sie vielleicht schwanger war.

Sollte sie Marc davon erzählen?

Wie oft hatte sie schon über diese Frage nachgegrübelt! Aber wie konnte er ihr helfen? Würde er so reagieren wie so viele Männer und Jungen in den Romanen, die sie gelesen hatte? Ungläubig, fassungslos, ärgerlich oder sogar empört?

Riekes Herz tat weh vor Sehnsucht nach all den wunderschönen Dingen, die er ihr ins Ohr geflüstert hatte, als sie diese unvergesslichen Stunden in der kleinen Hütte verbracht hatten. In der Hütte, die Ellie auch kannte. Sie schaltete den Computer an und sah nach. Doch – da war etwas von Ellie gekommen. Rieke schnitt dem Bildschirm eine Grimasse, aber sie öffnete die Mail dennoch. Während sie die Zeilen las, riss sie die Augen immer weiter auf.

Hintergehen? Sie? Einen anderen Freund?

Das war ja wohl das Letzte – auch von einer wie Ellie Finch! Wie konnte sie es wagen! Diese Gans hatte eine widerliche Phantasie! Da fragte sie doch wahrhaftig, ob Marc und Rieke …

Aber war das nicht genau die Frage, die auch Rieke verfolgte?

Was war in der Nacht geschehen, als sie nach einem langen Tag voller Sonne, Schwimmen und Volleyballspielen einfach eingeschlafen war? Hatte er da …?

Aber wäre sie dann nicht aufgewacht???!!! Natürlich wäre sie aufgewacht.

Aber warum war ihr seit Tagen jeden Morgen schlecht? Gab es da nicht diese Geschichte der »Marquise von O…«, wo eine Frau während ihrer Bewusstlosigkeit vergewaltigt worden war?

Schluss jetzt!, befahl sie ihrer wilden Phantasie. Schluss! Das hier ist keine literarische Komposition von Heinrich von

Kleist, das hier ist das wirkliche Leben im zwanzigsten Jahrhundert – solche Dinge passieren nicht! Das gibt es nicht!

Oder?

Sie schaute wieder auf den Bildschirm. In Ellies Brief tauchten außer Verdächtigungen aber auch noch ganz andere Gefühle auf: Sympathie, Verständnis, sogar Trost.

Rieke las ihn noch einmal und saß nachdenklich da. Ellie bat sie um Hilfe. Ellie hatte einen ganzen Sack voller eigener Probleme – das war offensichtlich. Irgendwas an diesem Unfall ihrer Schwester hörte sich sehr rätselhaft an …

Was war das mit diesen anonymen Spielern?

Und was meinte sie, dass sie die höfliche Phase längst hinter sich hätten? Sie waren nie höflich zueinander gewesen – nicht im Geringsten! Eher ganz im Gegenteil. Was meinte Ellie mit dieser Ehrlichkeit? Aber Rieke war doch mit Ellie ganz ehrlich gewesen! Schließlich hatte sie doch sonst niemanden, zu dem sie so ehrlich sein konnte.

@

Von: Friederike Hofman <ihofmann@uni-bremen.de>
Gesendet: Dienstag, 5. September 2000 06:52
An: Ellie Finch <elliefin@email.com>
Betreff: Hairy

Dear Ellie,
Thank you for your sympathy. Actually I was surprised. I had been afraid you would be jeering. Obviously you are not quite the Ellie I thought I knew. As for another boyfriend – sorry, my one and only love was and is Marc. And my fears still exist. But thanks for your suggestions – if nothing happens today I will try everything to make that cursed period come.
I honestly don't understand why that Jason Hill person is making you so frightened – were you in love with him

once? Has he rejected you? Are you jealous of Lisa? (Of course I know who played the sax so penetratingly and tinnily!!!) What does this mean, »he will get you«? Is he after you because of your oh-so-sweet personality? Or is he threatening you?

But if you really do want to change your look, I'd suggest not only a new haircut, but a different colour as well. As my brother Basti has often experimented with hair dyeing during the last years, I happen to know quite a lot about it. You can choose a >natural< colour: in your case blonde, red or black – anything except brown. But I think the disguising effect would be much stronger if you used one of those crazy blues, violets, oranges or greens. For this you need only food dyes – you know, those little tubes you can buy in food shops, which the bakers use to colour marzipan and other things. But with blue, green and violet there is a litte problem: you have to bleach your hair first, otherwise the colour won't be noticeable.

But in any case, you should probably inform your parents first or it might lead to a heart attack, when you suddenly enter the room glorying in an orange crew cut. And on the other hand, if hair dyeing is not en vogue in your school right now you'd be quite conspicuous and you might draw extra attention to yourself when you'd rather not. If you don't get those mega-hip colours in your town, write to me and I'll send them to you WITH translated instructions.

By the way – if this Jason person is really bothering you, you could always look up your dad in Munich and on your way down the country you could visit me – if you don't mind gambling-addicted fathers, absent-minded, terribly preoccupied mothers and absent brothers.

Anyway, I send you also my love and hope that you solve

all your little problems. (Sending love sounds strange, doesn't it? Do you think we could get used to it?)
Freddie

PS Your suggestions made me think of something!! Tomorrow I'll get a pregnancy test in a pharmacy! Then I'll know!
PPS Why, oh why, didn't I think of that before?
PPPS Perhaps I am much too frightened to get the wrong answer.
PPPPS I haven't thanked you yet for those equations – they helped me quite a lot. Fancy that! Algebra is an international language, huh?

Freddie schickte die Mail ab und schaute nach, ob was gekommen war. Ja! Da war was!

Diesmal war es das lang Ersehnte, lang Erwartete:

@

Von: Marc Fouquet <marc.fouquet@telecom.fr>
Gesendet: Dienstag, 5. September 2000 06:55
An: Friederike Hofmann <ihofmann@uni-bremen.de>
Betreff: Desire
Ma petite sorcière,
j'ai peu de temps – je dois bientôt aller travailler – mais je voulais te dire que je t'aime encore plus qu'avant... seulement toi...

Rieke las weiter und saugte jedes Wort in sich rein. Also liebte er sie immer noch und dachte ständig an sie! Wie hatte sie jemals an ihm zweifeln können! Das war einzig und allein Ellies Schuld. Wenn die nicht so gelogen und behauptet hätte, sie wäre ebenfalls Marcs Freundin... Aber irgendwie spürte Rieke nicht das gleiche überwältigende Glücksgefühl wie früher. Irgendwas an seinen Worten klang anders…

Sie las alles noch einmal und versuchte herauszufinden, was ihr das ungute Gefühl verursachte, als Basti den Kopf zu ihrer Tür reinsteckte.

»Los, komm, Mami hat gesagt, sie fährt auch nach Bremen und nimmt uns bis zur Schule mit – aber dann müssen wir jetzt sofort los.«

Rieke schaltete leise stöhnend ihren Computer aus und hob ihren Rucksack hoch. Das war nichts, worauf sie sich freute.

In der Schule war es merkwürdig. Rieke saß in den Unterrichtsstunden auf ihrem Platz, gab Antworten und stellte Fragen und hatte dabei das Gefühl, sie wäre auf einem anderen Planeten und würde sich bei allem, was sie tat, beobachten. Dieses Mädchen dort in dem Klassenraum verhielt sich doch ganz bestimmt nicht wie jemand, bei der andere auf den Gedanken kommen konnten, irgendwas wäre nicht in Ordnung.

Irgendwas?

ALLES war aus den Fugen geraten.

Während der Pause schaffte sie es, ein fast völlig normales Gespräch mit Anna zu führen. Erst als Anna ihr sagte, um wie viel Uhr sie Rieke am Nachmittag bei sich erwartete, wurde Rieke klar, dass sie gerade ein Treffen vereinbart hatten.

»Wie dumm von mir«, brabbelte sie dann schnell, »ich hab ja ganz vergessen, dass ich meiner Mutter versprochen habe, ich würde ihr heute Nachmittag beim Einkaufen helfen. Und außerdem muss ich noch bei Merlin vorbeischauen. Ein anderes Mal, ja?«

Anna sah sie resigniert an.

»Ich würde ja gern wissen, was mit dir seit den Ferien los

ist. Anscheinend ist so eine Liebesgeschichte mit einem Franzosenknaben auch nicht das Allertollste. Dieser Marc hat aus dir eine richtige Eremitin gemacht.«

Rieke lachte. »Bestimmt nicht. Ich glaube eher, das kalte Klima des Nordens lähmt mich, weiter nichts.« Aber das klang selbst in ihren eigenen Ohren wenig überzeugend. Anna warf ihr noch einen zweifelnden Blick zu und drehte sich dann zu einem anderen Mädchen um, das etwas von ihr wissen wollte.

Nach Schulschluss beeilte sich Rieke, aus der Klasse zu kommen, und flitzte zur Bushaltestelle, bevor jemand sie zu fassen bekam. Erst im Bus fiel ihr ein, dass sie vergessen hatte, den Test zu kaufen. Dann eben morgen, dachte sie apathisch.

Glücklicherweise war noch niemand zu Hause. Sie ging hoch in ihr Zimmer, legte sich aufs Bett und nahm Fritzi in den Arm. Sie wollte jetzt nur ein paar Stunden des Friedens und der Stille, ohne dass ihr jemand ein neues Problem vor die Füße legte.

Plötzlich knallte unten eine Tür zu, Schritte donnerten die Treppe hoch und Bastis Stimme brüllte: »Rieke! RIEKE! Komm runter! Schnell! Paps will Merlin abholen lassen! Mami hat Angst, dass er ihn verkaufen will!«

14

@

Von: Ellie Finch <elliefin@email.com>
Gesendet: Dienstag, 5. September 2000 07:25
An: Friederike Hofmann <ihofmann@uni-bremen.de>
Betreff: Colour dreams

Dear Freddie,
Thanks for the advice – that's a great idea! I'm going auburn – I've bought some hair colour from the chemist round the corner and it says it's dead easy to do. I can't go violet – you get expelled for things like that at Nambridge High; stuffy or what? And as for warning the parents: forget it! My mum is still swooning all over my stepdad because he's finally come home – I didn't tell you about that, did I? He is for ever storming off for days on end and then coming back as if nothing had happened. Anyway, there is one good thing about Mum's new-found state of bliss – I asked her for the money for a haircut and she handed it over without a murmur! »Just a little trim, darling«, she said. As if! I know she will go ballistic when she sees it, but by then it will be too late, won't it? And as for my stepdad, he is always finding fault with me, so I might as well give him something positive to yell about. Anyway, after school this afternoon I'm off to the hairdressers and then tonight,

I'm going to dye what's left. I'm even thinking of tinting my eyebrows – cool, eh?
I don't have time to explain about Jason right now – but NO WAY was I in love with him! I didn't even like the jerk.

Das ist gelogen, dachte Ellie und ihre Finger hörten mitten in dem wilden Tippen auf. Wenn ich ihn nicht gemocht hätte, dann wäre… Halt. Bis hierher und nicht weiter.

@

Just thinking about it makes me feel sick. Anyway, I've got to dash now – I'll let you know how the hair goes. Good luck at the pharmacy.
Love
Ellie

PS It's German today so we'll see how your translation stands up.

Ellie schickte den Brief ab und wollte den Computer gerade ausschalten, als das Signal für »New Message« ertönte. Marc! Bestimmt war das Marc.

Er war es.

Ellies Herz schlug schneller, als sie ungeduldig auf ihre Uhr sah. Wenn sie den Brief jetzt las, würde sie zu spät zum Treffpunkt kommen, wo Lisa auf sie wartete. Aber sie musste den Brief noch lesen, sie musste unbedingt wissen, was da drin stand.

Sie konzentrierte sich auf die französischen Wörter und versuchte mit Hilfe der bekannten Vokabeln die Bedeutung der fremden zu entschlüsseln.

@

Von: Marc Fouquet <marc.fouquet@telecom.fr>
Gesendet: Dienstag, 5. September 2000 07:54
An: Ellie Finch <elliefin@email.com>
Betreff: Desire

Ma petite,
je suis pressé parce que je dois commencer à travailler bientôt... je te dis que je t'aime – encore plus qu'avant, je crois. Je dois faire vite.
Ich liebe dich, meine Friederike,
Marc

Ellie saß regungslos da, während ihr das Wasser in die Augen stieg. Das aufgeregte Bummern ihres Herzens zu Beginn der Brieflektüre dröhnte ihr jetzt in den Ohren. *Ich liebe dich, meine Friederike.*

Er dachte anscheinend, er würde an die Deutsche schreiben. An Friederike. Also stimmte es doch. Sie konnte sich nicht mehr länger in die Tasche lügen, Marc hatte auch was mit der laufen.

Sie würde Freddie umbringen. Wenn sie bloß daran dachte, dass sie kurz davor gewesen war, Freddie ihre allerinnersten Gedanken und Gefühle mitzuteilen – dieser falschen Schlange, dieser hinterlistigen, verkommenen, miesen, kleinen...

»Ellie! Beeil dich! Es ist schon zehn nach acht!« Die Stimme ihrer Mutter drang in ihr Zimmer.

Ellie schluckte krampfhaft und schaltete den Computer aus. Na warte, du scheinheiliges Fräulein Hofmann, dachte sie, schnappte sich ihre Schulmappe und polterte die Stufen runter. Sie stürmte durch die Diele und zur Haustür hinaus und tat so, als hätte sie den Abschiedsgruß ihrer Mutter überhört. Sie konnte jetzt mit niemandem sprechen, denn sie wusste, dann würde sofort das große Heulen anfangen. Sie konnte jetzt auch nicht Lisa ertragen – andererseits wusste sie aber, was ihr blühte, wenn sie ihre Freundin schon wieder versetzte. Zögernd bog sie um die Ecke und lief auf die Kreuzung zu, wo sie sich morgens immer trafen.

Der Knoten ganz unten in ihrer Magengrube wurde bei der Erinnerung an diese herrlichen Wochen in Frankreich noch fester gezurrt.

Marc, wie konntest du nur? Du hast mir immerhin zweimal gesagt, wie gern du mich hast, du hast gesagt, du fändest mich süß und du wärst so gern mit mir zusammen! Wenn ich nur an den Abend in der Hütte denke, wo wir uns geküsst haben … Und was ist mit dem liebevollen Brief, den du mir vor ein paar Tagen geschickt hast – den Lisa mir übersetzt hat und …

Dann fiel es ihr mit einer solchen Wucht wieder ein, dass sie das Gefühl hatte, als ob ihr jemand mit einer Dachlatte auf den Kopf gehauen hätte. Sie blieb mitten auf dem Gehweg stehen.

Lisas Antwort – diese kitschige E-Mail mit Lippen, Brüsten und ewigen Treueschwüren – müsste doch inzwischen längst bei ihm angekommen sein! Schon bei der Vorstellung wurde ihr ganz schwach in den Knien. Bestimmt zeigte er den Ausdruck der E-Mail seinen Freunden und alle würden sich über die kleine Maus aus England totlachen, die sich einbildete, sie wäre Marcs große Liebe. Dann würde er das alles Freddie schreiben und die beiden würden sich schlapplachen, weil sie sie so reingelegt hatten, und sicher hielten sie sie dann für eine totale Lachnummer. Denn nun war alles kristallklar. Freddie und Marc hatten wirklich was miteinander am Laufen. Sie hätte es wissen müssen – schließlich würde Freddie sich ja nicht so schreckliche Sorgen wegen einer möglichen Schwangerschaft machen, wenn sie nicht einen guten Grund dafür hätte. Immer wenn Marc damals irgendein Süßholzgeraspel bei Ellie losließ, hatte er also schon an seine nächste Verabredung mit Freddie gedacht.

»He, Ellie! Hi-hier!«

Ellie wurde durch eine vertraute Stimme aus ihren finsteren Gedanken gerissen. Lisa stand auf der anderen Straßenseite und wedelte heftig mit dem Arm.

Automatisch stellte sich Ellie bei der Ampel auf und wollte die Straße überqueren.

Und blieb stehen.

Am Ampelpfosten neben Lisa lehnte ein langer Typ mit auffallend blonden Haaren, die ihm bis auf die Schultern seiner Lederjacke reichten. Er zwirbelte eine Strähne von Lisas Haaren zwischen seinen Fingern und jetzt beugte er sich vor, um an ihrem Nacken zu knabbern.

Jason Hill. Bestimmt war das Jason Hill.

Ellie drehte sich um und rannte weiter, bog um die Ecke und betrat den Zeitungsladen. Jason hatte sie nicht gesehen, der war viel zu sehr mit Lisa beschäftigt gewesen. Ellies Herz wummerte laut, während sie eine Illustrierte vom Ständer nahm und sich dahinter versteckte, indem sie so tat, als läse sie darin. Doch die ganze Zeit linste sie über die Seiten hinweg zur Tür. Jasons plötzlicher Anblick hatte wieder alles aufgerührt. So hatte er auch damals rumgeflirtet, bevor es passierte. Trotz ihrer zwölfeinhalb Jahre damals war Ellie schrecklich eifersüchtig auf Jasons Freundin Verity gewesen. Die war zwar auch erst vierzehn, aber total cool und Ellie hätte alles dafür gegeben, an Veritys Stelle zu sein. Schließlich ging die schon mit einem Fünfzehnjährigen und das war ein Beweis dafür, wie erwachsen sie schon war. Wie hatte sich Ellie damals danach gesehnt, so zu sein wie Verity, so auszusehen, so zu reden. Dann würde auch einer wie Jason sich in sie verlieben und sie würde ewig glücklich sein.

Von wegen, dachte Ellie, blätterte in der Illustrierten herum, ohne etwas zu sehen, und betete, dass Lisa und Jason das Warten lästig geworden war. Was war ich bloß für ein dummes Gör! Dass ich Jason und Verity damals ständig nachgelaufen bin – wie konnte ich nur so blöd sein! Wenn ich die an dem Abend damals bloß nicht gesucht hätte, wenn ich damals nur nicht in den Park gegangen wäre … Die Ladenklingel bimmelte und Ellie schrak zusammen. Aber es war nur eine genervte Mutter, die zwei Kleinkinder hinter sich herzerrte.

Ellie sah auf ihre Uhr. Sie musste jetzt gehen – sie kam ohnehin schon zu spät.

Bitte, lieber Gott, betete sie, mach, dass sie mich nicht sehen. Noch nicht. Nicht vor heute Abend. Bitte.

»Was war denn mit dir los?«, fragte Lisa verärgert, als sie zum Deutschunterricht gingen. »Und jetzt sag bloß nicht, du hättest mich nicht gesehen – denn das stimmt nicht, das weiß ich.«

Ellie holte tief Luft und lieferte die Entschuldigung, an der sie die ganze letzte Stunde herumgebastelt hatte.

»Weißt du«, sie senkte die Stimme und beugte sich zu Lisa rüber, »ich hab meine Tage gekriegt. Ich stand da und wollte gerade losgehen und da – zack! Einfach so. Drei Tage zu früh, ist das nicht zu blöd? Mir war das schrecklich peinlich, ich musste noch ganz schnell in die Drogerie sausen und Tampons kaufen. Tut mir echt Leid.«

Zu ihrer Erleichterung nickte Lisa voller Mitgefühl. »Grässlich, so was«, stimmte sie zu. »Mir ist einmal in den Ferien was ganz Blödes passiert, wir waren auf diesem Boot und da …«

Aber Ellie hörte nicht richtig hin. Mitten in ihrer Lüge von den zu früh gekriegten Tagen war ihr ein schrecklicher Gedanke gekommen. Falls Freddie ihre Tage nicht bekam und wirklich schwanger war – was würde dann mit ihr geschehen? Sie hatte ja darauf beharrt, dass Marc ihr einziger Freund war – nur Marc sah das offensichtlich etwas anders. Vielleicht hatte er nicht daran gedacht, dass er an Ellies Adresse schrieb, und deshalb war ihm der deutsche Satz reingerutscht – aber hatte Freddie nicht geschrieben, dass in ihrem Brief von ihm neulich ein englischer Satz gestanden hatte? Also, wie viele Mädchen kriegten wohl noch Liebes-E-Mails von diesem sauberen Monsieur? Wie viele Mädchen gab es außer ihnen, die sich einbildeten, Marc wäre ihre große Liebe und würde sie auch lieben, nur sie allein?

»… das ist dann also okay, ja?« Lisas durchdringende Stimme durchbrach Ellies Überlegungen.

»Was?«

Lisa seufzte ungeduldig. »Du sollst unbedingt morgen Abend mit uns ins Kino gehen. Es gibt einen wahnsinnig tollen Film mit Gwyneth Paltrow und dann kannst du auch endlich Jason kennen lernen.«

»Hm …« Ellie zögerte.

»Ach, nun komm schon!«, drängelte Lisa. »Ich brauch dich – du bist mein Alibi. Dann kann ich meinen Eltern sagen, dass ich mit dir weggehe, und sie drehen nicht durch.«

Ellie schluckte. Sie wusste nicht, wie sie sich aus dieser Verabredung herausreden konnte, aber dann hatte sie ja schon ihre neue Frisur. Und in Kinos war es dunkel und man brauchte keine großartige Konversation zu führen.

»Na gut, cool.« Sie zog ihr Buch aus der Schulmappe. »Ich bin ja schon sooo gespannt.«

»Skinhead, Skinhead, Ellie ist ein Skinhead!«

»Halt die Klappe, du kleiner Giftzwerg!«

»Sprich gefälligst nicht so mit deiner kleinen Schwester, du eingebildete Gans! Sie ist zehnmal so viel wert wie du und …«

»Oh Dave, Schatz, sei doch nicht so hart mit ihr!«

Doch weder das Gebrüll ihres Stiefvaters noch seine blöden Sprüche gingen Ellie so unter die Haut wie das Gewinsel und Gebettel ihrer Mutter. Warum konnte sie nicht einmal ihren Mut zusammenkratzen und klipp und klar sagen, dass er kein Recht hatte, so mit Ellie zu reden? Schließlich war er nicht ihr richtiger Vater.

»Was glaubst du eigentlich, wie hässlich du aussiehst?«, lästerte er. »Wie eine ganz gewöhnliche, nuttige kleine …«

»SEI STILL!« Die Worte waren raus, bevor sie es verhindern konnte. Sie sah ihre Mutter zusammenzucken und Becky den Mund aufsperren und ängstlich zu ihrem Vater hinübersehen. »Ich sehe so aus, wie ich will, und du kannst nichts dagegen tun!«

Im gleichen Augenblick hatte er seinen Stuhl zurückgestoßen und stand drohend vor ihr.

»Wie kannst du es wagen?«, donnerte er. »Geh sofort in dein Zimmer und bleib oben! Du kotzt mich an!«

Ellie presste die Lippen zusammen und warf den Kopf zurück. »Dieses Gefühl beruht absolut auf Gegenseitigkeit.«

Du darfst nicht heulen, ermahnte sie sich und schloss die Zimmertür hinter sich. Wenn er raufkommt, um nachzusehen, dann soll er nicht die Befriedigung haben, dass er dich klein gekriegt hat.

Ellie nahm den kleinen Spiegel von der Wand, setzte sich auf den Schreibtischstuhl und schaute ihr Spiegelbild genau an. Sie ließ die Schultern hängen. Okay, das war nicht ganz das, was sie geplant hatte.

Ihre schulterlangen braunen Haare gab es nicht mehr, sie hatte jetzt einen drei Zentimeter langen Bürstenschnitt. So weit war alles okay – eigentlich kamen ihre Wangenknochen jetzt viel besser zur Geltung. Was aber ganz und gar danebengegangen war, war die Farbe. »Herbstgold« hatte auf dem Etikett gestanden. Sie war nach dem Frisörbesuch nach Hause gerannt, und bis ihre Mutter und Becky nach Hause kamen, hatte sie schon alles erledigt und ein Handtuch um den Kopf gewickelt, damit die Tönung einwirken konnte. Dann hatte ihre Mutter ihr aufgetragen, den Tisch zu decken und ihre Großmutter anzurufen, und so waren aus den angegebenen fünfzehn Minuten auf der Anleitung unversehens eine halbe Stunde geworden. Und so war es kein Herbstgold geworden. Es war ein grässliches Gelb-Orange.

Ihre Mutter hatte geweint und ihre Schwester hatte gelacht. Und dann hatte ihr Stiefvater diese schrecklichen Dinge gebrüllt.

Ellies Augen füllten sich mit Tränen. Wie konnte sie morgen ihr Gesicht in der Schule zeigen? Warum nur hatte sie auf Friederike Hofmann gehört? Die und ihre superschlauen Einfälle, was Haarefärben anging. Na ja, vielleicht fiel Freddie wenigstens ein altes deutsches Hausmittelchen ein, um den Schaden zu begrenzen. Irgendwie war Ellies Wut auf Freddie wegen des bescheuerten Briefs von Marc verflogen, sie sehnte sich nach einer E-Mail von der blöden Kuh aus Deutschland …

Ellie schaltete ihren Computer ein.

Von Ellie Finch <elliefin@email.com>
Gesendet: Dienstag, 5. September 2000 19:59
An: Friederike Hofmann <ihofmann@uni-bremen.de>
Betreff: Help!!

Dear Freddie,
You have to help. The hair is a disaster – it's bright orange and it was meant to be a sophisticated sort of

pale auburn. So what do I do? I don't dare start on my eyebrows, so they are still dark brown and I look totally naff.

I'm so miserable. Not just about the hair, about everything. I might as well tell you – I got an e-mail today from Marc, and in the middle of it he wrote »Ich liebe dich, meine Friederike.« I can just see you now, sitting there all smug and self-satisfied. But before you gloat too much, don't forget that in the middle of your e-mail, he wrote in English. Get it? It's pretty clear if you ask me – he is definitely two-timing us. And how many other girls is he writing to? I really thought he loved me – I did things with him I've never done with any other guy. Oh, not THAT – but you know, proper kissing and cuddling and stuff. I might as well be honest – I've never had a proper boyfriend before. I've been out with guys from school to the cinema or bowling – but it's never got beyond holding hands or a quick damp slurp on the cheek. English boys are so – immature. What are Germans like? I mean, Marc was so cool and sophisticated and I really, really thought…

Still, it doesn't much matter what either of us thought, does it? What are you going to do? What if you ARE pregnant? Did you do the test? Please tell me what happened. Come to think of it, I guess the outcome of that is far more important than my disastrous hair – but if you can think of anything I can do, please, please, please e-mail back as soon as you can. I'll be sitting here till bedtime – I've had a major bust-up with my stepdad over the hair epic.

Talking of dads, how's yours? Can you persuade him to go to Gamblers Anonymous? I guess you can get information off the Internet – perhaps you could leave it lying around somewhere? Sadly, there's no organisation that can turn my stepdad into a decent human being or make him come clean about what really happened...

Ellie glotzte auf den Bildschirm. Was zum Teufel hatte sie da vor? Sie konnte doch Freddie nicht erzählen... Aber andererseits: Warum eigentlich nicht? Freddie war hunderte von Meilen weit weg und würde bestimmt nie mit ihrem Stiefvater zusammentreffen und alles verpetzen. Und Ellie fühlte sich so geknebelt, so allein, und sie... hatte Angst.

@

...that evening when Becky got hurt. He's told the world it was my fault, and in some ways it was. But it was his too.

Sie machte eine Pause, während unten eine Tür zuknallte. »Dieses Balg von dir treibt mich ins Pub!«, hörte sie ihren Stiefvater brüllen. »Sie bringt immer nur Ärger!«

Das war der Auslöser und schon flitzten Ellies Finger über die Tastatur.

@

Becky liked to walk to the end of the road to meet her dad on his way home from work. Well, she was only seven, after all. Anyway, that evening Mum had told me to walk with her and said we could go as far as the corner shop and get ice creams.
Dad was ages coming and I was fed up of waiting, so I said we should go across the road to the park for a laugh. Becky said we shouldn't because we weren't allowed, but then she always was a goody-goody. Anyway, I just told her she was a drip and grabbed her hand and made her come with me.

> She went on the swings and I was dead bored – so I wandered off down to this little wooded bit at the end of the park. That's where I saw him. My stepdad. I can remember it as if it was just yesterday. He was lying there unter the trees on a rug with this woman. And she was – well, she had taken some of her clothes off and they were sort of cuddling and stuff. Like – you have to remember I was only twelve. Anyway, I must have screamed or shouted out or something because Dad looked up and when he saw me his face turned purple. He jumped up and made to come after me – he was pulling on his clothes as he came. And he gripped my shoulders and put his face really close to mine and his breath smelled of alcohol. And he said that if I dared to open my mouth – well, actually he said, »If you open your nasty little mouth and say one word about this to anyone, I'll have you thrown out. I don't have to keep you – you're not my kid.«

Ellie hob die Hand, um die Tränen wegzuwischen, die über ihre Wangen liefen. Das war ja echt total bekloppt. Es war schließlich schon vor mehr als zwei Jahren passiert. Aber immer wenn sie daran dachte, fühlte sie wieder all den Schrecken und ihre Ängste.

@

> I think that was when the woman called out to my stepdad. She was gesticulating wildly and he half turned and I managed to get away. I ran, grabbed Becky off the swings and kept running. I ran across the grass and down to the path that ran along the bottom of the park by the stream. There was this gang of boys standing just along from us – I knew some of them from school and

I didn't want them to see the state I was in, so I ran the other way and that's when it happened.
He came from nowhere on this motorbike. Roaring along, he was, really fast. I pulled at Becky's hand but the front wheel of the bike caught her. She looked like a rag-doll being thrown into the air. The boys in the gang screamed. The guy on the bike wheeled round and kept revving the engine.
»You tell a fucking soul it was me and I'll get you!«
That's what he said, Freddie. It was Jason Hill. I knew him because he went to the secondary school which was on the same site as my primary and everyone knew he was a right tearaway. But loads of us had a kind of crush on him – especially me. But suddenly he didn't seem like an idol any more – he was towering over me and his face was really hard and cruel.
»You breathe a single word and you're dead meat!« Jason yelled right close to my face and then he turned the bike back round and roared off, and the others in the gang seemed to disappear in a second. I was so scared.
After that it was all a blur. I remember seeing Becky just lying there, her leg at a weird angle with the bone sticking through the skin. I remember screaming for my dad and running towards the coppice where he'd been.
But he'd gone. Then I fainted – or at least that's what people said afterwards.

Jetzt flossen die Tränen ungehindert über Ellies Wangen, sie schluchzte und es schüttelte sie grässlich. Sie hatte aufgehört zu tippen und vergrub ihr Gesicht in den Armen. Sie war wieder zwölf Jahre alt und saß auf dem Sofa und die Erwachsenen stellten ihr lauter Fragen. Die Bilder in ihrem Kopf verschwammen alle miteinander: Da war ihr Vater und lag mit einer fremden Frau auf dem Rasen, da war der Motorradlärm und auf einmal wurde Becky durch die Luft geschleudert. Und ihre Mum weinte und jammerte dauernd, Ellie hätte nicht so weit weglaufen dürfen, und ihre Gran sagte, dass Ellie es sich wirklich sehr leicht machte, wenn sie behauptete, sie könnte sich an nichts mehr erinnern. Ellie wusste nur noch eine einzige Sache ganz genau: Sie durfte nichts verraten, sonst würde irgendjemand kommen und sie furchtbar bestrafen. Sie riss sich zusammen und wischte sich die Tränen aus den Augen. Genug. Wahrscheinlich hatte sie schon zu viel geschrieben.

@

There's a whole lot more but I have to do my Maths now.
By the way, I got A* for the German – or rather you did!
Thanks so much – my German teacher is in shock!!!
I do hope the test proved negative: sorry to have gone on so much but Jason coming back is so scary because if he does recognise me ... but then, he won't, will he? Not with this hair.
Write soon and tell me what we're going to do about two-timing Marc.
Love
Ellie
PS I'm pleased your horse is better – at least you can gallop away from your troubles when the mood takes you. Lucky you.

15

»Oh neiiiin!«

Friederike saß neben ihrer Mutter auf dem Beifahrersitz und heulte wie ein kleines Kind, dem man sein liebstes Spielzeug weggenommen hat. »Das kann er doch nicht tun! Er ist doch mein Vater! Wie kann er nur!«

Sie schluchzte und suchte nach einem Taschentuch, denn es liefen ihr nicht nur die Tränen über die Wangen, auch ihre Nase hatte angefangen zu laufen.

»Na, komm, Rieke, wir werden Merlin wieder finden! Nun heul doch nicht! Wir kriegen ihn schon irgendwie zurück!« Ihre Mutter knabberte besorgt an der Innenseite ihrer Wange herum, während sie so rasch fuhr, wie es die Straße erlaubte, und dabei auch noch versuchte, Rieke auf die Schulter zu klopfen.

Aber Rieke war für die liebevollen Tröstungsversuche ihrer Mutter nicht mehr erreichbar, sie schüttelte die Hand ab und ging zum Angriff über.

»Hättest du dich doch bloß mehr um Paps gekümmert! Warum hast du dir nicht schon eher mal Gedanken wegen ihm gemacht, bevor alles den Bach runterging, bevor er –«

»Das reicht jetzt!«, entgegnete Inge Hofmann heftig. »Wenn du so weitermachen willst, dann tut es mir Leid, dass ich dich neulich ins Vertrauen gezogen habe. Jetzt hör auf mit dem Babygejaule und lass uns lieber darüber nachdenken, was wir wegen Merlin tun können!«

Rieke wurde von noch heftigeren Schluchzern geschüttelt – jetzt schämte sie sich auch noch wegen ihres Ausbruchs. Frau Hofmann suchte in ihrer Manteltasche herum und zog ein nicht gerade sauberes Taschentuch heraus.

»Hier.«

Dankbar schnäuzte Rieke sich und murmelte: »Entschuldige bitte, ich hab gar nicht gemerkt, was mir da rausgerutscht ist …«

»Schon okay, solange du nicht wieder solche Sachen sagst«, sagte ihre Mutter, bremste und beugte sich zu ihr rüber, um ihr einen Kuss auf die Wange zu geben. »Ich hoffe jetzt nur, dass wir diesen geheimnisvollen Kerl noch erwischen.«

Als sie auf dem Mertens-Hof ankamen, schien die Hölle los zu sein. Mitten auf dem Hof stand ein Volvo mit einem Pferdeanhänger und dahinter stand Bauer Mertens und hielt Merlin am Stallhalfter fest, während ein glatzköpfiger Mann den Führstrick umklammerte und versuchte ihm das Halfter zu entreißen. Beide Männer brüllten sich aus voller Lunge an, während ein kleiner Junge neben dem Auto stand und ständig »Hol ihn, hol ihn doch!« schrie. Als Bauer Mertens Frau Hofmann sah, ließ er das Halfter plötzlich los und der Glatzkopf stolperte rückwärts und wäre fast hingefallen.

»Was zum Teufel …?«, schrie er und stierte den Bauern wütend an.

Riekes Mutter trat zwischen die beiden Männer.

»Könnten Sie mir bitte mal erklären, was Sie mit dem Pferd meiner Tochter wollen?«

»Ihrer Tochter?« Die Augen des fremden Mannes quollen fast aus den Höhlen. »Ich habe dieses Pferd von Jens Hofmann gekauft. Er hat mir gesagt, ich könnte es hier abholen.«

»Das Pferd gehört gar nicht meinem Mann, es gehört meiner Tochter. Würden Sie jetzt bitte aufhören, das arme Tier weiter mit ihrem Gebrüll so zu erschrecken? Hier, Rieke, bring ihn auf die Koppel.«

Frau Hofmann nahm dem Glatzkopf den Führstrick aus der Hand und gab ihn an Rieke weiter, die Merlin rasch vom Hof führte. Der sonst immer so sanfte und ausgeglichene Merlin schüttelte unwillig den Kopf hin und her, rollte die Augen und zerrte am Führstrick. Rieke tätschelte beruhigend seinen Hals und suchte in ihrer Jackentasche nach einem Leckerli. Sie fand einen halb zerkrümelten Rest und fütterte ihm den, während sie Merlin leise ins Ohr sagte, dass ihn niemand wegholen dürfte und dass jetzt alles wieder in Ordnung war.

Nachdem sie sich davon überzeugt hatte, dass Merlin sich auf der Koppel problemlos zu den anderen Pferden gesellte, kehrte Rieke zum Hof zurück.

Ihre Mutter und der Fremde waren immer noch heftig am Streiten, wem denn nun das Pferd rechtmäßig gehörte. Aber es war offensichtlich – der Volvobesitzer hatte keinerlei Rechte, denn Merlins Papiere waren in Frau Hofmanns Verwahrung. Er verfluchte Jens Hofmann, schwor, dass er betrogen worden sei und sein Geld zurückholen wolle, und fuhr schließlich mit einem heulenden Sohn und quietschenden Reifen davon.

»Ich glaube kaum, dass er das schafft.« Riekes Mutter seufzte, während sie wieder heimfuhren. »Es gibt ein altes Sprichwort: Versuch mal, einem nackten Mann in die Tasche zu greifen! Ich bin nur froh, dass ich unsere Finanzen bereits getrennt habe.«

Rieke warf ihrer Mutter einen kurzen Blick zu und sah eine einsame Träne über deren Wange rollen. Arme Mami! Es nahm sie alles fürchterlich mit, auch wenn sie verzweifelt die Ruhe zu wahren versuchte. Doch ihr Vater – WIE KONNTE ER NUR!

Merlin war das lang ersehnte Geschenk zu ihrem dreizehnten Geburtstag gewesen und sie hatte genauso zuverlässig für ihn gesorgt und sich um ihn gekümmert, wie sie es ihren Eltern versprochen hatte. Sie hatte ihn geschult und in den letzten zwei Jahren auf ländlichen Turnieren schon mehrere Schleifen mit ihm gewonnen.

Wie konnte Paps nur!

Zu Hause angekommen, folgte Rieke ihrer Mutter ins Arbeitszimmer und setzte sich in den mächtigen Ledersessel in der Ecke.

»Wie können wir Paps bloß daran hindern, so was wieder zu tun?«, jammerte sie.

»Zuallererst müssen wir ihn mal zu fassen kriegen«, sagte ihre Mutter nüchtern. »Hol mal Basti, dann machen wir einen Plan.«

Den Rest des Nachmittags verbrachten sie mit dem Anfertigen von Listen mit den Namen der Freunde ihres Vaters und riefen alle an. Seit mehreren Tagen hatte ihn jedoch niemand zu sehen bekommen. Sie riefen auch Anton, Felix und Johannes an, aber die hatten auch nichts von ihm gehört.

Als sie schließlich schlafen gingen, war Rieke zu erschöpft, um zu weinen. Sie kuschelte sich an Fritz' Samtfell und schlief wie ein Bär.

Am nächsten Morgen fühlte sich Rieke beim Aufwachen schlagkaputt. Sie starrte die Wand an und versuchte sich daran zu erinnern, warum das so war. Dann fiel es ihr wieder ein: Paps hatte ihr Pferd verkauft! In allerletzter Sekunde hatten sie verhindern können, dass Merlin von einem Fremden weggebracht wurde!

Da sie heute erst zur zweiten Stunde in die Schule musste, mummelte sie sich noch mal in ihr Federbett ein. Sie hätte gern noch ein bisschen gedöst, aber sie konnte die nagenden

Gedanken nicht vertreiben und so gab sie schließlich auf und ging ins Bad.

Immer noch kein Anzeichen für ihre Tage. Nicht das kleinste Tröpfchen Blut!

Sie starrte unglücklich ihr Spiegelbild über dem Waschbecken an. Wenn schon die ganze vertraute Welt rund um sie einstürzte – dann war dies wirklich das Allerschlimmste, was ihr noch passieren konnte …

Rieke hatte keinen Appetit, aber sie griff automatisch nach dem geschmierten Brötchen und dem Apfel, die Mami auf den Tisch gelegt hatte, und machte sich dann auf den Weg zur Bushaltestelle, um nach Bremen zur Schule zu fahren. Aber als sie dort ankam, überlegte sie es sich anders. Nein, sie würde heute nicht zur Schule gehen, sie war viel zu aufgewühlt und bestimmt nicht in der Lage, mit Vokabeln oder Logarithmen zu jonglieren. Sie fuhr wieder nach Hause. Dort setzte sie sich in der Küche an den Tisch, stützte die Ellenbogen auf die Platte und legte den Kopf in die Hände.

Wenn sie daran dachte, dass sie erst vor zwei Wochen noch so wahnsinnig glücklich gewesen war, bis über beide Ohren verliebt, selig in der Gewissheit, dass sie wieder geliebt wurde! Damals war sie sich wie im Paradies vorgekommen. Und jetzt?

Langsam stand sie auf und stieg die Treppe zu ihrem Zimmer hoch, setzte sich an ihren Schreibtisch und schaltete den Computer an.

Ein Brief von Ellie!

Eifrig fummelte sie mit der Maus herum …

Nachdem sie die ersten paar Sätze gelesen hatte, saß sie völlig regungslos da und stierte blicklos aus dem Fenster. Auch das noch. Das brachte das Fass zum Überlaufen. Marc war ein Betrüger.

Ein Lügner.

Der tollste Junge, dem sie je begegnet war, der braun gebrannte, kluge, witzige Supertyp ihrer Träume war nur ein kleines Arschloch, der zwei Schulmädchen an der Nase herumführte, indem er mit beiden rumpoussierte.

Verdammte Scheiße. So ein gemeiner Mistkerl!

Rieke zog eine Grimasse und las weiter.

Nachdem sie den letzten Satz gelesen hatte, blieb sie noch lange sitzen und eine heiße Welle des Mitgefühls für Ellie überlief sie, für die gleiche Ellie, die sie mal so gehasst hatte, gegen die sie gekämpft hatte und auf die sie von oben runtergekuckt hatte.

Was für ein grässlicher Stiefvater!

Diese bedauernswerte, hilflose Mutter!

Die arme kleine Schwester!

Und jetzt auch noch Jason Hill, ausgerechnet der Kerl, der geschworen hatte, er würde sie dafür büßen lassen, wenn sie nur ein einziges Wörtchen über seine Rolle bei Beckys Unfall verlauten ließe.

Rieke saß da und versuchte sich vorzustellen, wie Ellie es immer geschafft hatte, aller Welt das Bild eines starken, unbeugsamen und zu allen Späßen aufgelegten Mädchens zu präsentieren – während sie in Wirklichkeit so massive Probleme hatte.

Dann straffte Rieke ihre Schultern und stand auf. Okay, rumhocken und grübeln brachte nichts und dieses Gefühl der Hilflosigkeit und das Wissen, schlecht behandelt worden zu sein, waren keine Entschuldigung für Nichtstun. Als Rieke aus ihrem Zimmer ging, hörte sie die Haustür zuschlagen. Mami und Basti hatten das Haus schon vor ihr verlassen – wer also konnte …?

Paps! Er hatte sich bestimmt gedacht, dass jetzt niemand da wäre! Na, da würde er sich aber wundern!

Leise schlich sie die Stufen hinunter, bemüht, kein Geräusch zu machen. Eine Tür im Erdgeschoss wurde geöffnet – wahrscheinlich die Küchentür, denn nur die knarrte so laut. Rieke tappte lautlos durch die Diele zu der offen stehenden Küchentür – und jawohl! Da stand er vor dem offenen Kühlschrank und suchte wohl nach etwas Essbarem.

»Nett, dass man sich mal wieder sieht!« Damit betrat sie die Küche.

Ihr Vater erschrak und der Teller mit den Resten vom gestrigen Mittagessen fiel auf den Fliesenfußboden und zerbrach in viele Scherben.

»Was…?« Er sah sie an und ihre Wut löste sich beim Anblick seines unrasierten Gesichts, der zerknitterten Kleidung und der hängenden Schultern in Nichts auf.

Du lieber Himmel – das war ihr Vater?

Dies war anscheinend der Tag, an dem alle ihre Helden vom Sockel gezerrt wurden.

»Warum hast du Merlin gestohlen?«

»Was? Ich – ich weiß nicht, was du damit meinst…« Er sah sie verwirrt an.

»Du hast Merlin verkauft. Dazu hattest du absolut kein Recht.«

Rieke stand in der offenen Küchentür, sah ihren Vater an und es zerriss ihr schier das Herz vor Mitleid, aber das änderte nichts an ihrer Entschlossenheit, ihn für sein Verhalten zur Verantwortung zu ziehen.

»Verkauft? Nein, nein… Ich hab doch nur…« Er sah sie an und plötzlich kullerten Tränen über seine Wangen mit den grauen Bartstoppeln.

Rieke wurde von widerstreitenden Gefühlen hin und her gerissen. Das war der gleiche Mann, der ihr die Tränen abgewischt hatte, als sie klein war! Der Pferdedieb! Sie nahm all ihren Mut zusammen.

»Was hast du als Nächstes vor? Wenn du noch mehr verhökern möchtest, können wir uns ja schon mal darauf vorbereiten.«

Ihr Vater ging zum Küchentisch und ließ sich auf einen

Stuhl fallen. Er legte seine Arme auf die Tischplatte und bettete den Kopf darauf. Er weinte lautlos, seine Schultern zuckten, aber die Schluchzer waren nicht zu hören.

Rieke fühlte sich hilflos und dieser Situation nicht gewachsen. Wie verhielt man sich bei einem weinenden Vater? Streichelte man über sein Haar? Sagte man leise tröstende Worte?

Schließlich holte sie ein Geschirrtuch, legte es neben ihn und setzte den Wasserkessel auf, um Tee zu kochen. Sie holte Brot und Butter, Wurst und Käse und deckte den Tisch. Dann wischte sie die Scherben und die Reste vom Boden auf. Als der Tee fertig war, goss sie zwei Becher ein, ließ viele Kandisstücke hineinplumpsen, goss Milch dazu und setzte sich mit ihrem Vater gegenüber an den Tisch. Er hatte mit dem Weinen aufgehört, sich das Gesicht abgewischt und schmierte sich langsam ein Brot.

»Jetzt sag schon. Warum hast du das getan?« Sie sah ihn über ihren Becherrand hinweg an.

Er stöhnte leise. »Ich hatte schon so viele Schulden. Spielschulden. Und da habe ich das Pferd als Sicherheit angegeben, weil mein System – na ja, ich habe es nie richtig austesten können, ich brauchte bloß ein paar lumpige hundert Mark oder so, aber ich hatte sie nicht … und keiner wollte mir was leihen …«

»Und da hast du einfach mein Pferd weggegeben? Es ist MEIN PFERD, oder weißt du das nicht mehr? Es war ein Geschenk von euch!«

»Ach, ich wollte es doch gar nicht weggeben, es war doch nur …« Seine Stimme war immer leiser geworden und erstarb.

»Na klar doch, und jetzt bist du tief geknickt, weil niemand dein tolles System zur Kenntnis nimmt.« Rieke beugte sich vor. »Willst du was wissen? Du tust mir Leid. Aber ich hab auch eine Stinkwut auf dich, weil du dich wie ein ganz mieser Dieb verhalten hast. Rede bloß nicht von Systemen – rede lieber davon, dass du was genommen hast, was dir nicht gehört. Deine eigene Tochter beklauen – wie konntest du nur!«

Er hob sein Gesicht, über das schon wieder Tränen liefen. »Aber was soll ich bloß machen?«

»Woher soll ich das wissen?« Rieke fühlte gleichzeitig Widerwillen und Mitgefühl – eine merkwürdige Mischung.

Er trank von seinem Tee. »Deine Mutter spricht nicht mehr mit mir. Ich fühle mich total …«

»Ja? Wie fühlst du dich?«

Rieke und ihr Vater fielen vor Schreck fast von den Stühlen. Sie hatten weder das Auto noch das Öffnen der Haustür gehört.

Frau Hofmann stellte ihre Einkaufstüten auf den leeren Teil des großen Tischs.

»Rieke, mein Schätzchen, wir werden uns später darüber unterhalten, warum du nicht in der Schule bist. Jetzt möchte ich gern, dass du in dein Zimmer gehst, weil ich mit deinem Vater etwas zu bereden habe. Das ist keine Sache für ein Kind, das ist etwas, was nur ihn und mich betrifft.«

Etwas erleichtert, aber gleichzeitig voller Sorge, stand Rieke auf und verließ den Raum.

Abends schickte sie an Ellie eine E-Mail.

Von: Friederike Hofmann <ihofmann@uni-bremen.de>
Gesendet: Mittwoch, 6. September 2000 20:15
An: Ellie Finch <elliefin@email.com>
Betreff: Relieved

Ellie,
You can't imagine how glad I am that you are there

across the Channel to listen to me. Somehow I now think this is, after all, the best thing that's happened to me in the last weeks.

There is so much to tell and to answer that I don't know how to start.

I still can't get over your story about Becky's accident and how this has changed your life and put so much terror and fear in it. I would like so much to help you – to get you away from your stepfather and from Jason, and if you can think of a way, let me know!

The other thing is Marc.

Today I went to town and into a pharmacy to get that pregnancy test. And while I was standing there waiting for my turn I suddenly experienced the most beautiful little cramp you can imagine, and right afterwards I felt a trickle down my legs and I knew: I GOT MY PERIOD! So, after all, I didn't buy any test but sanitary towels! You can't imagine how I felt! As if a mountain had been lifted from by back! I think I must have had this thing called a hysterical pregnancy – I've had morning sickness and everything! But thankfully that's all gone now and I feel like a new woman! It's only now I've realised how much that fear of being pregnant had terrorised me all along. And not only that: I was always wondering if Marc had abused my trust and done things to me without me knowing and wanting it.

Seems that at least here he is in the clear. But I think I don't want him any more; I don't want letters other girls are getting too. I don't know how you feel about him, but I'm through with that cheating superboy. If you're not you can have him all bundled up in wrapping paper. I am so happy my body belongs to me again

I think I'll stay solo for a while.

My father is packing his old rucksack and is going for a

trek to Finland. This has come out of a long talk he had with my mother. She told me that when he was a young man, he made these trips every year, to clear his thoughts and to give him time to enjoy nature, relying on his own ability to organise his living in the tundra. It is not really dangerous, but it certainly is a different thing from a little travel to a tourist area. But – and on this my mother insisted – he will take a cellular phone with him. I don't know if this is a therapeutic sort of thing or if this is just a plan to give everybody concerned breathing space. At least there are not many Spielcasinos in Finland.
I'm glad he is going away for a little while so I don't have to worry about Merlin all the time I'm in school. It really gave me the most terrible shock when we went yesterday to the farm to find a stranger there trying to put MY HORSE in HIS horsebox! Can you imagine? My father has »sold« the man my horse to cover his gambling debts. I was so furious! I thought him a louse of a father.
I am awfully sorry about the mess with your hair. I asked in the pharmacy and they told me the best people to ask for help are hairdressers, because they have to deal with problems of that kind all the time. I know that you wear school uniforms and that sort of thing, but don't you think you could put a nice scarf around your head? Or is this forbidden too? Many of my girlfriends here fold scarves and tie them around their heads, with a bow or without. Or a very broad band – surely those are not too expensive, don't you think?
I think this is the longest e-mail I've ever written. I am worn out and dead tired but I could go on and on. It would be much easier if you were here in my room and we could have an endlessly long midnight talk –

wouldn't that be fun? This has been the first time for ages that I even thought about fun!
I am so sorry I can't help you with that Jason – why don't you stop hiding and ask him directly about that accident? Couldn't he have changed since? If Lisa likes him that might be a sign he is different now. Sometimes those Rambos turn into quite likeable beings – if the movies are to be believed. Anyway, I'm only rambling.
I take a big kiss and wrap it into a heartful of very good wishes and send it to you now! I hope that your problems will get solved as mine have – well – nearly.
Good night, Ellie,
Love from
Freddie

16

Ellies Kopf tat weh von der Kneterei und dem Rubbeln. Seit einer wahren Ewigkeit stand sie unter der Dusche und wusch sich die Haare mit aller Heftigkeit, versuchte verzweifelt, das leuchtende Orange etwas zu dämpfen, damit es vielleicht doch noch zu einer Art Kastanienrot würde. Auf der Packung stand, dass die Tönung nach zehn Haarwäschen wieder rausgewaschen wäre, aber sie fand, dass sich die Farbe leider noch nicht geändert hatte.

In der Schule hatten sich alle gnadenlos über sie lustig gemacht. Sarah Button hatte behauptet, Ellie sähe wie ein brennendes Streichholz aus, und als Mr. Reynolds in Geschichte das Licht ausgeknipst hatte, um ihnen Dias vom Forum Romanum zu zeigen, hatte Hannah Carr in die Klasse gerufen: »Ich finde es immer noch zu hell, Ellie Finchs Haare leuchten so im Dunkeln.«

Und Mrs. Braithwaite, die bekanntermaßen die gemeinste Lehrerin im gesamten Universum war, hatte die Hoffnung geäußert, dass die kurzen Haare Ellies wenig geübtem und selten benutztem Hirn das Funktionieren erleichtern würden. Nein, das war echt ein beschissener Tag gewesen. Aber das Schlimmste stand ihr erst noch bevor. In einer halben Stunde musste sie am Kino sein und Jason Hill total cool und supernett gegenübertreten. Schon allein der Gedanke daran verursachte ihr Übelkeit.

Falls Jason sie erkannte, wusste sie genau, was er denken

würde, nämlich dass sie damals gepetzt hatte. Auch wenn es gar nicht stimmte – aber Typen wie er machten sich nie die Mühe, hinter die Dinge zu blicken, er würde einfach seine Rache wollen.

Schon bei dem Gedanken daran wurde ihr speiübel.

Vielleicht sollte sie Lisa lieber anrufen und sich eine Ausrede ausdenken, warum sie doch nicht kommen könnte. Aber selbst wenn sie heute noch mal kniff – auf Dauer würde sie Jason nicht aus dem Weg gehen können. Wenn Lisa verknallt war, schleppte sie den Jungen ihrer Träume immer hinter sich her und dann würde Ellie ihm über kurz oder lang auf irgendeiner Party oder in der Disko begegnen. Also konnte sie es genauso gut auch gleich hinter sich bringen.

Sie zog ihre Hosen und ihr Hemd an und begann sich zu schminken. Als Jason sie zum letzten Mal gesehen hatte, überlegte sie, war sie ja erst zwölf gewesen. Wenn sie also dick Make-up benutzte und ihre großen Kreolen anklippte, dann würde er sie vielleicht nicht wieder erkennen.

Hoffentlich. Davon hing ihr Leben ab.

Sie hatte die beiden in der Vorhalle des Kinos erspäht, noch bevor sie sie gesehen hatten. Jason lehnte an der Wand, trank aus einer Dose Cola und fummelte mit der freien Hand an Lisa herum. Die schaute mit unverhohlener Bewunderung zu ihm auf.

Wenn ich noch fünf Minuten warte, ist es Zeit reinzugehen und ich brauch mich nicht mehr mit ihm zu unterhalten. Und wenn der Film zu Ende ist, dann mach ich, dass ich wegkomme, und behaupte, ich müsste…

»He, Ellie! Hierher!«

Tja, war wohl nichts mit ihrem tollen Plan.

Lisa hatte sie gesehen und winkte ihr von der anderen Seite des vollen Foyers wild zu.

»Das ist meine beste Freundin, Ellie«, sagte Lisa, als Ellie die beiden erreicht hatte. »Und das«, sagte sie stolz und drehte sich zu ihm um, »ist Jason. Mein Freund.«

Ellie merkte, dass sie diesen Satz sehr genoss.

»Hallo.« Ellie sah Jason kurz an und dann wieder weg. Jason leerte die Coladose und warf sie in den nächsten Abfalleimer.

»Hi!«, sagte er und streckte eine Hand aus. »Schön, dass wir uns endlich kennen lernen – Lisa hat mir schon wahnsinnig viel von dir erzählt.«

Er grinste von einem Ohr zum andern und schüttelte Ellies Hand. Widerwillig musste sie sich eingestehen, dass er ein auffallend gut aussehender Knabe war. Eigentlich nicht verwunderlich, dass Lisa so auf ihn abgefahren war. Aber Lisa wusste ja auch noch nicht, wie er in Wirklichkeit war.

Ellie zog ihre Hand weg. Wie konnte sie hier stehen und zusehen, wie der Kerl, der ihre Schwester zum Krüppel gefahren hatte, einen auf netten Typ mimte?

»Der Film fängt gleich an«, sagte sie. »Wir gehen wohl mal besser rein.«

»Na?«, flüsterte Lisa, als der Abspann auf der Leinwand auftauchte. »Wie findest du ihn?«

Ellie lehnte sich in ihrem Sessel zurück. »Klasse. Ich fand es geil, als er ihr sagte, er würde jetzt die andere heiraten, und sie dann …«

»Doch nicht den Film, du Trottel!«, zischte Lisa und ruckte mit dem Kopf in Jasons Richtung. »Ihn. Jason. Ist er super oder ist er super?«

»Hmmmm«, machte Ellie und wich einer Antwort aus. »Hör mal, ich muss jetzt los, weil …«

»Okay, ihr beiden!« Jason stand auf und fuhr sich mit den Fingern durchs Haar. »Was machen wir jetzt? Wie wär's mit einer Pizza?«

Lisa schüttelte den Kopf.

»Wir könnten doch auch in ein Pub gehen«, schlug sie vor, während sie aufstand und den Kopf an seine Schulter schmiegte.

»Sonst noch was?«, erwiderte er lachend. »Du bist doch erst vierzehn oder hast du das vergessen? So wie ich dich kenne, würdest du dir da nicht gerade Limonade bestellen.«

»Na und?« Lisa zog eine Schnute. »Komm, lass uns doch einen draufmachen. Ich hätte gern einen Wodka Tonic.«

Jason schüttelte den Kopf.

»Neee«, sagte er und bahnte ihnen den Weg zum Ausgang. »Da mach ich nicht mit.«

Lisa warf den Kopf in den Nacken. »Hach. Dann muss ich eben allein losziehen, wenn du so spießig bist.«

Spießig? Jason Hill? Ellie traute ihren Ohren nicht. Jason Hill, der ständig die Schule schwänzte und sich am Kiosk Zigaretten kaufte, Jason Hill, der ein Motorrad klaute und ihre Schwester schwer verletzte und in ein Heim für jugendliche Straftäter geschickt worden war? Also wirklich!

Sie schob sich an Lisa und Jason vorbei. Jetzt kamen alle Erinnerungen zurück und sie wusste, sie musste bald abhauen. Bis jetzt hatte sie Glück gehabt und sie würde das Schicksal nicht herausfordern, indem sie noch länger blieb.

»Ich muss los. Ich hab noch massenhaft Hausaufgaben zu machen und –«

»Du kannst doch jetzt noch nicht heimgehen!«, protestierte Lisa. »Na gut, dann gehen wir eben nicht in ein Pub – aber wir können doch noch zusammen einen Kaffee trinken. Wir müssen nämlich noch was mit dir bereden. Jason und ich brauchen dich nämlich demnächst wieder als Alibi!«

Ellie machte schon den Mund auf, um zu antworten, aber Lisa war nicht zu bremsen.

»Wir wollen ein Wochenende zusammen nach Brighton fahren«, verkündete sie höchst selbstgefällig.

Ellie riss die Augen auf. »Aber das darfst du doch nicht! Also, ich meine …«

Jason lachte. »Du brauchst nicht so entsetzt zu kucken! Lisa sagt das so, als ob wir was Unanständiges vorhätten, aber das ist ganz und gar nicht der Fall. Meine Gran wohnt da, sie hat eine Wohnung direkt am Meer und nächste Woche hat sie Geburtstag. Meine Eltern wollen nicht … können nicht hinfahren und deshalb bin ich der brave Enkel und besuche sie.«

Ellie glotzte ihn an. Brav und Jason Hill – das passte überhaupt nicht zusammen. Wenn er vor zwei Jahren schon brav gewesen wäre …

Sie riss sich zusammen.

»Nee, da lasst mich mal außen vor!«, sagte sie schärfer, als sie beabsichtigt hatte. »Ich werde für euch auf keinen Fall lügen.«

»Doch, das musst du!«, bettelte Lisa. »Du kennst doch meine Eltern – die behandeln mich immer noch so, als ob ich ein Baby wäre. Und ich war noch nie in Brighton … He! Hast du da nicht früher mal gewohnt?«

»Wirklich?«, fragte Jason neugierig. »Wo denn genau?«

»Ach, das ist doch urlange her«, knurrte Ellie, während ihr Herz immer lauter pochte. »Hört mal, ich muss jetzt rennen …«

»Sie redet nicht gern drüber«, wurde sie von Lisa unterbrochen. »Ihre kleine Schwester hatte da nämlich einen ganz schlimmen Unfall und danach sind sie weggezogen und …«

»Halt die Klappe!« Ellie wollte eigentlich gar nicht brüllen, aber sie musste Lisa irgendwie zum Schweigen bringen. »Also gut, ich werde für euch flunkern. Okay? Jetzt muss ich aber los.«

»Danke, Ellie!« Lisa umarmte sie und gab ihr ein Bussi.

Während Ellie über Lisas Schulter sah, traf ihr Blick auf Jason. Er war ganz blass geworden. Das Lächeln war verschwunden. Er hatte die Lippen zu einer schmalen, dünnen Linie zusammengepresst.

Da wusste Ellie, dass er sie wieder erkannt hatte.

@

Von: Ellie Finch <elliefin@email.com>
Gesendet: Mittwoch, 6. September 2000 23:48
An: Friederike Hofmann <ihofmann@uni-bremen.de>
Betreff: Big trouble!

Dear Freddie,
I'm so scared! When I got home and found your e-mail waiting I was so relieved because it gives me an excuse to write back and try to sort my head out before I go to sleep. Sleep! That's a joke. How can I sleep knowing that Jason Hill is out there planning his revenge?
It was going OK until Lisa let it slip that I used to live in Brighton and had moved away after my sister got hurt. His face changed instantly. You could almost see his mind working, see him remembering the accident and working out that despite his threats, I had told the police that he had been riding the motorbike that ran Becky down. BUT I DIDN'T!! I really truly didn't. I figured that if my stepdad could lie, then so could I.
You see, a woman walking her dog called an ambulance and Becky and me were both taken to hospital. Mum came along and phoned my stepdad at his office but they said he wasn't there. Mum was frantic – sick with worry about Becky and desperate to reach my stepdad. I can remember it – she kept saying, »Where can he be? Oh God, where can he be?«
That's when I said, »He was in the park.« But as I said it, it was as if his face was there, looming over me on the trolley in the Accident and Emergency room. I could

hear him saying that if I told, he would throw me out. I imagined myself wandering homeless – oh, I know it sounds daft now but then it seemed so real and I was so frightened. So when Mum said, »Ellie, what did you say?« I didn't answer – and the nurse said I was in shock and not to take any notice.

And then, later, when the police came to the house and started asking questions, I reckoned that it was safer to say I couldn't remember anything. That way, I didn't have to tell about Jason or my stepdad and no one could come and get me. My stepdad told my mum he'd been at his first wife's grave that afternoon – dead clever because no one would be able to prove it and besides, they all felt sorry for him and patted his hand and changed the subject. I hated him – and them – for that. So much.

They caught Jason, of course. He had dumped the motorbike (which, by the way, was stolen) in the carpark at the railway station. I guess he thought he'd got away with it but the police found traces of the wool from Becky's cardigan imbedded in the tyre tread. They put out an appeal on the local radio and someone said they'd seen a teenager pushing a bike into the carpark. The video cameras had picked it up and they got him. They showed me his picture and asked if I recognised him. I said I didn't. Does that make me a criminal too, Freddie? I guess it does.

Anyway, shortly after that we moved up here to Nambridge and I thought I was safe. Jason was sent to a Young Offenders Institute for eighteen months – and besides, people don't come two hundred miles to find you, do they?

Only now he's here and I know he knows who I am. He seems different – I mean, he was friendly and chatty

and even ticked Lisa off for suggesting we should go to the pub and drink under age. But I guess that's all a sham. I guess underneath he's still the evil guy he was then. I don't know what to do.
Sorry – I've been going on and on about me and haven't said a word about you. First of all, HOORAY! I'm so glad your period came – it would be bad enough getting pregnant without having a two-timing sod like Marc for the father.
I couldn't believe that your father would actually sell your horse to meet his debts. But then I guess none of us really knows what our parents are like – I would never have thought my stepdad would go behind Mum's back and have an affair. Sometimes I think that when he goes off for days on end now, it's because he's found someone else. Mum says it's because he can't cope with what happened to Becky (by which she means he hates being under the same roof as me) but I'm not so sure.

Ellie gähnte und sah zur Uhr auf ihrem Nachttisch hinüber. Viertel vor zwölf. Kein Wunder, dass sie so müde war. Aber sie musste das hier erst noch zu Ende bringen, sie musste rauskriegen…

Piep! machte ihr Computer. Neue Message. Um diese Zeit? Sie klickte die Maus auf die Leiste – ja, da war was. Marc. Der falsche, gemeine Marc.

Sie holte tief Luft und las.

Von: Marc Fouquet <marc.fouquet@telecom.fr>
Gesendet: Mittwoch, 6. September 2000 23:40
An: Ellie Finch <elliefin@email.com>
Betreff: Enfin!

Ellie, ma belle,
J'ai des bonnes nouvelles! J'ai gagné assez d'argent pour faire un petit voyage en Europe a fin de perfectioner mes connaissances en langues étrangères. Et pour la première fois je vais aller en Angleterre, ma chérie! Et c'est pour ça que je voulais te demander si c'est possible de dormir quelques nuits chez toi? Çe sera magnifique de te revoir, de t'embrasser, ma jolie petite copine!! Je sais que tu serais aussi bien heureuse d'une telle visite. Écris-moi vite quelle date te conviendra pour ma visite.
Je t'embrasse mille fois
Marc

Plötzlich fühlte sich Ellie sehr erschöpft, wie ausgehöhlt und im Stich gelassen. Vor zwei Wochen wäre sie bei diesen Zeilen noch vor Freude an die Decke gesprungen, jetzt fühlte sie sich ausgenutzt und traurig. Wie konnte er es wagen? Oder war sie ihm gegenüber ungerecht? Liebte er vielleicht in Wirklichkeit nur sie und schrieb Freddie nur aus Nettigkeit?

Nein, sie konnte sich nichts mehr vorlügen. Sie war jetzt zu müde, um noch länger darüber nachzudenken. Sie würde sich morgen wegen Marc den Kopf zerbrechen.

Sie gähnte wieder, rieb sich die Augen und tippte weiter.

@

I'm so tired so I shall have to stop and go to bed. As for your suggestion about talking to Jason – are you MAD? He's probably got a gang of mates who would make life hell for me – and no, Freddie, he won't have changed. Those types don't. Must sleep, will write more tomorrow.
Love Ellie

PS Just had another e-mail from Marc – you won't believe what he said! Tell you in the morning. Night night. *Gute Nacht, schlafen Sie gut!* Does that make sense? By the way, here is my German homework – could you do it again?

17

Rieke wedelte temperamentvoll mit den Armen in der Luft herum.

»Und dann kam meine große Szene!«, verkündete sie. »Das ging so:

The quality of mercy is not strained
it droppeth as the gentle rain from heaven
upon the place beneath:
It is twice blessed.
It blesseth him that gives and him that takes.
'Tis mightiest in the mightiest!«

Und damit wies sie mit der einen Hand theatralisch zum Himmel und gleichzeitig verdrehte sie die Augen, bis sie nur noch schielte.

Die Mädchen um sie herum lachten und klatschten Beifall. Sie standen in der Ecke des Schulhofs und Rieke gab gerade eine Kostprobe ihrer Shakespeare-Aufführung während des Sommercamps. Ihr langer blonder Pferdeschwanz wippte, während sie sich neu aufstellte und fortfuhr:

»It becomes the thrones monarch better than his crown!
His sceptre shows the force of temporal power
the attributes of awe and majesty
wherein doeth sit the dread and fear of kings.

But mercy is above this sceptered sway,
it is enthroned in the heart of kings,
it is an attribute to God himself!«

Mit einer übertrieben schwungvollen Handbewegung deutete sie wahrhaft majestätisches Gebaren an, wozu sie sehr gekonnt mit den Lidern flatterte.

Dann zog sie eine imaginäre Krone wie einen Hut vom Kopf und verbeugte sich vor ihrem begeistert kreischenden Publikum.

»Herzlich willkommen bei den Lebenden«, flüsterte Anna, als Rieke geendet hatte. »Anscheinend bist du allmählich wieder die Alte.«

Rieke grinste. »Ganz meine Meinung.«

Sie hätte die ganze Welt umarmen können.

Als sie nach Hause kam und sich an den Computer setzte, verweigerte der Server ihr viele Male den Eintritt ins Internet. Ziemlich entnervt versuchte sie es aber immer wieder und schließlich war sie drin.

Ellie hatte geschrieben und – oha, da war ja etwas von Marc gekommen.

Während sie sich gut zuredete, dass sie von diesem falschen Fuffziger bestimmt nichts Gutes erwarten durfte, fühlte sie doch, wie ihr Herz rascher schlug. Schnell öffnete sie die Mail, ihre Augen flogen über die Zeilen.

Von: Marc Fouquet <marc.fouquet@telecom.fr>
Gesendet: Mittwoch, 6. September 2000 23:55
An: Friederike Hofmann <ihofmann@uni-bremen.de>
Betreff: J'arrive!

Ma petite sorcière aux yeux bleus,

J'ai des nouvelles extraordinaires! Tu sais que j'ai gagné des sous dans les dernières deux semaines et maintenant j'en ai assez pour acheter un billet de train!

Rieke runzelte die Stirn. Er hatte seinen Lohn als Kellner gespart, um sich eine Zugfahrkarte zu kaufen – na und? Sie las weiter:

@

Je suis encore fou de toi et je veux te revoir aussi vite que possible. Je compte les minutes ... Comme je suis un pauvre étudiant et que je n'ai pas assez d'argent pour un hôtel je voulais te demander si tu peux me trouver un coin chez toi où je pourrais dormir.

Aha. Er konnte es also kaum erwarten, sie wieder zu sehen, aber da er bloß das Geld für die Fahrkarte hatte, fragte er, ob er in ihrem Gästezimmer schlafen konnte ... Der hatte ja vielleicht Nerven!

@

Je t'embrasse mille fois
Marc

Rieke saß einige Minuten da, während sie überlegte, was da eigentlich vor sich ging. Irgendwie fühlte sie sich in zwei Stücke gerissen: Ein Teil von ihr hatte unbändige Sehnsucht nach Marc, seinen Zärtlichkeiten, seinen süßen, witzigen

Liebeserklärungen – aber der andere Teil von ihr fragte ständig: Und wem schreibt er noch dieselben Sätze? Obwohl sie sich jetzt ganz sicher war, dass er ihr Vertrauen nie missbraucht hatte, war immer noch offensichtlich, dass er sie betrogen hatte. Oder doch nicht?

Jetzt holte sie sich Ellies Brief. Merkwürdig – in den letzten zwei Wochen war Ellie für Rieke viel wichtiger als Marc geworden … Sie beugte sich vor und fing an zu lesen.

Während sie Ellies langen Brief Stück für Stück verdaute, tobten in Rieke ganz widersprüchliche Gefühle: Wut, Mitgefühl, Unglauben und Faszination.

Sie seufzte leise und holte sich Fritz vom Bett.

»Arme Ellie, sie steckt immer noch bis zum Hals in Schwierigkeiten. So einer wie Marc hat ihr da gerade noch gefehlt. Weißt du was? Ich kann ihm leider nicht mehr glauben. Ich warte jetzt einfach ein bisschen ab und dann kratze ich meinen ganzen Mut zusammen und sag ihm, was er mich mal kann, statt hierher zu kommen. Ich glaube, ich will ihn nie, nie wieder sehen – und du? Nein? Na, dann sind wir uns ja einig!«

»Bist du krank im Kopf oder was? Seit wann redest du denn mit dir selbst?« Basti stand in der Türöffnung – sie hatte ihn nicht kommen hören.

Rieke bekam einen roten Kopf. »Fritzi und ich hatten ein Problem. Aber wir haben es gelöst.« Sie warf die schwarze Katze wieder zurück aufs Bett.

»Das hör ich aber gern.« Ihr Bruder grinste. »Schlimm genug, wenn schon einer aus der Familie therapiebedürftig ist! Oder liegt es vielleicht in den Genen?« Er zog eine schmerzerfüllte Grimasse. »Stecken in mir am Ende zwei Persönlichkeiten? Dr. Hof und Dr. Mann? Und wer von den beiden spricht gerade? Hilfe!!!«

Rieke lachte. »Basti, du bist der untalentierteste Schauspieler, den die Welt je gesehen hat!«

»Hach, aber ich bin der beste Botenjunge der Welt! Unsere Mutter, die Dame des Hauses, erbittet unsere unwürdige Gesellschaft, da sie offensichtlich etwas mitzuteilen hat.«

»Oh. Und wann?«

»Jetzt.« Er drehte sich um und sie folgte ihm die Treppe hinunter.

Inge Hofmann saß am Küchentisch und trank aus einem Becher Tee. Sie deutete mit einer Geste an, dass sich die beiden hinsetzen sollten, und dann kam sie gleich zum Kern der Sache.

»Euer Vater ist gut in Helsinki angekommen und wartet jetzt auf einen Zug, der ihn weiter nach Norden bringt. Er war bei dem Gespräch ganz ruhig und ich hatte den Eindruck, er freut sich auf die lange Wanderung durch die Wildnis. Tja, dann wollen wir mal hoffen, dass die Natur ihn kräftig an ihren Busen drückt und dass er von allen Zwängen und Süchten befreit ist, wenn er dann wiederkommt.« Sie trank einen großen Schluck und lächelte. »Ihr werdet es nicht glauben, aber als ich ihn gestern Abend zum Bahnhof brachte, schien er mir schon ein bisschen besser drauf zu sein. Er will sich einen Bart wachsen lassen, weil ein Rasierapparat mindestens dreißig Gramm wiegt und er das ja alles schleppen muss. Hoffentlich ist ihm die Zahnbürste nicht auch zu schwer.« Sie stellte den Becher auf den Tisch. »Die einzigen schlechten Neuigkeiten betreffen das Haus, und dass wir es wahrscheinlich verkaufen müssen, um die Schulden bezahlen zu können. Ich versuche immer noch, irgendwie drum herum zu kommen, denn ich möchte eigentlich unser Zuhause nicht aufgeben müssen…« Ihre Stimme erstarb.

»Aber…« Basti und Rieke sahen einander an, weil sie gleichzeitig geredet hatten. Rieke machte ihm ein Zeichen, dass er fortfahren solle.

»Aber ich bin ja sowieso nur noch jeden zweiten Tag hier«, beendete er seinen Satz. »Ich würde gern ganz nach Bremen ziehen – und du wärst viel dichter bei der Uni und Rieke hätte einen kürzeren Schulweg …«

»… aber wäre von Merlin viel zu weit weg«, ergänzte seine Schwester.

Basti warf ihr einen genervten Blick zu. »Ach, komm schon, werd endlich erwachsen! Wer braucht denn noch ein Pferd, wenn wir mitten in der Stadt wohnen können?«

»Ich«, sagte Rieke leise.

»Und mir ist das durchaus bewusst«, versicherte ihr ihre Mutter. »Aber falls wir umziehen müssen, ist Bremen wirklich die vernünftigste Wahl. So, jetzt wisst ihr, woran ihr seid und was momentan so läuft. Das war mir wichtig.«

Rieke nuschelte irgendwas Unverständliches und flüchtete in ihr Zimmer. Sie zog alte Jeans an und ihre Jodhpur-Stiefel, holte ihr Rad aus der Garage und strampelte, so schnell sie konnte, zum Mertens-Hof.

Jetzt hatte sie gerade gehofft, das Schlimmste wäre überstanden und alles käme so langsam auf die Reihe – aber nein, schon kam die nächste Krise! Sie lehnte ihr Rad an die Stallwand, holte das Zaumzeug und ging zur Koppel, um Merlin zu holen.

Neben ihm stand ein ihr völlig unbekanntes Pferd – eine hübsche kleine Fuchsstute. Da standen die beiden und wedelten sich mit dem Schweif gegenseitig die Fliegen vom Fell. Aber als sie Merlin rief, kam er dann schließlich doch angezockelt, und sie führte ihn zur Sattelkammer, um ihn zu satteln.

Erst abends setzte sie sich an ihren Computer und tippte einen Antwortbrief an Ellie:

Von: Friederike Hofmann <ihofmann@uni-bremen.de>
Gesendet: Donnerstag, 7. September 2000 18:48
An: Ellie Finch <elliefin@email.com>
Betreff: Clueless but sympathetic

Dear Ellie,
Your story would make a good novel, but I guess it's quite a different thing to live through one than to read it. I wish I could send you a ticket to come here.
Here we only have an acute shortage of money, a father on some survival trip and some beastly brothers.
By the way: our precious Marc wants to visit me. But why do I have the strange notion that he doesn't really want to visit poor old me but rather find a cheap place to sleep while pouring out his rotten charm on every female coming his way? Anna told me the other day that he made a pass at her as well – seems he left no opportunity out. When I recall my deep-and-never-ending, oh-so-true feelings for him I feel like gagging! (But this is something I had quite enough of during the last days – so I'll skip that!) Maybe I should invite him to come and when he arrives you, Lisa, Anna and I and the rest of the camp should give him a nice heartfelt welcome! Sometimes, thinking of him makes me so furious that I could kick myself!
But how can you get rid of that Jason? Only what you wrote about him before he recognised you didn't sound that bad, did it? Perhaps he has changed after all?
At least a little? Couldn't you talk about it with Lisa? She struck me as one of the most sensible girls of the camp – except for us, ha ha! Oh what a mess! And I'm sitting here feeling so helpless!
What about writing to your real father? Do you know the

address? Do you want me to find it? Just give me the name! If only I had money to send to you to buy a plane ticket! Off and away!
Clueless, but with loads of love and sympathy,
Freddie

PS I'm doing your German homework now and will send it afterwards.
PPS My mother is threatening to move us to Bremen, which would mean that I couldn't see Merlin as often as now. But today I met a girl named Birte, who has brought her horse to the same stable, and she lives in Bremen and already has her driving licence. She told me I could travel with her every time she goes to ride her horse, and she plans to ride it often.
PPPS Did I mention that she has a real hunk of a brother? Seventeen, tall, blond, blue eyes? But this doesn't make me waver in my resolve to stay solo for a while.
PPPPS How long is a while?

18

»Äh, ja, ähem, hat Jason der Film gestern eigentlich gefallen?«

Als Ellie mit Lisa am nächsten Morgen über den Schulhof lief, wollte sie eigentlich fragen, ob er noch irgendeine Bemerkung über sie gemacht hatte.

»Woher soll ich das denn wissen?«, gab Lisa mürrisch zurück, warf ihr Haar zurück und ging einen Schritt schneller. »Sag mal, findest du Jungs nicht auch das Allerletzte?«

Ellie sah ihre Freundin erstaunt an.

»Ich dachte, er wäre die größte Liebe deines Lebens.«

Lisa ließ die Schultern hängen.

»Ist er ja auch«, gab sie zu. »Ich bete ihn an, er ist so lieb und fürsorglich.«

»Ach, ehrlich?« Ellie konnte die Ironie nicht ganz aus ihrer Stimme heraushalten.

»Jawohl, ist er!«, betonte Lisa. »Nur gestern Abend – da wurde er auf einmal ganz komisch und redete kaum noch mit mir – nachdem du gegangen warst. Einen Augenblick lang dachte ich sogar –«

»Was?«

»Na ja, ich hab überlegt, ob er sich in dich verschossen haben könnte. Eigentlich ist das natürlich total ausgeschlossen ...«

»Na, schönen Dank auch«, fauchte Ellie. »Aber egal, wie bist du denn darauf gekommen?«

»Er hat dir lange nachgeschaut, als du weggingst, und dann hat er mich tausend Dinge nach dir gefragt. Schließlich …«

Bei Ellie ging die rote Alarmlampe an. »Was denn?«

Lisa zuckte die Schultern. »Och – wo du früher gewohnt hast, was deine Mutter für einen Beruf hat, ob du Geschwister hast – lauter solche Sachen.«

»Und was hast du geantwortet?«

»Ich hab ihm gesagt, dass ich seine Freundin wäre und dass er deshalb aufhören sollte, von dir zu sabbeln, oder er könnte sich das Wochenende in Brighton an den Hut stecken. Du wirst mir doch helfen, ja?«

»Hmmm. Sag mal, hast du ihm von Becky erzählt?«

»Weiß ich nicht mehr.«

Ellie ergriff Lisas Arm. »Doch, erinnere dich, los!«

Lisa sah sie verblüfft an. »Könnte sein – aber warum regst du dich deshalb so auf?«

Ellie seufzte. »Schon gut. Und was hat er dann gemacht?«

»Er hat behauptet, er wäre müde, und dann sind wir nach Hause gegangen.«

»Und habt nicht mal an der Bushaltestelle noch ein bisschen geknutscht?«

Lisa sah Ellie misstrauisch an. »Du – du – willst doch nicht sagen, dass er dich angebaggert hat oder so? Als ich auf der Toilette war oder als ich das Popcorn holen gegangen bin?«

»Spinnst du?« Ellie sah sie fassungslos an. »Wenn er auch nur den leisesten Versuch dazu gestartet hätte, dann hätte ich ihn aber so was von auflaufen lassen.«

Lisas Gesicht spiegelte ihre Erleichterung wieder. »Hm – schließlich hast du ja deinen Marc, oder??«

Ellie verzog das Gesicht.

»Weißt du«, sagte sie, »das ist ein ganz anderes Thema.«

»Also was ist: Lädst du ihn ein oder nicht?«

Lisa sah Ellie neugierig von der Seite an, während sie ihre Jacken über die Stuhllehnen hängten und die Hausaufgaben hervorholten.

Ellie biss sich auf die Lippe. »Ich nehme mir dauernd vor, dass ich ihm maile, er soll sich verpissen – und dann denk ich wieder darüber nach, ob er mich nicht vielleicht doch wirklich liebt? Wenn er diese Briefe an Freddie nur aus Freundlichkeit schreibt?«

»Bestimmt nicht. Glaub mir – ganz bestimmt nicht.«

»Ach, und woher willst du das wissen?« Ellie war gereizt über die Entschiedenheit, mit der ihre Freundin die Möglichkeit so einfach beiseite wischte, dass Ellie vielleicht leidenschaftlich geliebt wurde. Das war ganz schön demütigend.

»Weil«, Lisa kramte in ihrer Schultasche herum, »ich das hier habe!«

Sie zeigte Ellie ein Foto. »Das war das Bild, das ich damals vor dir versteckt habe, weil du es nicht sehen solltest. Ich dachte, du wärst sauer, wenn du es siehst.«

Ellie sah wie betäubt auf das Bild. Das war Marc. Und Lisa. Und Marcs Arm lag um Lisas Schultern. Und noch schlimmer: Seine Lippen berührten ihre Wange.

»Du Schlange!«, explodierte Ellie. »Du … also auch! Du hast dich hinter meinem Rücken an ihn rangemacht und –«

»Irrtum! Stopp!«, wurde sie von Lisa unterbrochen. »Bitte keine voreiligen Schlussfolgerungen!«

Sie nahm Ellie das Foto aus der Hand und zerriss es in kleine Fetzen.

»Bitte sehr, da siehst du es: So viel mache ich mir aus Marc Fouquet!«

Sie warf die Schnipsel in die Luft.

»Sieh mal, Ellie, so war er fast mit allen. Mit Freddie hatte er wohl als Einziger was richtig am Laufen, aber er hat auch

Anna angebaggert, Freddies Freundin, und ich hab ihn auch mit Dominique aus der Küche gesehen und …«

»Was?« Ellie riss die Augen auf. »Du meinst …?«

»Marc hat es bei fast allen mehr oder weniger versucht. Eine Freundin hat ihm nicht genügt, er musste bei allen überprüfen, ob er da auch gelandet wäre. Ich hab damals bloß ein Erinnerungsfoto gewollt und er hatte dann die Idee, mit dem Bussi. Ich fand ihn ziemlich ätzend.«

Ellie sah zu Boden. »Was war ich bloß für eine dumme Gans! Ich dachte – du, ich hab wirklich geglaubt …« Sie brach ab.

»Du hast gedacht, er würde dich lieben?«, fragte Lisa leise.

Ellie nickte.

»Solche Typen wie der wissen doch gar nicht, was Liebe ist. Ganz im Gegensatz zu Jason …«

Doch bei diesem Namen machte Ellies Magen einen doppelten Salto. Da aber Mr. Timms jetzt erschien und die Schülerinnen namentlich aufrief, konnte sie Lisa nicht noch weitere Fragen stellen.

Sie begnügte sich damit, in Gedanken ein heftiges Stoßgebet loszulassen, dass Jason alles über sie längst vergessen hatte.

Doch als Ellie den lieben Gott um Hilfe anrief, ahnte sie schon, dass diese Bitte ziemlich vergeblich war.

»Hör mal zu«, sagte Lisa am Nachmittag, »was das nächste Wochenende angeht, also, das ist so: Ich hab meiner Mutter gesagt, ich würde bei dir übernachten, okay?«

»Das ist doch total verrückt!«, protestierte Ellie. »Und wenn sie dann anruft oder vorbeikommt oder so?«

»Macht sie nicht und außerdem hab ich mir für den Fall schon längst was überlegt. Wenn sie anruft, sagst du, ich wäre grad auf dem Klo und ich würde gleich zurückrufen.

Dann rufst du mich auf Jasons Handy an – hier ist die Nummer.« Sie gab Ellie einen Zettel. »Dann sagst du, was Sache ist, ich ruf sie an und sie merkt überhaupt nichts.«

Ellie seufzte.

»Mannomann, du lebst aber ganz schön gefährlich«, sagte sie nur.

»Na und?«, gab Lisa zurück. »Gefahren machen das Leben doch erst richtig spannend.«

»Er war es – das weiß ich ganz genau!!«

Ellie stand mucksmäuschenstill im Flur und hörte auf die lauten Stimmen hinter der geschlossenen Küchentür.

»Aber Dave, Schatz, das ist doch nicht möglich ...«

Ellie strengte sich an, um die leisen, ängstlichen Worte ihrer Mutter mitzubekommen.

»Er war es, ich sag es dir. Oder willst du mich zum Lügner stempeln?«

Ellie stand immer noch regungslos da, ihr Herz wummerte wie wild. Die Launen ihres Stiefvaters waren ohnehin immer unvorhersehbar, aber wenn er auch noch Widerworte bekam ...

Jetzt redete wieder ihre Mutter.

»Nein, Schatz, natürlich nicht. Wieso soll Jason Hill hier sein? In Nambridge?«

Ellie schnappte nach Luft und hielt sich an dem untersten Pfosten des Treppengeländers fest.

»Ich hab ihn heute Morgen gesehen«, hörte sie ihren Stiefvater verkünden. »Dieses Gesicht würde ich überall wieder erkennen. Und als ich im Sekretariat nachfragte, sagte die Sekretärin, er hieße Jason Hill und ...« – er machte eine Kunstpause – »er ist gerade von Brighton hierher gezogen.«

Ellies Mutter krächzte. »Nein!«

»Aber ja«, gab ihr Mann zurück. »Und ich sag dir eins:

Ich freu mich, dass ich ihn jetzt hier habe, denn ich will ihn dafür büßen lassen.«

»Nein, Dave, das ist doch längst vorbei. Er...«

»Ach, findest du?« Ellies Stiefvater brüllte jetzt noch lauter. »Für ihn mag ja alles vorbei sein, oder für dich! Aber für meine Becky ist das noch lange nicht vorbei und für mich schon gar nicht!«

Ellie hörte eine Faust auf Holz krachen.

»Sie ist auch meine Becky.« Ellies Mutter war kaum zu verstehen. »Aber wir wollten das doch hinter uns lassen...«

»Ach? Ja? Wollten wir? Tja, wenn ich Jason Hill erst mal meine Meinung gesagt und ihm deutlich gezeigt habe, was ich von ihm halte, dann lassen wir es vielleicht hinter uns, wie du so schön sagst.«

Ellie hatte genug gehört. Sie flog die Stufen hoch, immer zwei auf einmal, doch bevor sie ihre Zimmertür hinter sich schließen konnte, hörte sie noch ihre Mutter schreien: »Dave, wo gehst du hin?«

Er antwortete: »Ins Pub. Damit es mir im Hirn wieder klar wird.«

Dann schlug die Haustür hinter ihm zu und Ellie schloss ihre Zimmertür.

Na, das glaubst du doch nicht im Ernst, dachte Ellie, setzte sich auf ihr Bett und stützte den Kopf in die Hände. Du hast noch nie in einem Pub einen klaren Kopf gekriegt – ganz im Gegenteil!

Was würde jetzt geschehen? Wenn ihr Stiefvater Jason wirklich stellen würde, dann erzählte der das bestimmt Lisa – und Lisa verklickerte ihm dann, dass das Ellies Stiefvater war und...

Ellie schüttelte sich. Sie musste sich was ausdenken. Aber was?

Seufzend griff sie sich ihr Mathebuch und machte sich über die Hausaufgaben her. Den Englischaufsatz würde sie am Computer schreiben. Gute Gelegenheit, mal nachzuschauen, ob eine Mail für sie gekommen war.

»Komm schon, komm schon«, murmelte sie, während der Computer langsam hochfuhr. Jawohl, da war etwas: *New Message!*

Es war Freddie.

... Your story would make a good novel ...

Das konnte sie ruhig laut sagen. Und dabei wusste Freddie noch nicht mal, was sich seither alles ereignet hatte. Während Ellies Finger schon tippen wollten, überflogen ihre Augen den übrigen Brief.

... Marc wants to visit me ... Anna told me ... made a pass at her ...

Sie konnte es nicht glauben. Oh nein.

@

Von: Ellie Finch <elliefin@email.com>
Gesendet: Donnerstag, 7. September 2000 19:50
An: Friederike Hofmann <ihofmann@uni-bremen.de>
Betreff: Slimeballs!

Dear Freddie,
So Marc wants to visit you? Well, guess what – he made the same suggestion to me. He said he's doing a tour of Europe – well, that says it all, doesn't it? He's been using us – and others – as a way to get free accommodation. It's not us he wants – it's just a cheap holiday! I admit, I almost fell for it. He talked about »my sweet face« and said he thought I'd be happy to be with him. Happy? I'd kill him!
Lisa showed me a photograph of him and her together, and he was kissing her – and what's more he not only snogged Anna but also that spotty Dominique girl who did the cooking. God, how I hate him!

We have to do something, Freddie. We can't let him get away with it. You'll have to think really hard, and I will too. What a slimeball!
But right now I need your help about something even more important. My stepdad has found out that Jason Hill is a student at the college where he is caretaker. And he's been sounding off about confronting him over what happened to Becky. Maybe you are right – maybe I should tell Lisa and get her to warn Jason … but WHAT AM I SAYING? Anyone would think I wanted to protect Jason, which I don't. But Lisa's my best friend and she should know the kind of guy she's going out with.
It's nice of you to say that you'd like to send me a ticket to Bremen – and I thought you hated me! My real dad lives in Munich, but I'm not so sure that seeing him would be a good idea. He went off when I was three and now he's got two other kids and only writes to me at Christmas and on my birthday. He sends me cheques – but then writing a cheque is the easy bit, isn't it? He doesn't know anything about the real me. Frankly, if I was going to Germany, I would rather come to see you. But your note did start me thinking that…

Ellies Tippen wurde durch das Schrillen der Haustürklingel unterbrochen.

»Ellie! Sei so lieb und geh an die Tür! Das ist bestimmt Isla, die will ihr Kochbuch zurückhaben!«, rief ihre Mutter. »Sag ihr, sie soll reinkommen, ich telefoniere grad mit Gran!«

Ellie seufzte und rannte die Treppe runter zur Haustür. Sie öffnete die Tür.

Und riss die Augen auf.

Das war nicht Isla. Das war Jason Hill.

Ein paar Sekunden lang sagte keiner von ihnen etwas. Ellie starrte ihn an, ihr Herz wummerte in ihren Ohren, Jason starrte sie an, er lächelte nicht und sah aus, als wüsste er nicht, was er tun sollte.

Oh Gott, was mach ich jetzt?, dachte Ellie.

Sie öffnete den Mund, um ihre Mutter zu rufen, und klappte ihn wieder zu.

»Hi.« Jason hatte seine Stimme wieder gefunden. »Hör mal – ich, äh, ich muss unbedingt mit dir reden.«

»Falls es wegen des Wochenendes ist – das geht in Ordnung, ich helfe euch. Ich hab die Handynummer. Jetzt muss ich leider gleich weg, deshalb …«

Sie versuchte die Tür wieder zuzumachen, aber Jason fasste mit der Hand an die Türkante und sie brachte es nicht fertig, ihm die Finger einzuklemmen.

»Nein, warte – bitte! Es ist wichtig! Weißt du – ich glaube, ich kenne dich!«

Ellie war ganz flau im Magen. »Du kennst mich? Na klar, wir waren gestern im Kino!«

Sie versuchte verzweifelt, cool und lässig zu wirken.

»Nein – von früher. In Brighton.«

»Ich, äh – ich weiß nicht, wovon du sprichst!« Ihre Stimme klang selbst in ihren eigenen Ohren hoch und schrill.

»Ich muss es wissen!«, sagte Jason eindringlich. »Du warst das, ja? Mit einem kleinen Mädchen? Im Park?«

Ellie blieb vor Angst die Stimme weg. Wenn sie das zugab, dann dachte er möglicherweise, sie hätte ihn damals verraten, und dann würde er sich vielleicht schrecklich an ihr rächen.

Ihr war, als wären ihre Füße am Boden festgeklebt, auch ihre Glieder konnte sie nicht bewegen. Sie machte den Mund auf, aber es kam kein Laut heraus.

Jason nickte langsam.

»Du warst das. Ich sehe es dir an.«

»Ich hab nie jemandem was gesagt…«, stammelte sie und brach ab, weil sie über Jasons Schulter hinweg jemanden auf dem Gehweg erspäht hatte. Auf der gegenüberliegenden Straßenseite, noch weit entfernt, kam ihr Stiefvater angeschlendert. In seiner Begleitung waren zwei seiner Saufkumpane und sie sahen alle so aus, als ob sie in der kurzen Zeit seit seinem wütenden Abgang schon einiges getankt hatten.

Und plötzlich war dieser Anblick etwas noch viel Erschreckenderes als ein Jason Hill auf der Türschwelle.

»Geh! Jetzt gleich!«, zischte sie Jason zu. »Da lang!« Sie zeigte in die andere Richtung.

»Nein, warte doch, ich muss mit dir reden…«

»Aber nicht jetzt!«, drängte sie. »Ich seh dich bei Lisa – oder wo auch immer –, aber jetzt musst du weg!«

»Warum?«

»Da hinten«, sie zeigte in die Richtung, »kommt mein Stiefvater. Beckys Vater.«

Ihre Blicke trafen sich.

Jason drehte sich um. Dann wandte er sich wieder ihr zu.

»Ich kann nicht. Ich kann doch nicht ewig davonlaufen. Ich muss mit ihm sprechen. Mit dir. Mit euch allen.«

Ellie sah ihn fassungslos an. Seine Augen glänzten, als wäre er kurz vor dem Losheulen, und sein Gesicht war rot angelaufen.

Was war mit ihr denn bloß los? Warum ließ sie ihn nicht warten und mit ihrem Stiefvater reden und die Quittung für das kriegen, was er damals verbrochen hatte? Ellie war sich aber momentan gar nicht mehr so sicher, dass Jason das verdiente, was ihm ihr Stiefvater mit der Hilfe seiner zwei Kumpel antun könnte.

»Okay. Wir werden miteinander reden. Aber nicht heute. Er ist betrunken. Geh jetzt, tu es für mich, für uns – geh!«

Jason nickte. »Na gut. Aber wir müssen reden. Morgen?«

Sie zögerte.

»Bitte!«, drängte Jason. »Ich werde im Café am Eglinton Park sein. Um vier. Ich warte bis um fünf. Ja?«

»Okay.« Sie war über sich und ihre geflüsterte Zusage selbst erstaunt.

Jason drehte sich um, sah noch mal kurz in die Richtung, aus der ihr Stiefvater wild gestikulierend angelaufen kam, und machte sich dann eilig in der entgegengesetzten Richtung davon.

Ellie schloss die Haustür, lehnte sich dagegen und machte die Augen zu.

»Wo ist denn Isla? Ellie, ist alles in Ordnung?« Ihre Mutter erschien in der Türöffnung zum Wohnzimmer.

»Es war nicht Isla, es war ein Klassenkamerad von mir«, improvisierte Ellie. »Er wollte sich mein Mathebuch ausleihen. Ja, mit mir ist alles bestens.«

Und damit rannte sie hoch in ihr Zimmer. Sie stürzte sich auf die Tastatur und schrieb das E-Mail an Freddie weiter.

@

I don't know what I wanted to tell you. You will never in a million years guess what has just happened.

Und dann trommelten ihre Finger minutenlang wie verrückt über die Tasten, um alles zu berichten, was sich in der vergangenen halben Stunde ereignet hatte.

@

What shall I do? Shall I go to the café or not? What if I tell him that it wasn't me that told the police and he doesn't believe me? Should I tell Lisa? Or wait to hear what Jason says?

I know this sounds odd, but somehow he didn't seem as bad as I'd imagined; at one point I thought he was going to cry. I'm glad I made him go: when my dad got back he was in a foul mood and I know something awful would have happened.

Do you know what really hurts the most? The fact that my stepfather comes out of all this whiter than white. And yet it was only because I saw him half naked with that woman that I ran off with Becky in the first place. I was so dumb – I should have realised that he couldn't throw me out because Mum would never have let him. But I guess when you're twelve things aren't as clear cut as that.

And even now, I'm scared.

Please write back LIKE NOW – so that I get the note before I go to school. I need your advice.

By the way, I guess Bremen wouldn't be so bad – personally, I like towns because there's always something to do. But then I'm not horsy like you – to be honest, horses scare me! That's another reason for you to think of me as a wet drip. But I hope you won't.

Do write soon – about Jason and about our revenge on Marc.

What lives we lead!

Love

Ellie

PS It's funny but I feel better having told you all this stuff.

PPS That brother of your new friend sounds a bit of all right! If you don't want him, maybe I will come and visit and have a look for myself!!

PPPS As for Marc – he's yours! And you're welcome!!!!

19

Als am Freitagmorgen zu nachtschlafender Zeit jemand an ihre Zimmertür bummerte, dachte Rieke zuerst, sie würde noch schlafen, und träumte, dass lärmende Leute sie zu stören versuchten. Doch dann riss jemand ihre Tür auf und plötzlich verstand sie einzelne Wörter. Bastis Stimme rief: »Los, steh auf! Schnell! Schneller! Merlin ist verschwunden!«

Da wurde ihr klar, dass es sich nicht um einen Traum handelte.

»Ich komme!«, schrie sie und zog sich blitzschnell an. Während sie sich noch in ihr Sweatshirt kämpfte, stolperte sie schon die Treppe hinunter und sah in der Diele ihre Mutter im Bademantel stehen und telefonieren.

»Ja, Herr Mertens, natürlich kommen wir sofort rüber ... Nein, ich würde die Polizei noch nicht rufen, wir wissen ja noch nicht genau, ob er ihn wirklich stehlen wollte ... Ja, ja, wir sind schon auf dem Weg!«

Sie drückte auf die Aus-Taste und sah Rieke an.

»Komm mit in mein Zimmer – ich erzähl dir alles, während ich mich anziehe.«

Aber sie wusste nicht sehr viel, nur dass Herr Mertens etwa vor einer halben Stunde ein großes Auto mit Pferdehänger in der Nähe des Koppelgatters gesehen hatte und einen dunkel gekleideten Mann, der sich mit einem Pferd abmühte. Während Mertens laut brüllend zur Koppel rannte, erkannte er Merlin, der sich plötzlich aufbäumte, losriss und in wildem Galopp davonpreschte. Der Hänger hinter dem Auto war leer. Der Fahrer behauptete voller Wut, dass sein Freund für das Pferd bezahlt hätte, es von Rechts wegen also ihm gehörte und dass er es für ihn holen wollte. Als Bauer Mertens mit der Polizei gedroht hatte, war er in das Auto gestiegen und davongefahren.

Rieke stand sprachlos da und dachte immer wieder: Das kann doch nicht wahr sein, das passiert doch nicht wirklich – nicht schon wieder.

Dann fuhren sie zum Hof.

Herr Mertens wartete auf sie im Hof und gemeinsam liefen sie zur Koppel. Er zeigte ihnen die Reifenspuren in dem weichen Boden und einen Zettel, auf dem er versucht hatte das Autokennzeichen zu notieren, aber die letzten Ziffern fehlten.

Riekes Mutter zuckte mit den Achseln.

»Ich bin nicht Winnetou – ich kenne mich mit Spurenlesen nicht aus und habe keine Ahnung, welcher Reifen welches Profil hat. Haben Sie irgendeine Ahnung, wohin Merlin galoppiert sein könnte? Wo könnte er stecken?«

Herr Mertens schüttelte den Kopf.

»Keine Ahnung. Uns bleibt nur eins übrig: Rieke muss meine Stute Valeska nehmen und ihn suchen. Vally ist die Leitstute und sie wird ihn finden wollen. Wenn er ihr Wiehern hört, wird er sich wahrscheinlich melden.«

Zwanzig Minuten später ritt Rieke durch Felder und Wiesen und durchstreifte den Wald. Immer wieder rief sie Merlins Namen, aber alles blieb still. Dann wieherte Vally zum ersten Mal und stellte die Ohren auf.

Sie wieherte erneut und diesmal meinte Rieke, sie hätte irgendwo etwas antworten gehört. Sie drehte Vally um und ließ sie am langen Zügel selber den Weg suchen. Am Rand einer abschüssigen Lichtung fanden sie Merlin am Hang, zwischen drei Bäumen eingeklemmt, auf der Seite liegen, das eine Bein ragte seltsam unter ihm zwischen den tiefen Ästen hervor. Rieke glitt aus dem Sattel und rannte hinüber zu ihrem Pferd.

»Ach, du Dummkopf, was soll das denn? Was hast du bloß gemacht?« Sie war zu Tode erschrocken über den Anblick des Wallachs, der kraftlos seine Beine hin und her bewegte, sich aber nicht aufrichten konnte. Angesichts seiner Hilflosigkeit wollte es sie schier zerreißen vor Kummer. Merlin war wohl gestürzt und dabei hatte sich sein Stallhalfter an einem Ast verfangen und bei seinen Bemühungen, wieder frei zu kommen, war er immer tiefer zwischen die Bäume gerutscht, bis er schließlich wie in einer Falle gefangen dalag. Wie in aller Welt sollte sie das große Tier da wieder rausbekommen?

Hatte er sich etwa das Bein gebrochen? Würden sie ihn einschläfern lassen müssen?

Rieke beugte sich zu Merlin runter und redete beruhigend auf ihn ein, während sie verzweifelt versuchte, ihn aus seinem Gefängnis aus Halfter, Ästen, Zweigen, Beinen und Hufen zu befreien. Zweige zerkratzten ihr Gesicht, Dornen piksten sie durch die Jeans hindurch und Brennnesseln brannten an ihren bloßen Händen. Doch schließlich hatte sie ihn aus dem Gewirr befreit und versuchte ihn zum Aufstehen zu bewegen.

»Na, komm schon, Merlin, sei ein guter Junge! He-ho, hoch mit dir!«, redete sie ihm zu, während sie sich verzweifelt darum bemühte, Ruhe zu bewahren, denn am liebsten hätte sie sich zu ihm gesetzt und einfach losgeheult. Merlin sah zu ihr hoch, seine Ohren zuckten bei ihren bittenden Worten, aber er konnte sich anscheinend nicht bewegen. Rieke tastete ihn ab, soweit es möglich war, um zu testen, ob er sich etwas gebrochen hatte, aber der Tränenschleier vor ihren Augen erschwerte ihr die Sicht und ihre Finger waren steif vor Kälte und sie spürte nicht viel.

Wieder war es Vallys Wiehern, das Merlin schließlich reagieren ließ. Ungeschickt versuchte er, sich auf die Beine zu stemmen, und Rieke half ihm, indem sie mitzog und schob und ihm ermutigend zuredete.

Mit einer verzweifelten Anstrengung schaffte sich der Wallach schließlich in eine sitzende Position. Danach dauerte es noch einmal so lang, ihn zum Stehen zu bewegen. Schweißbedeckt und mit zitternden Muskeln stand Merlin schließlich aufrecht da, während Rieke ihn tätschelte und ihm die tollsten Komplimente machte und behauptete, er wäre ein richtiger Pferdeheld.

Langsam, langsam führte sie ihn den Waldweg zurück. Er lahmte auf dem linken Hinterbein, das so seltsam unter ihm hervorgeragt hatte, das war offensichtlich irgendwo verletzt. Aber andererseits wollte er auch nicht allein zurückgelassen werden, er wollte nach Hause und mühte sich ab.

Rieke machte Vally von dem Baumstamm los, wo sie sie zuvor angebunden hatte, und führte jetzt die Stute, während sie immer wieder nach Merlin rief, der ihnen langsam, ganz langsam, Schritt für Schritt folgte.

Es war die schwierigste Arbeit, die Rieke je hatte machen müssen. Merlin ging zwei Schritte blieb vier Minuten stehen machte zehn Schritte, und blieb acht Minuten stehen, und so kam die kleine Prozession nur sehr langsam voran. Es war deutlich zu sehen, dass er große Schmerzen hatte und sich sehr quälte.

Eine halbe Stunde später trafen sie auf Bauer Mertens und Riekes Mutter, die nach ihnen gesucht hatten. Sie brauchten zwei Stunden, um Merlin wieder zurück auf die Weide zu bringen, denn immer wieder musste er stehen bleiben, um seine Kräfte zu sammeln. Ganz offensichtlich hatte er Quetschungen und wahrscheinlich auch gezerrte Bänder.

Das war auch später die Diagnose des Tierarztes, der jedoch ansonsten ganz optimistisch klang und meinte, dass Merlin nach ein paar Tagen der Ruhe hoffentlich wieder der Alte sein werde.

Rieke dankte Dr. Schütz überschwänglich, aber insgeheim fragte sie sich, wie sie diese neue Rechnung bezahlen sollten.

Mittlerweile hatte Merlin sich hingelegt, um das verletzte Bein zu entlasten. Sie hockte sich neben ihn.

»Guter alter Junge, du warst einfach klasse – so tapfer und so zäh. Aber« – sie seufzte – »wenn du Blödmann heute Morgen nicht durchgegangen wärst, dann hättest du auch nicht den Unfall gehabt. Herr Mertens hätte dich bestimmt vor diesem schrecklichen Kerl gerettet, da bin ich ganz sicher.«

Als Merlin dann getränkt worden war und reichlich Kraftfutter bekommen hatte, verließ sie ihn und ging zurück zum Bauernhaus, wo ihre Mutter auf sie wartete.

»Und was ist jetzt mit dem Pferdedieb? Was machen wir da?«, fragte Rieke tatendurstig.

»Wir?« Inge Hofmann grinste. »Nichts. Ich hab bei der Polizei angerufen und ihnen die Autonummer gegeben, die Herr Mertens aufgeschrieben hatte, und sie werden sich jetzt bei dem melden. Dein Vater durfte auf gar keinen Fall dein Pferd als Pfand für seine Schulden einsetzen! Der Glatzkopf wird damit niemals durchkommen, keine Angst.«

Als sie nach Hause kamen, ging Rieke hoch in ihr Zimmer, um noch etwas von dem zu früh abgebrochenen Schlaf nachzuholen.

Aber als sie ins Zimmer kam, dachte sie als Erstes an Ellie und schaltete den Computer ein. Schlafen konnte sie auch noch später.

@

Von: Friederike Hofmann <ihofmann@uni-bremen.de>
Gesendet: Freitag, 8. September 2000 06:17
An: Ellie Finch <elliefin@email.com>
Betreff: Toughie!

Oh, Ellie,
I can't believe it! Forget that cheat Marc – I think we both deserve someone better, Mademoiselle! Let's give him a real polite but devastating declaration of unending contempt!
But face it anyway – Marc really is not so important right now compared with your immediate problems.
I really don't understand why you are so afraid of this Jason. OK, two years ago he seems to have been a real shit, but everything you have written about him now shows him quite a different person – don't you think so? Maybe my distance makes me a bad judge of that, but I would try to talk to him. If you are still afraid, you could ask someone to go with you – not necessarily Lisa, but why not Becky?
She must be old enough by now to be interested in what he has to say, don't you think so?
I'm afraid I'm not cast for the role of a counsellor, because I'm too far away and I don't know enough of the whole thing, but I'm never good at hiding something – I like it better if things are discussed openly. That's why I think you should tell your mother also.
Think of her being cheated for years and think what it did to us in only four weeks!!!
I'm not very well informed, but I'm sure there must be a government agency in your town, too, which deals with children and young adults who have problems with their parents. They counsel, they help, they give children to

foster parents (which is probably the last thing you'd ever want) and even support people financially. OK, there might be a lot of stuffy dreary persons among those social workers, but perhaps you could find someone in whom you could feel confidence. Maybe they know the best way to deal with your stepfather?
I'm sure I'd make a rotten agony aunt, but this is all I could think of. In the meantime I hope with all my heart that you find a way to get out of that dreadful mess.
As to mess, we had the next crisis with my horse, but he still lives and will hopefully be all right in a few days. That scoundrel who came the other day to take him away because he lent my father money and thought that Merlin belonged now to him sent somebody else steal him. But Merlin bolted and ran off; unfortunately his halter got caught in the trees and he fell very badly.
It took us hours to get him back to the stable and I'm absolutely knocked out and over.
Hope you get my mail before you go out and I'm dying to know what happened during that meeting with Jason.
Good morning, I'm going to sleep!
Love,
Freddie

Als Rieke am Nachmittag zum Hof kam, ging es Merlin immer noch ziemlich schlecht. Sie setzte sich neben ihn auf die Wiese, redete mit ihm und versuchte ihn mit ein paar Leckerli zu locken, damit er aufstand.

Als eine halbe Stunde später der Tierarzt kam, machte er ein besorgtes Gesicht und schnalzte mit der Zunge. »So geht das nicht«, sagte er schließlich. »Wir müssen ihn zum Stehen bringen. Je länger er hier liegt, desto schlimmer wird es.

Das ist ein Teufelskreis: Wegen der Schmerzen will er nicht aufstehen und laufen, und wenn er nicht läuft, dann werden seine Muskeln so steif, dass ihm jede Bewegung nur noch mehr wehtut, und dann wird er sich noch weniger anstrengen, um wieder auf die Beine zu kommen. Okay, Leute, ruft noch ein paar Helfer, und wir probieren es mal.«

Merlin auf die Hufe zu bringen erforderte Schwerstarbeit. Schließlich schafften sie es, indem sie eine Decke unter ihm durchzogen, und dann fassten Bauer Mertens, der Doktor, sein Assistent und Frau Mertens die Zipfel und zerrten und zogen und hoben, bis das Pferd schließlich auf allen vieren stand. Doch die Kruppe war geschwollen und er stand so schief, dass er wieder hingefallen wäre, wenn sie die Decke nicht weiterhin festgehalten hätten. Sie führten Merlin rund um die Koppel und der Tierarzt gab Rieke die Anweisung, ein Seil um den verletzten Huf zu legen; und bei jedem Stolperschritt, den Merlin machte, versuchte sie nun, mit dem Seil den Huf in die richtige Position zu bringen.

Birte und ihr Bruder kamen dazu und halfen beide über eine Stunde lang. Als alle gerade erschöpft aufgeben wollten, war Merlin endlich wieder im Gleichgewicht und konnte sich aus eigenen Kräften aufrecht halten. Langsam und unter offensichtlichen Schmerzen lief er zu dem Heuballen beim Offenstall und begann zu fressen. Der Tierarzt gab ihm noch eine Spritze, schmierte Salbe auf die Abschürfungen und erklärte, nun sei das Schlimmste wohl hoffentlich überstanden.

Das war Musik in Riekes Ohren, und als sie sich umdrehte und ihr Rad holen wollte, lächelte sie Birtes Bruder erschöpft und dankbar zu.

»Soll ich dich fahren?«, fragte er.

»Danke, aber ich hab hier irgendwo mein Rad«, erwiderte sie und strich sich verlegen eine Haarsträhne aus dem Gesicht.

»Na und? Das legen wir in den Kofferraum. Ich hab so den Eindruck, als wärst du momentan in keiner richtigen Radelkondition.«

»Aber wo ist Birte?«

»Die ist mit ihrem eigenen Auto gekommen.«

»Wolltest du denn heute auch reiten?«

Er lachte.

»Nee, vielen Dank – eigentlich mag ich Pferde nicht besonders. Ich bin nur wegen dir mitgekommen.«

Rieke merkte, wie ihr das Blut in den Kopf stieg.

»Na, da hast du einen Spitzenmoment erwischt«, versuchte sie zu witzeln, während sie sich heimlich freute. »Aber du hast toll geholfen, danke. Ohne euer Schieben und Drücken würde Merlin immer noch hilflos am Boden liegen.«

»Bitte, bitte.« Der große Blonde grinste. »Bloß mute mir das nicht jeden Tag zu. Morgen habe ich bestimmt überall Muskelkater und werde beim Training eine schlaffe Vorstellung abgeben. Aber ich komme wieder und seh mir an, ob mit deinem Pferd wieder alles in Ordnung ist, wenn du nichts dagegen hast.«

»Nö, warum sollte ich? Ich bin froh über jede Gesellschaft, solange ich Pferdekrankenschwester spielen muss. Was trainierst du denn so?«

»Ganz schlichten Fußball.«

»Hätte ich gar nicht gedacht! Da ist übrigens mein Rad.« Er legte es in den Kofferraum eines alten, großen Autos und sie sagte ihm, wo er langfahren sollte. Als er vor ihrem Haus bremste, grinste er wieder. »Aha, hier wohnst du also. Jetzt kenne ich deine Adresse.«

Trotz ihrer Müdigkeit und ihres Kummers musste Rieke lachen. »Die hätte ich dir auch freiwillig verraten, die ist kein Staatsgeheimnis. Danke fürs Nachhausebringen.« Sie stiegen aus und er stellte ihr Rad vor ihr auf die Erde.

»Danke und tschüss«, sagte sie.

»Jetzt hast du dich schon zum dritten Mal bedankt. Läufst du auf Autopilot?« Er lachte. »Vielleicht könntest du mir ja als Retourkutsche einen kleinen Gefallen tun.«

»Was denn?«

»Ich weiß immer noch nicht, wie du heißt. Oder ist Rieke dein richtiger Name?«

»Nein, ich heiße Friederike. Aber in England heiß ich Freddie.«

»Männlich oder weiblich?«

»Hä?«

»Na, die englischen Kumpel.«

»Ach so!« Rieke lachte. »Eigentlich ist es nur eine. Sie heißt Ellie.«

Er seufzte übertrieben erleichtert.

»Na, dann ist es ja gut. Tschüss, bis morgen!«

Er winkte ihr zu und wollte wieder einsteigen.

»Warte mal!«, rief Rieke.

Er hielt die Tür noch offen. »Ja?«

»Wie heißt du denn?«, fragte sie und kam sich blöd vor.

»Oh, entschuldige – ich dachte, Birte hätte es dir gesagt. Ich heiße Markus.«

Er winkte noch mal und fuhr davon. Rieke stand da wie angewurzelt.

Unmöglich.

Das konnte doch nicht wahr sein.

Wie sollte sie das bloß Ellie beibiegen? Andererseits war Ellie der einzige Mensch, der diesen abgefahrenen Gag begreifen würde! Na, manchmal hatte das Schicksal ja seltsame Launen.

Natürlich würde sie Ellie das sofort erzählen!

Als sie ins Haus kam, rief ihre Mutter: »Bist du das, Rieke?«

»Jau!«

Rieke ging in die Küche, wo Inge Hofmann gerade den Tisch deckte. Sie wusch sich die Hände und ließ sich auf einen Stuhl plumpsen.

»Na los, erzähl schon! Ich hab vor einer Stunde bei Mertens angerufen und da hat er mir erzählt, wie verzweifelt ihr euch alle abgemüht habt, um Merlin wieder hochzukriegen! Du hättest mich anrufen sollen!«

»Na ja, es waren genug Leute da. Aber es war ehrlich Schwerstarbeit, Mami. Ich bin nicht mehr so sicher, ob ich wirklich mal Tierärztin werden will.«

Ihre Mutter lachte. »Gütiger Himmel! Wie überaus nett, dass wir das nicht heute Abend entscheiden müssen!«

Gerade als sie sich zum Essen setzten, ging die Küchentür auf und Basti kam herein. In seinen Händen hielt er ein dickes Briefkuvert, das er mit verwundertem Gesichtsausdruck betrachtete.

»Das hier ist heute Morgen gekommen und ihr habt es vor lauter Aufregung wegen diesem Merlin gar nicht gesehen, nicht? Erwartet hier jemand ein Päckchen von einem gewissen So-und-so-Müller? Seine Handschrift ist noch schlimmer als die von Felix und ich kann nicht rauskriegen, was da für ein Absender steht.«

Seine Mutter schüttelte den Kopf. »Keine Ahnung, lass mal sehen. Das ist ja an Jens adressiert! Der wird den Absender bestimmt kennen.«

»Aber Paps ist doch weg – soll ich es aufmachen?«

Frau Hofmann überlegte kurz. »Na ja, eigentlich ist Post ja etwas sehr Persönliches. Aber er kommt frühestens in vier Wochen zurück und da sollten wir schon mal nachsehen, ob es sich um etwas Wichtiges handelt.«

Basti holte ein Messer aus der Schublade und schlitzte das Klebeband auf. Dann fasste er in das Kuvert.

»Komisch, das sind irgendwelche Zettel.«

Er schaute hinein und glotzte. »Wow, seht euch das mal an!«

Er zog seine Hand zurück und – hielt darin ein Bündel Banknoten!

Völlig perplex starrte er auf das Geld und flüsterte: »Das sind ja lauter Tausendmarkscheine!«

20

@

Von: Ellie Finch <elliefin@email.com>
An: Friederike Hofmann <ihofmann@uni-bremen.de>
Gesendet: Freitag, 8. September 2000 15:54
Betreff: Are you mad?

Dear Freddie,
I guess all this trauma has done something drastic to your brain cells! Are you mad? Take Becky with me to meet Jason – the guy who ran her over and injured her so badly that she has to use a wheelchair whenever she wants to go more than five hundred metres? Expect her to meet him, when she had nightmares for months after the accident? Get real!
No – I'm going to meet him on my own. Well – hardly on my own. He suggested the café in our local park, and it's always packed at teatime with little old ladies and mums with toddlers. Come to think of it – he can't have any plans to get nasty, can he?
He couldn't have chosen a more public meeting place if he had tried.
And as for suggesting counselling – no way!! Get that, NO WAY! I had enough of nosey parkers asking questions after Becky's accident; and yes, I know that there are nice counsellors, but they have a way of ferreting out

the truth and then they would tell my stepdad and...
Well, I'll leave the rest to your imagination.
What you said about my mum really made me think. When my stepdad goes off in a huff (several times a year), do you think he's seeing other women? Should I say something? But then again, how can I? After all, it was two years ago and she does love him. Why, I can't imagine.
There is one thing I do agree with though – and that's your idea about dealing with that slimeball Marc! How about we write a really wicked e-mail, telling him what we think of him! We could even send copies to all the other girls who were at camp – just in case he's been trying it on with them too! I feel better just thinking about it – they say revenge is sweet!
OK, I must dash – I'll e-mail you tonight and let you know how I got on with Jason.
Love
Ellie

PS Since Marc is YOURS, you can start the e-mail off – I'll add my bit after you.

»Du bist also doch gekommen!« Jason lächelte nicht, aber er stieß einen Seufzer der Erleichterung aus. »Kann ich dir was zu trinken bestellen?«

»Nein danke«, antwortete Ellie knapp. »Sag einfach, was du sagen willst, damit ich wieder wegkann.«

Jason winkte der wartenden Kellnerin ab und deutete Ellie mit einer Handbewegung an, dass sie sich auf den Stuhl ihm gegenüber setzen sollte. Das Café war voller Gäste. Am Nebentisch saß eine Frau, die ein riesiges Stück Schokoladenkuchen verschlang, und einen Tisch weiter schlürften ein paar Kinder Milchshakes durch seltsam gebogene Trinkhalme. Ellie wünschte sich jetzt, dass sie seine Einladung zu einem Getränk angenommen hätte.

»Na?«

Jason holte tief Luft. »Du bist die Schwester von Rebecca Grant, nicht wahr? Elinor Finch?«

»Ja!«

Jason schloss einen Moment lang die Augen, biss sich auf die Lippe und sah ihr dann direkt in die Augen.

»Es tut mir alles so wahnsinnig Leid«, sagte er und seine Stimme zitterte.

Einen Augenblick lang war Ellie sprachlos. War das wirklich Jason Hill, der ihr da gegenübersaß und sich entschuldigte? Wo war denn der Kerl, der ihr gedroht hatte, er würde sie schon erwischen? Nee, nee, der wollte sie bestimmt bloß einlullen. Na, der würde sich wundern!

»Leid?«, fauchte Ellie. »Sagtest du, es tut dir Leid?«

Jason trank einen Schluck von seinem Kaffee. »Ich wollte dir erzählen, was damals passiert ist…«

»Ich weiß, was passiert ist«, entfuhr es Ellie, »ich war ja da.«

Jason schüttelte den Kopf. »Nein – ich meine alles.« Er stotterte: »Hör mal, hör mir doch bloß mal zu, zwei Minuten, bitte. Bitte.«

Ellies Neugier war stärker als ihr Wunsch, ihn leiden zu sehen.

»Na gut.«

Jason schluckte krampfhaft.

»Das ganze Jahr damals lief es bei mir zu Hause mies und immer mieser. Mein Vater hatte rausgekriegt, dass meine Mutter ihn betrog, und er war völlig am Boden zerstört. Er war fix und fertig, total am Ende. Meine Mutter wollte sich scheiden lassen und er klappte zusammen.«

Er machte eine Pause, holte wieder tief Luft und redete weiter. »Ich hatte eine Riesenwut auf alle beide. Auf meine Mutter, weil sie so ein Flittchen war, und auf meinen Vater, weil er so eine Memme war und sich alles gefallen ließ, dauernd rumheulte und sie anbettelte, und lauter solche Sachen. Ich wollte irgendwas tun, irgendwas, damit meine Welt wieder in Ordnung kam. Ich hatte die verrückte Idee, dass ich es vielleicht schaffen könnte, wenn sie es schon nicht hinkriegten.«

Ellie verzog ihr Gesicht und grummelte ungeduldig: »Und weiter? Was hat das mit dem zu tun, was mit meiner Schwester geschehen ist?«

Ein Schatten huschte über Jasons Gesicht und er lehnte sich etwas zurück. »Ich hab die Schule geschwänzt und hing auf den Straßen rum, dann fing ich an zu klauen – wenn ich jetzt zurückschaue, wird mir klar, dass ich krampfhaft versucht habe, mir bösen Ärger einzuhandeln, damit die beiden mit ihrem blöden Gezeter aufhörten und sich um mich kümmerten.«

Ellie nickte langsam.

»Na egal«, fuhr Jason fort, ermutigt durch die kleine Veränderung in ihrer Haltung, »in der Nacht damals, also in der Nacht, bevor das passierte … da kam meine Mutter erst ganz spät nach Hause. Mein Dad hatte auf sie gewartet – das hab ich mitgekriegt, weil ich in meinem Zimmer hockte und ein Computerspiel machte. Sie schrie, dass sie ihn jetzt endgültig verlassen und am nächsten Tag ausziehen würde, und er könnte sie nicht daran hindern.« Jason trank noch einen Schluck Kaffee. »Da bin ich total durchgedreht – ich bin völlig ausgerastet. Ich rannte zu ihnen runter und schrie alle beide an, beschimpfte meine Mutter mit allem, was mir einfiel, und brüllte meinen Vater an, dass er sich nicht zu wundern brauche – so einen Schlappschwanz würde keine Frau wollen! Dann rannte ich aus dem Haus!«

»Was?« Ellie sah ihn mit großen Augen an. »Mitten in der Nacht?«

Jason nickte. »Du wirst das nicht verstehen können, aber ich war für vernünftige Argumente gar nicht mehr zugänglich. Ich fühlte mich nur noch – ach, ich weiß auch nicht…«

»Hilflos?«

Er sah sie nachdenklich an und nickte. »Stimmt – hilflos. Das trifft es genau.«

»Und dann? Los, erzähl weiter.«

Ellie war so gefesselt von Jasons Erzählung, dass sie ihren Hass auf den Kerl fast schon vergessen hatte, und das ging natürlich nicht. Sie sah ihn böse an.

»Ich wollte allein sein«, sagte er. »Und so weit weg von meinen Eltern wie nur irgend möglich. Ich rannte stundenlang durch die Stadt bis zu dem alten Kino. Und da sah ich es.«

»Was?«

»Das Motorrad«, sagte er leise. »Es lehnte an der Mauer – es war nicht abgeschlossen. Na, und da hab ich es genommen.«

Ellie kniff die Augen zusammen. »Ach, da hattest du es also her.«

»Ich fuhr raus aus der Stadt – ich hab Motorradfahren auf dem Bauernhof von meinem Onkel gelernt, zusammen mit meinem Cousin – und irgendwann hielt ich bei einer Scheune an und übernachtete da. Richtig schlafen konnte ich nicht – ich lag da und grübelte über meine Eltern nach und lauter solche Dinge.«

»Aber was…?« Ellies Frage wurde von einer großen Kellnerin unterbrochen, die ihr auf die Schulter klopfte und zornig auf sie runtersah.

»Wenn du hier nichts bestellen willst, dann muss ich dich bitten, den Platz zu räumen«, leierte sie.

»Ich möchte einen Schoko-Milchshake«, sagte Ellie rasch. »Entschuldigen Sie bitte.«

Die Kellnerin schnaubte und stampfte zum Tresen.

»'tschuldigung«, wandte sie sich an Jason, »mach weiter.«

»Am nächsten Tag fuhr ich mit dem Motorrad durch die Stadt und suchte meine Kumpel. Heute würde ich sagen, dass ich eigentlich dabei erwischt werden wollte, aber das passierte nicht. Hinterher wünschte ich, sie hätten mich erwischt.«

»Ich auch!«, platzte Ellie raus.

»Unsere Clique ging dann zum Park. Natürlich fuhr ich vor den andern her und gab mit dem Motorrad an, gab Gas, bis der Kies wegspritzte, und fuhr Achten und lauter solches Zeug. Dann drückte ich aufs Gas wie ein Wilder und schon war ich wie der Blitz weg, damit wollte ich sie beeindrucken. Da hab ich sie dann plötzlich gesehen.«

»Becky? Aber das ist doch un–«

»Nicht Becky – meine Mutter.« Er fummelte an einem Zipfel der geblümten Tischdecke herum. »Sie war mit einem Mann zusammen.«

Ellie war zu Mute, als ob ihr jemand einen Eimer eiskaltes Wasser über den Kopf gegossen hätte. Sie wollte etwas sagen, aber sie bekam kein Wort raus.

»Sie standen bei einem Wäldchen«, fuhr er fort. »Da war ein Mann – er küsste sie und fummelte an ihr herum.«

Ellie nickte kaum merklich.

»Ich weiß«, sagte sie leise.

Der Lärm der Gäste rings um sie herum übertönte alles, was nicht laut gesagt wurde, und Jason war jetzt so in Fahrt, dass er Ellie gar nicht hörte. »Ich gab Gas und fuhr im Kreis um sie rum, immer und immer wieder. Dabei brüllte ich und beschimpfte sie. Die beiden erschreckten sich fast zu Tode.«

Er biss sich auf die Lippe. »Meine Mutter schrie dann, ich solle mich nicht so blöd aufführen – und das war der berühmte letzte Tropfen! Mir wurde das alles zu viel und ich bretterte den Weg entlang, ich konnte nicht sehen, wohin ich fuhr, weil ich so schrecklich heulte und ...«

»Und dann hast du Becky angefahren«, beendete Ellie den Satz. Aber jetzt war ihre Stimme leise und nachdenklich. Jason nickte mehrmals.

»Ich konnte das einfach nicht glauben«, sagte er und seine Stimme drohte zu kippen. »Ich sah sie da auf der Erde liegen und dann dein Gesicht, total weiß und entsetzt, und ich drehte durch. Ich kriegte die Panik und dann weiß ich nicht mehr, was ich gesagt habe …«

»Du hast mir gedroht«, wurde er von Ellie unterbrochen, »dass du mich kriegen würdest, wenn ich auch nur ein Wort sagen würde …«

Jason schüttelte ungläubig den Kopf. »Aber du hast natürlich alles gesagt und …«

»NEIN!«, sagte Ellie verzweifelt, weil sie wollte, dass er ihr das glaubte. »Hab ich nicht, ich hatte viel zu viel Angst. Ich sagte den Polizisten, ich könnte mich an nichts mehr erinnern, und sie meinten, das wäre klar, ich hätte einen Schock erlitten. Und ein paar Tage später haben sie dich eh geschnappt.«

Jason atmete aus.

»Ich musste ins Erziehungsheim und es war die Hölle«, sagte er schlicht.

»Und warum hast du ihnen das alles nicht gesagt, was du mir eben erzählt hast?«

Jason sah sie unsicher an. »Was sollte ich ihnen denn sagen?«

»Na, wer der Mann war, der im Park mit deiner Mutter. Du hättest doch erklären können, warum du so sauer warst, dass du einfach …« Sie unterbrach sich. Was sollte das denn? Sie war doch drauf und dran, den Kerl für das zu entschuldigen, was er getan hatte.

»Warum hast du nichts gesagt?«, wiederholte sie.

Jason drehte sich um und betrachtete interessiert einen Sperling auf dem Fensterbrett. »Ich kannte ihn nicht.«

Ellie beugte sich über den Tisch. »Schon gut. Du brauchst mir keinen Mist zu erzählen. Deshalb bin ich ja so schnell gerannt. Deshalb waren Becky und ich ja überhaupt auf diesem Weg.«

Langsam drehte Jason sich wieder zu ihr um. »Du weißt Bescheid? Was weißt du?«

»Ich kenne den Mann, mit dem deine Mutter im Park geknutscht hat«, sagte sie so ruhig, wie sie konnte. »Ich kenne ihn, Jason. Es war mein Stiefvater.«

»Du wusstest das? Die ganze Zeit?«

Ellie nickte.

Ein paar lange Augenblicke schwiegen alle beide.

Dann beugte sich Jason näher zu ihr rüber. »Er hat meiner Mutter eine Menge Geld bezahlt, damit sie den Mund hielt. Meine Mutter wollte sich scheiden lassen und er half ihr, eine Wohnung außerhalb von Brighton zu mieten. Unter einer Bedingung.«

»Dass sein Name nicht auftauchen durfte?«

»Das, und dass sie dafür sorgte, dass ich ins Heim kam. Sie hat dann vor Gericht ausgesagt, dass ich schwer erziehbar wäre, dass sie nicht mehr mit mir fertig würde, obwohl sie alles versucht hätte.«

»Oh, Jason! Und du musstest dastehen und dir anhören, wie er vor dem Richter über Beckys Verletzungen redete, und konntest noch nicht mal sagen, warum du so gerast warst?«

Er zuckte die Achseln. »Es hatte ja keinen Sinn. Wenn ich was ausgesagt hätte, wäre alles nur noch schlimmer geworden. Und es hätte meinem Vater den Rest gegeben …«

Er sah sie an. »Es ist okay. Ich hab es überlebt. Ich hab es geschafft und meine mittlere Reife gemacht und jetzt wohn ich hier im Internat vom College und studiere Medienkunde. Ich will Journalist werden.«

»Hat Lisa mir erzählt.«

Jason sah sie entsetzt an.

»Hör mal«, brach es aus ihm heraus, »ich weiß ja, dass Lisa deine beste Freundin ist und so, aber du wirst ihr das doch nicht sagen, oder? Sie weiß zwar, dass ich im Heim war, aber nicht das Übrige …«

»Ich sag nichts«, versprach Ellie. »Unter einer Bedingung.«

»Du auch noch!«, stöhnte Jason.

»Ich mach bei dem Beschiss am nächsten Wochenende nicht mit«, verkündete Ellie. »Ich habe keine Lust, rumzulügen und zu betrügen. Entweder sagt ihr Lisas Mutter, was ihr vorhabt – und was kann die schon dagegen haben, wenn ihr deine Gran besucht? –, oder ihr findet jemand anderen, der die Dreckarbeit für euch macht. Okay?«

Jason grinste. »Klar. Eigentlich finde ich auch, dass Lisa das Ganze ein bisschen zu theatralisch aufzieht. Ich glaube, sie steht auf reichlich Drama.«

»Das kannst du laut sagen.« Ellie kicherte und merkte, dass sie ihn anlächelte.

»Also …«, sagte Jason.

»Also ist das jetzt erledigt«, sagte Ellie. »Du hast dafür bezahlt. Genau wie unsere arme kleine Becky. Es ist gemein, dass ausgerechnet die, die den ganzen Scheiß gemacht haben, so gut weggekommen sind.«

@

So there you have it, Freddie. Tomorrow I'm going to tell my stepdad what I know, and I'm going to do it in front of Mum. I guess that's what you reckoned I should do all along, wasn't it? Well, much as I hate to admit it, you were right. I know Mum will be devastated and my stepdad will probably deny it all and go totally ballistic, but that's a risk I'll have to take. It's been eating away at me for two years and I'm not going to let it carry on.

Sooner or later, Dad would be bound to bump into Jason

and if he knows that I know, maybe he will have more sense than to open up old wounds and do something stupid… or violent… I don't know. All I know is that I have to do what feels right for me. For once.
What's more, I'm going to tell Becky that Jason is not bad. He did a stupid thing, but he was hurting and upset, just like I was. After all, it could have been me who hurt someone, the state I was in.
This all sounds mega-brave, doesn't it? I just hope I have the courage to go through with it. I can't believe that it's all come up again – Jason Hill turning up here! Lisa's boyfriend! It's extraordinary – maybe it's fate?
I just hope it works out. Come on, send me an e-mail full of encouraging messages! And at the same time you can let me have the opening paragraph of our Oh-So-Revengeful e-mail to France's Biggest Cheat! By the way, what is French for scum? Slimebag? Two-faced little toerag?
Waiting in eager anticipation!
Love
Ellie

PS He's dead meat!

21

In der Küche herrschte absolute Stille. Alle drei Hofmanns schnappten nach Luft und hatten die Augen aufgerissen. Basti fand als Erster die Sprache wieder.

»Aber was…? Ich meine, wieso… Das ist ja einfach unglaublich!« Er legte das Banknotenbündel auf den Tisch und setzte sich.

Inge Hofmann starrte ihn immer noch fassungslos an, mit Augen so groß wie Untertassen. Plötzlich fing sie an zu kichern, Bastis Mundwinkel zuckten ebenfalls und auch Freddie verspürte einen unwiderstehlichen Drang herauszuplatzen. Sekunden später wurden alle drei von Lachkrämpfen geschüttelt, sie zappelten auf ihren Stühlen herum, trampelten auf den Boden und wischten sich die Lachtränen aus dem Gesicht. Es war, als ob die Spannungen, Ängste und Verunsicherungen der letzten Wochen sich mit diesem lauten, unkontrollierbaren, hemmungslosen Gelächter Bahn gebrochen hätten. Immer wenn einer von ihnen meinte, dem unbeherrschbaren Lachzwang schließlich doch widerstehen zu können und die gnadenlosen Zwerchfellzuckungen überwunden zu haben, genügte ein Blick auf die beiden andern, um wieder loszuplatzen.

So dauerte es lange, bis sie sich endlich beruhigten. Immer noch stoßweise kichernd, fragte Rieke beim Abwischen der letzten Lachtränen: »Wie viel ist es denn?«

Basti zog noch ein weiteres Banknotenbündel aus dem

Umschlag und fing an zu zählen. Fünf kleine Stapel lagen schließlich vor ihm.

»Fünfzigtausend«, sagte er voller Ehrfurcht.

Alle drei schauten auf das Geld und überlegten gleichzeitig: Wo konnte das herkommen?

Würden sie es behalten dürfen?

Würden damit ihre dringendsten finanziellen Schwierigkeiten überwunden sein?

»Also, gib mir noch mal diesen Umschlag«, sagte die Mutter dann energisch. »Vielleicht können wir doch noch rauskriegen, von wem er kommt.«

Aber der einzig leserliche Teil war die Adresse.

»...müller« war alles, was sie vom Absender entziffern konnte.

»Ich hab nicht den Hauch einer Ahnung, wer das sein könnte«, stöhnte Basti.

»Na gut, dann gib mir doch mal das Telefon«, sagte seine Mutter. Nach einem Blick auf ihre Armbanduhr fügte sie erklärend hinzu: »Um sechs Uhr abends stellt er immer kurz sein Handy an, für den Fall, dass ich ihn sprechen muss.« Sie wählte die Nummer vom Handy ihres Mannes.

»...please call again later... this number is not available at the moment... bitte rufen Sie später noch mal an...«, flötete eine weibliche Stimme.

»Scheiße«, sagte Inge Hofmann mit Nachdruck. »Aber ich probier's dann noch mal später. So lange müssen wir eben warten.«

Am nächsten Morgen wusste sie über die Herkunft des Geldes Bescheid.

»Ihr werdet es nicht glauben, aber es gehört uns wirklich – es ist weder Schwarzgeld noch gewaschenes Geld von der Mafia oder etwa geklaut – tut mir Leid, Basti! –, sondern es kommt von einem Bekannten eures Vaters. Er heißt Hassenmüller, Bert Hassenmüller. Euer Vater und er haben sich vor ein paar Monaten im Kasino in Travemünde kennen gelernt, als dieser ganze Kram mit dem Spielteufel anfing, und ob ihr es glaubt oder nicht: Es muss mal eine Nacht gegeben haben, da hat euer Vater massenhaft Geld gewonnen, während der arme Hassenmüller dauernd verlor. Jens war so glücklich über seinen Gewinn, dass er dem armen Verlierer ein paar Tausender geliehen hat – er weiß nicht mehr genau, wie viel. Ich würde sagen, das beschreibt sehr gut den Zustand, in dem er sich damals befunden haben muss. Jedenfalls gab er ihm seine Visitenkarte. Hassenmüller versprach ihm, falls er mal eine Gewinnsträhne hätte, würde er ihm das Geld zehnfach zurückzahlen, weil er ihm damit das Leben gerettet hätte, und genau das hat er jetzt anscheinend gemacht.« Sie schüttelte den Kopf. »Ich begreif es auch nicht, aber es ist so. Also sind wir jetzt stolze Besitzer von fünfzigtausend Mark und das verschafft uns erst mal eine Atempause. Wir können hier wohnen bleiben, Rieke kann Merlin behalten und wir können Tierärzte und andere Schulden bezahlen und …« Sie sah ihre zwei jüngsten Kinder lächelnd an und die entdeckten glitzernde Tränen in den Augen ihrer Mutter. Rieke sprang von ihrem Platz auf, rannte zu ihr hin und umarmte sie mit aller Kraft. Basti kam dazu und gab seinen zwei Frauen einen dicken Schmatz.

»Ihr beide seid super oder mega oder wie immer ihr das nennt«, fuhr ihre Mutter lachend fort, während sie sich die Tränen aus den Augen wischte. »Ich finde, ihr habt das ganze Chaos hier bewunderungswürdig durchgestanden – ich hätte nicht gewusst, wie ich diese letzten Wochen ohne euch überlebt hätte – obwohl«, sie sah kurz zu Rieke hinüber, »ich ein bisschen weniger Ärger mit dem Pferd gut vertragen hätte. Aber das war ja nicht deine Schuld.« Sie stieß einen tiefen Seufzer der Erleichterung aus, der vom Grunde ihres Herzens zu kommen schien. »Betrachtet euch bitte als stolze Besitzer von tausend Mark. Das ist eine Entschädigung für all den Stress, den ihr aushalten musstet.« Sie lachte über die beiden ungläubigen Gesichter. »Ich glaube, mir reicht fürs Erste der Rest. Übrigens soll ich euch von eurem Vater bestellen, dass er euch schrecklich lieb hat – würgt nicht, der meint das wirklich so –, er möchte ein paar Mark, um sich Winterklamotten zu kaufen, denn der September in Finnland ist anscheinend schon ziemlich kalt, und er möchte auch noch den Oktober über bleiben. Ich glaube, wir können ihm ein paar Groschen für ein Paar Fäustlinge abgeben, meint ihr nicht?«

Nach dem Mittagessen fuhr Rieke zum Mertens-Hof, voller Befürchtungen wegen des Anblicks, den Merlin bieten würde. Lag er wieder hilflos auf der Erde? Oder galoppierte er schon wieder fröhlich herum?

Wie es sich herausstellte, tat er weder das eine noch das andere. Aber er stand und lief – obwohl immer noch langsam und unter offensichtlichen Schmerzen, doch er drohte nicht mehr umzufallen.

Rieke schmierte ihm Salbe auf die Schürfwunden, fütterte ihn und sorgte für genug Wasser. Als sie damit fertig war und zurück zum Hof gehen wollte, sah sie Markus am Gattertor lehnen.

»Der macht heute aber einen viel besseren Eindruck«, sagte er.

»Hmmmm.« Rieke sah ihn abwartend an. Gestern war ihr das Gespräch mit ihm leicht gefallen, weil ihre Gedanken und ihre Gefühle mit den Sorgen um Merlin beschäftigt gewesen waren, aber heute war es anders.

Er ist immerhin drei Jahre älter als ich, dachte sie. Und ich hab überhaupt keine Lust, noch mal so einen Reinfall zu erleben, indem ich mich in den Falschen verliebe.

»Ähhh, ja, ich wollte was mit dir bereden.« Er machte

eine Pause und sah sie unsicher an. »Ich hab über das nachgedacht, was du gestern gesagt hast – warum ich nicht auf Birtes Pferd reite. Deshalb hab ich mir Folgendes überlegt: Wärst du vielleicht bereit, mir ein paar Reitstunden zu geben? Von einer älteren Schwester kann man nichts lernen, das gibt bloß Hauen und Stechen.« Er grinste sie auf eine ansteckende Art an und sie merkte, wie sie zurückgrinste. Sie räusperte sich.

»Klar, wenn du bezahlen kannst.«

»Na ja, genau hier liegt das Problem«, gab er zu. »All mein Geld frisst dieses wunderschöne alte Automobil. Deshalb könnte ich die Reitstunden bestenfalls mit Chauffeurdiensten bezahlen.« Er schaute sie erwartungsvoll an.

»Na ja ... ich weiß ja nicht, wie dusselig du dich anstellst.«

»Bestimmt sehr. Ich hab doch Angst vor diesen großen Viechern!« Er verzog die Mundwinkel. »Bitte, erlöse mich von der großen Pferdefurcht«

»Das geht nicht so einfach«, spielte Rieke die strenge Lehrerin. »Da heißt es üben, üben, üben.«

»Das hatte ich schon befürchtet. Aber was ein tapferer Recke ist – den schreckt das nicht. Und außerdem hab ich ja zur Not noch ein anderes Fortbewegungsmittel. Also, was ist?«

»Topp, die Watte quillt«, sagte Rieke und lachte.

»Hach, sie hat Ja gesagt!«, rief Markus und verdrehte die Augen himmelwärts. »Danke, heiliger Florian oder wer auch immer für die Gäule zuständig ist!«

Rieke wurde gerade bewusst, dass sie schon seit ewigen Zeiten nicht mehr so ein unbekümmertes, frotzelndes Gespräch mit einem Jungen geführt hatte, der kein Bruder war.

»Wir könnten ja mal einen Versuch starten. Und du könntest gleich mal damit anfangen und mich nach Hause fahren – wie wär denn das?«

Als sie nach Hause kam, stapfte sie hoch in ihr Zimmer, weil sie begierig auf Neuigkeiten von Ellie war. Tatsächlich gleich zwei E-Mails von Ellie! Und Marc hatte geschrieben. Seinen Brief würde sie später lesen. Das hätte mir mal jemand vor ein paar Wochen prophezeien sollen – da war es total umgekehrt, überlegte sie und grinste in sich rein.

Atemlos las Rieke den Bericht von dem Treffen mit Jason. Bei einigen Worten musste sie anhalten und in ihrer Aufregung nach der richtigen Übersetzung suchen, aber dann las sie rasch weiter. Du meine Güte! Ellie bat sie um Ermutigung… Rieke saß da, starrte wie in Trance auf den Bildschirm und formulierte im Geist ihre Antwort. Dann tippte sie los, dass die Finger nur so über die Tastatur flogen.

@

Von: Friederike Hofmann <ihofmann@uni-bremen.de>
Gesendet: Samstag, 9. September 2000 16:20
An: Ellie Finch <elliefin@email.com>
Betreff: A load of courage wrapped in a letter

Dear Ellie,
...just got your mail. I'll try to send you all I can think of to help you through that showdown with your stepfather:
- a very special e-mail potion mixed with strength, courage and determination;
- a cup of fervent wishes of your succeeding in convincing your mother to stand up against that cheating husband;
- a pill of conviction you're doing the right thing;
- a box of giggles when things start to get too serious;
- a truckload of the never-flinching, typical Ellie Finch impudence!

– a pound of ardent desire to change that terrible situation;
– a mega trolley of help from other people concerned, and
– a basketful of my never-wavering belief that things have to come out in the open to get a grip on them. See what it has done for us! (Only think of us having remained silent and each of us snuggling in her belief she was Marc's one and only girlfriend! And giving him shelter just like ten other girls all around Europe!)
I only hope you can use some of the stuff I'm sending – but here comes the one gift which will perhaps make the real difference: I can send you the money for a ticket to Germany, because I just got a THOUSAND MARKS! I think that after having paid for Merlin's medicine and the vet there will be enough to buy you a ticket and off you go!
Think of this when things are starting to get tough: whatever they do to you, whatever they say – if it is too much to bear, you come here and we'll sort everything out.
I REALLY MEAN' IT – THE MONEY IS YOURS WHENEVER YOU SAY SO! This is all I can offer, Ellie. But I'm with you and once you're in your battle think of me wishing you pots of luck that everything turns out much better than you can think now! I sit here and keep my fingers crossed (and toes and hooves and paws – you remember Fritz?). I hope you come through all this as well as possible: You deserve this!
Waiting for news!
Love and a big kiss
from Freddie

Sie schickte die Mail ab und las nun Marcs Brief.

@

Von: Marc Fouquet <marc.fouquet@telecom.fr>
Gesendet: Samstag, den 9.9.2000 15:12
An: Friederike Hofmann <ihofmann@uni-bremen.de>
Betreff: Enfin!

Ma chérie, ma douce belle,
je suis désolé parce que tu ne m'as pas répondu. Comme je pouvais trouver des lits pour quelques nuits au Pays-Bas et au Danemark je voudrais bien savoir si je pourrais faire un stop à Bremen pour te revoir et pour te chuchoter des jolies choses dans tes jolies oreilles. Écris-moi vite, ma chérie, ma petite sorcière blonde aux yeux extraordinairement bleus ...

Aha. Er schwafelte also davon, dass er sie immer noch hübsch fand, aber doch wohl nur, weil er noch eine Unterkunft auf seiner Europatour brauchte. Er hatte schon Schlafplätze in den Niederlanden und in Dänemark? He, war das eine Mädchen in Bungalow 3 nicht aus Utrecht gewesen? Die Klavierspielerin vom Orchester? Und die eine aus dem Chor – die stammte doch von Bornholm, oder? Hatte dieser Marc etwa mit allen Mädchen aus dem Camp angebändelt? Unglaublich! Dieser miese Lügner, der Mädchen anbaggerte, damit er sie als Gratis-Hotel benutzen konnte!!! Das war doch nicht zu fassen!

Ganz, ganz hinten in ihrem Herzen widersprach eine leise Stimme: Er war doch fast jeden Abend mit dir zusammen – wann soll er denn dann all die andern abgeschleppt haben? Und sie spürte ein Ziehen, einen Schmerz, denn es war doch soooo schön mit ihm gewesen, sooo einmalig aufregend und… seine zärtlichen Hände, seine weichen Lippen… SCHLUSS JETZT! Sie riss sich zusammen. Ellie kannte die Hütte – das war Beweis genug!

Und sofort schrieb sie Ellie von der E-Mail.

@

…can you imagine that louse? This is where the shit hits the fan, as our English teacher used to say to get us more interested in his subject. What shall we do? I really want to give him o good smacking farewell for ever…

22

@

Von: Friederike Hofmann <ihofmann@uni-bremen.de>
Gesendet: Montag, 11. September 2000 16:10
An: Ellie Finch <elliefin@email.com>
Betreff: Worried!

Dear Ellie,
Where are you? It's been two days and not a word from you! I'm worried. What's happened? Is everything OK with your stepdad?
I thought I'd send the start of our e-mail to Marc.
I think we should put this:

Dear Marc,
How very interesting that you want to stay first with Ellie Finch in England and then with me, here in Germany! Oh yes – we know all about your two-timing, conniving little schemes and we both think you are a rat of the first order! It will be SO interesting to discover what your girls in Utrecht and Denmark think about being used the same way, won't it? And believe us, they will know. You may THINK you know everything there is to know about women, but you clearly didn't realise that WE STICK TOGETHER. Especially when the opposition is a little toerag like you!

So, Ellie, what do you think? Are you going to add something? Please, please, please write back soon. I'm so worried!
Love Freddie

@@@

Von: Friederike Hofmann <ihofmann@uni-bremen.de>
Gesendet: Dienstag, 12. September 2000 18:22
An: Ellie Finch <elliefin@email.com>
Betreff: Frantic!

Dear Ellie,
I'm really worried. I even tried telephoning you last night but there was no reply and now I keep imagining you sick in hospital, or your stepdad having locked you up somewhere because you yelled at him. Did you tell him? What's happened? Please, please let me know you are OK; I can't even celebrate Merlin trotting today until I know you still are in one piece.
Your friend Freddie

23

Ellie las die E-Mails mit wachsendem Staunen. Freddie machte sich echt Sorgen! Nicht zu glauben! Noch vor wenigen Wochen war das ihre ärgste Feindin gewesen! Und jetzt führte Freddie schon Auslandsgespräche, um sich zu vergewissern, dass es ihr gut ging! Klasse.

Sie klickte das richtige Zeichen an, aber sie tippte noch nicht sofort los, ihre Finger blieben über den Tasten schweben. Womit sollte sie anfangen? Nach allem, was in den letzten Tagen passiert war, fühlte sich ihr Kopf ganz leer an und ihre Gefühle ... Ach, die konnte sie momentan sowieso nicht beschreiben, über die wusste sie derzeit selbst nicht ganz genau Bescheid.

@

Von: Ellie Finch <elliefin@email.com>
Gesendet: Dienstag, 12. September 2000 21:34
An: Friederike Hofmann <ihofmann@uni-bremen.de>
Betreff: You won't believe this!

Dear Freddie,
I'm OK – and thanks for caring. That's really nice. I was about to e-mail you the night before last when all hell broke loose. OK, I'll start at the beginning.
I got myself all psyched up to confront my stepdad and of course, as luck would have it, that was the very even-

ing he was late home. I was dead agitated – I dropped a glass and I burst into tears when Mum shouted at me and told me to stop daydreaming and concentrate on what I was doing! That did it – before I knew it, I yelled back that if my mind wasn't so full of her bloody husband, I might be able to think straight. And then it just poured out.

She went very pale but she didn't say a word. I felt like it wasn't sinking in – so I went on and on about the fact that Dad had been with this woman, and that it was Jason's mum and that Dad had bribed her to keep quiet – all of it, pouring out like a great torrent. Becky was out, having tea with one of her friends; if she had been there, maybe I wouldn't have said so much.

I don't know what came over me, but I told Mum that I guessed that every time my stepdad went off for days on end, he wasn't really trying to come to terms with Becky's accident. I said he was probably having it away with some other trashy woman.

That was when Mum cried. Not noisy crying – she just sat there, white as a sheet, her shoulders shaking and tears running down her cheeks. I felt awful. I went over and put my arm round her and she didn't shove me away. And then she said something that made me understand why the books talk about your blood running cold. She just looked up at me and said »I know«. Just like that. It appears she's known for ages (or at least, had a pretty good idea) that my stepdad had affairs. And she's turned a blind eye because of me and Becky. She said that she couldn't have afforded to leave my stepdad and bring us up on her own, so she made the best of a bad job. She didn't know about Jason's mum though – or about Dad threatening me – and that really cut her up. Anyway, I made her some tea and stuff and we ate supper. Well, actually, that's a lie: we pushed it round and round on the plate.

When Becky got home we tried to sound all jolly but it didn't really work. Mum kept looking at the clock and wondering where my stepdad had got to. Half of me wanted him to get back so I could let him have it – and half of me was dead scared of what might happen.

About nine o'clock the phone rang. It was my stepdad; he was ringing from the police station. Freddie, he had been arrested.

Ellie machte eine Pause, rieb sich die Augen und durchlebte im Geist noch einmal die Stunden nach dem Anruf. Als ihre Mutter zum Polizeirevier geeilt war, nachdem sie Ellie aufgetragen hatte, bei Becky zu bleiben. Dann kam die lange Warterei mit dem ständigen Fragen, was ihr Stiefvater wohl angestellt hatte – war er jemandem ins Auto gefahren? Hatte er betrunken auf der Straße randaliert?

Becky hatte geweint und gefragt, ob ihr Dad ins Gefängnis müsste, und um ein Haar hätte Ellie geantwortet, hoffentlich, aber sie hatte sich gerade noch rechtzeitig zurückhalten können. Denn auch wenn er ein Mistkerl und ein Lügner war, so war er doch kein Verbrecher und Becky hatte ihn schrecklich lieb.

Dann tippte Ellie weiter:

@

Anyway, when Mum got back you could see that there was loads she wanted to say but she kept giving Becky sidelong glances and hesitating. She told her to go up to bed and then Becky just blew. I mean, BLEW! She said she might have legs that didn't work, but she had a brain, and she knew something was going on, and at ten years old she expected to be told the truth. She said she wasn't going anywhere until Mum told her what was happening. You could see that Mum was totally gobsmacked by Becky's reaction and frankly, so was I. I mean, she's always been something of a goody-goody, sucking up to everyone, and suddenly there was this small fiend slamming her fists on to the table and hurtling around on her two sticks shouting the odds.

At first Mum started a bit hesitantly. She said that Dad has been arrested for hitting someone and knocking them out. I knew at once. I mean, I just knew.

»Who did he hit?« Becky asked.

Mum was silent for what seemed like ages, but Becky kept pestering and in the end she said what I knew she was going to say.

»A boy called Jason Hill«, she said.

Of course, Becky knew the name – she'd heard Dad shouting the odds about him often enough, and she asked loads of questions and Mum kept saying that Dad only hit Jason because he loved Becky and was angry about what had happened. Becky said you shouldn't hit people because it hurt a lot and sometimes it changed their lives. That made us all cry but I won't bore you with all the hugging and kissing bit that followed.

Anyway, Jason's in the local hospital with a fractured skull, but they say he'll be OK. Dad's due to appear in court next week and Mum's said he can't come home so he's in custody and it's all horrible. Lisa freaked when she heard about Jason and she is my best mate (well, alongside you) and I had to go round and tell her the whole story, which is why I wasn't able to e-mail you sooner. I thought she'd never speak to me again, but she was so cool about it; she could see that it wasn't my fault that my stepdad is a bully and a cheat. The one good thing that came out of all this is that Lisa's mum saw how devastated she was about Jason's accident, and quizzed me about it all, and I said that Jason seemed really OK now and had been dead honest and upfront with me. So maybe Lisa won't have to go behind her mum's back every time she wants to see him any more.

Ellie streckte die Glieder und gähnte. Sie merkte, wie ihr die Lider zufielen, aber sie wollte den Brief erst noch beenden. Das schuldete sie Freddie, wenn die sich solche Sorgen gemacht hatte.

@

About the money – thank you so much! I think it's brilliant of you to offer me a ticket and yes, please, I'd love to come! But not now – I reckon Mum and Becky need me around and besides, dropping out of school would not be a good idea. How about Easter? It would give us something to look forward to through the winter and would be dead good revision for my German exams. Do you think Mum will divorce my stepdad?
If she does, what would that do to Becky?
We haven't told Becky about Dad and Jason's mum, of course. Oh well, I can't worry about that now.
I'm too tired.
Your e-mail to Marc is ace. Here's my bit:

By the time you get this, at least a dozen other girls from Lac Léon will have read it too! So you will be known across Europe for what you really are: a cheat, a womaniser, a liar and worst of all, a scrounger.
No, we don't want to see you; no, we don't need you in our lives.

> Not yours in any way whatsoever, Elinor Finch and
> Friederike Hofmann
>
> So there we are! Do you think we'll ever fall in love
> again? Will anyone ever fancy me? Are there any decent
> men on this planet? Oh well, I'm off to bed.
> Love,
> Ellie
>
> PS I'm really glad we're friends. Here's to Easter!
> PPS Could you find me a dishy guy by the spring?

Ellie sandte die Mail ab und lächelte. Morgen würde Freddie antworten, da war sie sich ganz sicher. Sie freute sich schon mächtig darauf.

24

@

Von: Friederike Hofmann <ihofmann@uni-bremen.de>
Gesendet: Mittwoch, 13. September 2000 7:08
An: Ellie Finch <elliefin@email.com>
Betreff: Looking forward!

Dear Ellie,
I am so happy it's out in the open now and you mustn't be afraid any more. I hope that Jason won't have to stay long in the hospital. Lisa is a tough girl; I think she's really cool and open-minded.
Easter is absolutely perfect with me – so we'll have months and months to write about what's happening and what we think about boy groups and fashions, or films, or ...
Yesterday we had to compose limericks as our homework in English. Guess what I did?
Well, here it is, dedicated to the one and only person who knows absolutely everything about it:

There once went two girls to France
Where they both dreamed of romance.
They fell in love with a guy
Who told both girls a lie
So they dropped him without one more glance.

Well, it took us some weeks and dozens of e-mails, but we did it, didn't we? We dropped him because we had found something better than that gorgeous French pin-up-boy: we found a friend!

Love
Freddie

Chronologische Wortliste

Hier werden die Wörter und Redewendungen der E-Mails in englischer Sprache erklärt.

SEITE 5

How dare you!	Was fällt dir ein?
surprised	überrascht
I bet	ich wette
guess	annehmen
get away with	durchkommen mit
devious	mies
undetected	unentdeckt
Dream on!	Träum weiter!
newsletter	Rundbrief
which	welche, -r, -s, der, die, das
zap	blitzschnell verschicken
pollute	zumüllen
mind	Hirn
suppose	annehmen
whole	ganz
act as though	so tun, als ob
be a cut above	was Besseres sein
reckon	finden, denken
dweeb	dumme Pute
very	genau, just
halfway	halb, auf halbem Weg
mega-long	riesenlang

SEITE 6

honest	ehrlich
relationship	Verhältnis, Beziehung
would	würde, -st, -n

twee	niedlich
note	Notiz
counsellor	Betreuer, -in
besides	außerdem
forward	weiterleiten an
imagine	sich einbilden
an item	ein Paar
may have stolen	mag(st) gestohlen haben
part	Rolle
play	Theaterstück
bag	ergattern
coach	Reisebus
single	einzeln
because of	wegen
oh-so-loaded	ach so betucht
swan in	hineinstolzieren
take (someone) off (someone)	(jemanden)(jemandem) wegnehmen
it was me he danced with	ich war diejenige, mit der er getanzt hat
end-of-camp disco	Campabschlussdisko
anyway	ohnehin, sowieso
precious	kostbar
go ride	geh doch hin und reite
No way!	Auf keinen Fall!
cross out	(durch)streichen
he's mine	er gehört mir
don't you forget	vergiss das bloß nicht

SEITE 7

Leave me alone!	Lass mich in Ruhe!
So what?	Na und?
lie	Lüge
wherever	wo immer
expect	erwarten

believe	glauben
as well as I do	genauso gut wie ich
correspond	Briefe schreiben
crash course	Schnellkursus
since	seit, seitdem
certainly	mit Sicherheit
clue, not have a clue	Anhaltspunkt, keine Ahnung haben
in common with	gemein haben mit
ignorance	Unwissenheit, Unkenntnis
foreign language	Fremdsprache
excuse	sich entschuldigen
rest assured	sei beruhigt
tiny	winzig
to the one and only you	an deine einzigartige Person
official	offiziell
composed by whomsoever	verfasst von irgendwem
astonished	erstaunt
fall for	hereinfallen auf
the same way	auf die gleiche Weise
guy	Typ
even	auch nur
deign	sich herablassen
moan	stöhnen
toss and turn	sich wälzen
mention	erwähnen
pester	belästigen
stupid	dumm

SEITE 8

prefer	vorziehen
expression	Ausdruck
perhaps	vielleicht
cling	klammern
engulf	umschlingen

devour	auffressen
vocabulary	Wortschatz
be up to	nicht ausreichen für
behaviour	Benehmen

SEITE 9

Grow up!	Werd erwachsen!
can’t bear	nicht ertragen können
go to any lengths	alle Mühen auf sich nehmen
communicate	sich verständigen
one another	einander
may not be	mag nicht sein
oh-so-brilliant	ach so genial
I-Love-Myself-To-Pieces	Ich-find-mich-so-wahnsin nig-toll
there are such things as	es gibt so was wie

SEITE 10

considering	wenn man bedenkt, dass
no one	niemand
probably	wahrscheinlich
whisper	flüstern
mildly	eben
seductive	verführerisch
as for …	was … betrifft
accuse	beschuldigen
that’s rich!	das ist ein Ding!
big deal!	was ist das schon!
high-flyer	Überflieger
mega clever	megaschlau
yawn!	gähn!
notice	bemerken
take time out	sich die Zeit nehmen

though	jedoch
unless	es sei denn, dass
count	zählen
scrawl	kritzeln

SEITE 11

gran	Oma
had fallen	wäre gestürzt
narrowly missed being hit by a car	beinahe von einem Auto angefahren worden wäre
might	könnte(st) vielleicht
get upset	sich aufregen
although	jedoch
come to think of it	wenn man darüber nach denkt
wrapped up in yourself	mit dir selbst beschäftigt
care about	sich kümmern um
Let's face it, you did everything you could	Seien wir doch mal ehrlich, du tatest alles, was du konntest
to get out of	sich drücken vor
chores	Arbeiten (im Haushalt)
one single time	ein einziges Mal
refuse	sich weigern
backstage	hinter der Bühne
and talking of	und wenn wir schon reden von
at least	zumindest
grow out of	herauswachsen aus
soft toy	Kuscheltier
never mind	ganz zu schweigen von
stroke	streicheln
suck my thumb	meinen Daumen lutschen
hardly	kaum
alluring	verführerisch

that	der, die, das usw.
suggest	schließen lassen auf
anywhere near	auch nur annähernd
mature	reif
adult	erwachsene, -r, -s

SEITE 12

if you don't mind	wenn's dir nichts ausmacht
I have a life to get on with	ich habe ein Leben, mit dem ich weitermachen muss

SEITE 13

Off you go!	Hau ab!

SEITE 14

kind	nett
erase	löschen
remind	erinnern
throw	werfen
garbage	Unflat
receive	erhalten
spiteful	boshaft
dirt	Schmutz
politely	höflich
whoever	wer auch immer
wants to be written to by you	möchte von dir angeschrieben werden
as to	was… betrifft
belong	gehören
whom	wem
certainly	sicherlich
decide	entscheiden

therefore	deshalb
concerned	die es angeht
thankful	dankbar
direct	richten an
writing attentions	schriftliche Aufmerksamkeiten
someone else	jemand anderes
awfully	zutiefst
obliged	verpflichtet

SEITE 18

since	da, weil
insist	bestehen auf
formality	Förmlichkeit
parcel	Päckchen
bless	segnen
shouldn't have	hätte nicht gemusst

SEITE 19

suggestion	Vorschlag
actually	um genau zu sein
lovely	hübsch

SEITE 20

romantic	romantisch
aren't they?	nicht wahr?
whose	dessen
entire	gesamt
conversation	Unterhaltung
revolve round	sich drehen um
engage in	teilnehmen an
anything other than	irgendetwas anderes als
superficial	oberflächlich

SEITE 22

put you in the picture	dich ins Bild setzen
chose	wählte
suspect about	Verdacht haben über
in charge of	zuständig für
props	Requisiten

SEITE 23

meant	bedeutete
script	Drehbuch
go on	vor sich gehen
got it?	kapiert?
obliterate	löschen
for ever	für immer
good riddance	Auf Nimmerwiedersehen!
sympathy	Mitgefühl

SEITE 27

you are a laugh	du machst dich lächerlich
resist	widerstehen

SEITE 28

jealous	eifersüchtig
mean	gemein
destroy	zerstören
slightest	geringste
evil	bösartig
go ahead	dann los
farce	»Theater«
enemy	Feind
sick	krank

worried	besorgt
rejoice	frohlocken
vet	Tierarzt, -ärztin
suit	passen
doesn't it?	nicht wahr?

SEITE 33

cabbage	Kohl
disappointed	enttäuscht

SEITE 34

unspoken	unausgesprochen
yearn	sich sehnen
memory	Erinnerung
hold one another close	einander eng umschlungen halten
share	teilen
innermost	innerst, tiefst

SEITE 37

worst	schlechteste
aside from	abgesehen von
back	Rücken
surely	bestimmt
bill	Rechnung
kept telling	andauernd erzähltest
adored	anbeten
sad	traurig
service	Dienst
People's Dispensary for Sick Animals	Volksklinik für kranke Tiere
do	behandeln
gerbil	Wüstenspringmaus

swallow	verschlucken
button	Knopf

SEITE 38

dreadfully	schrecklich
devote	widmen
attentions	Zuwendungen
accept	akzeptieren
fact	Tatsache
save yourself	dir ersparen

SEITE 50

more or less	mehr oder weniger
private	privat
insurance	Versicherung
terribly	schrecklich
expensive	teuer
so-rich	gar so reich
eager	begierig
instalment	Beitrag
billionaire	Milliardär
relative	Verwandte, -r
whatever you were told	was auch immer dir erzählt wurde
cure	Behandlung
somehow	irgendwie
get nervous	nervös werden
is mentioned	wird erwähnt
I'm supposed to	ich soll
take care of	sich kümmern um
without	ohne
gibber	labern

SEITE 51

plain	einfach
full-blown	voll entwickelt
secret	geheim
meeting	Treffen
lakeside	Seeufer
sailing trip	Segeltörn
rehearse	proben
lines	Text
shed	Schuppen
is hardly ever used	wird kaum benutzt
sweating	schwitzend
mumbling	murmelnd
rarely	selten
awfully	wahnsinnig
right then	damals
could you?	nicht wahr?
happen	passieren
hate	hassen
lying	Lügen
exist	existieren
absolutely	absolut
tempt	verleiten
carry on	weitermachen
fib	Schwindelei
truth	Wahrheit
treasured memories	wertvollste Erinnerungen
I will not have them smeared	Ich werde es nicht zulassen, dass sie beschmutzt werden
claim	Behauptung
half-truth	Halbwahrheit
it is me he loves	lieben tut er nur mich

SEITE 52

even if	auch wenn
let it be	lass es gut sein
especially	insbesondere
formerly known as	früher bekannt als

SEITE 61

did you?	nicht wahr?
broken	kaputt
peeling	abblätternd
paint	Farbe
battered	ramponiert
inside	drinnen
promise	versprechen
just	nur
not… either	auch nicht
kind	freundlich, nett

SEITE 62

two-time	betrügen
considering	in Anbetracht
overcome with	überwältigt von
passion	Leidenschaft
pretty	ziemlich
committed to me	gebunden an mich
like me to (= would you like me to)	möchtest du, dass ich
quote	zitieren
in case	falls
term of endearment	Kosewort
so there	da hast du's
witter on	zetern
recently	in letzter Zeit

SEITE 63

fall back on	zurückgreifen auf
dumb animal	armes Vieh
let… suffer	leiden lassen
for material gain	für materiellen Gewinn
guilty	schuldig
work	funktionieren
picture	Foto
dash	flitzen

SEITE 78

confused	durcheinander, verwirrt
disastrous	katastrophal
accident	Unfall
actually	wirklich

SEITE 79

clam up	dicht machen
seem	scheinen
tragic	tragisch
hero	Held
if	ob
hint	Anspielung
sentence	Satz
cabbage	Kohl
blonde	blond
witch	Hexe
ramble on	abschweifen
having had	gehabt zu haben
best wishes	die besten Wünsche
concern	betreffen

SEITE 87

be put down	eingeschläfert werden
medical treatment	ärztliche Behandlung
real	richtig
marry	heiraten
have	bekommen
face the fact	sich der Tatsache stellen
see	gehen mit
loving	liebevoll
being called	genannt werden
mind you	allerdings
not exactly	nicht gerade
hot stuff	das Allertollste
isn't up to much	taugt nicht viel

SEITE 88

add to	vermehren
slip … into	hineinschmuggeln
clue	Anhaltspunkt
keen on	scharf auf
subconscious mind	Unterbewusstsein
pretend	vorgeben
fight	ankämpfen gegen
complicated	kompliziert
like that	solche
talking of …	was … angeht
favour	Gefallen
each	jede, -r, -s
translation	Übersetzung
awful at	ganz schlecht in
get better	sich verbessern
reason	Grund
translate	übersetzen
cheek	Frechheit

in the meantime	in der Zwischenzeit
mail	schicken
text	Text
cheer up	Kopf hoch
for what it's worth	wozu das auch immer gut sein soll

SEITE 95

recover	sich erholen
nicely	prächtig
the thing is	die Sache ist die …
gamble	(um Geld) spielen
there you are	jetzt ist es raus
has changed	hat sich verändert
imagine	sich vorstellen
try	versuchen
borrow	borgen
terrific	prima
favour	bevorzugen

SEITE 96

computer wizard	Computerfreak
perfect	perfekt
goes to their heads	steigt ihnen zu Kopf
make someone believe something	jemanden etwas glauben lassen
weird	merkwürdig
dare	wagen
like	wie
alien	Außerirdischer
laughter	Gelächter
silly	albern
joke	Witz, witzeln
naked	nackt

plain	schlicht
fright	Angst
at least	wenigstens
so it seems to me	so kommt es mir vor
humiliate	demütigen
I don't care	es macht mir nichts aus
be afraid	Angst haben
pregnant	schwanger
junkie	Süchtige, -r
afford	sich leisten
world	Welt
be upside-down	auf dem Kopf stehen
doubt	(be)zweifeln
put it right	es wieder richtig machen
stuff	Zeug
hurt	wehtun
I could do with	ich könnte … gut gebrauchen
as	weil
thought	Gedanke
wander	abschweifen
concentrate	sich konzentrieren
figure	Zahl
attachment	Anhang

SEITE 102

unbelievable	unglaublich
get … clear	klären
tease	hänseln
the pits	das Letzte
sink that low	so tief sinken
drag … into	hineinzerren
mess	Durcheinander
bale out	heraushelfen

refer to	bezeichnen als
stepdad	Stiefvater

SEITE 103

Gamblers Anonymous	Anonyme Spieler
Alcoholics Anonymous	Anonyme Alkoholiker
for a while	eine Zeit lang
he's meant to	er sollte
still	immer noch
skive off	sich drücken
move house	umziehen
start over	neu anfangen
might be	könnte vielleicht sein
get it together	»es« tun
daft	doof
surely?	oder?
be sick	sich übergeben
as sick as anything	so was von übel
all she has been through	alles, was sie durchgemacht hat
make a fuss of	einen Aufstand machen um
play up to	mitspielen bei
feel like a spare part	sich überflüssig fühlen
whizz off	abzischen
loads of	eine Menge
divorced	geschieden
be stuck with	am Hals haben
who hates my guts	der mich nicht ausstehen kann

SEITE 104

get past	hinter sich lassen
hold back secrets	Geheimnisse für sich behalten

stage	Stadium
matter	ausmachen
cause	Ursache
partly	teilweise
rest	der Rest
awful	furchtbar
move to	umziehen nach
go out with	gehen mit
nightmare	Albtraum
escape	Entkommen
be bound to (do something)	zwangsläufig (etwas tun) müssen
crazy about	verrückt nach
show … off to …	angeben mit … gegenüber …
recognise	erkennen
be scared	Angst haben
get my hair cut off	mir die Haare abschneiden lassen
assuming	vorausgesetzt
cough up	ausspucken
cropped	geschoren
skip	seilspringen
skipping rope	Springseil
be supposed to	soll angeblich
overdue	überfällig
period	Menstruation
have a go at	sich versuchen an

SEITE 110

hairy	haarig
sympathy	Mitgefühl
jeer	spotten
obviously	offensichtlich

as for …	was … angeht
one and only	einzig
fear	Angst
cursed	verdammt

SEITE 111

once	einmal
reject	zurückweisen
penetratingly	durchdringend
tinnily	blechern
oh-so-sweet	ach so liebenswert
personality	Persönlichkeit
threaten	bedrohen
look	Aussehen
I'd suggest	ich würde vorschlagen
not only … but … as well	nicht nur … sondern auch
haircut	Haarschnitt
experiment	experimentieren
dyeing	Färben
during	während
choose	wählen
case	Fall
except	außer
disguising effect	Tarneffekt
use	benutzen
food dye	Lebensmittelfarbe
tube	Röhrchen
baker	Bäcker
bleach	bleichen
noticeable	wahrnehmbar
inform	informieren
lead to	führen zu
heart attack	Herzinfarkt
enter	betreten

glorying in	triumphierend über
crew cut	Stoppelhaarschnitt
en vogue	»in«
right now	momentan
conspicuous	auffallend
draw attention to yourself	Aufmerksamkeit auf dich ziehen
you'd rather not	du würdest lieber nicht
mega-hip	megatoll
instructions	Gebrauchsanweisungen
by the way	übrigens
bother	belästigen
look up	besuchen
Munich	München
if you don't mind…	wenn dir… nichts ausmachen
gambling-addicted	spielsüchtig
absent-minded	geistesabwesend
preoccupied	gedankenverloren
absent	abwesend
solve	lösen

SEITE 112

strange	merkwürdig
get used to	sich gewöhnen an
made me think of…	brachten mich dazu, an… zu denken
pregnancy	Schwangerschaft
pharmacy	Apotheke
be frightened	Angst haben
equation	Gleichung
Fancy that!	Stell dir vor!

SEITE 115

colour dreams	Farbträume
advice	Rat
go auburn	kastanienbraun werden
chemist	Drogist, -in
dead	total
get expelled	von der Schule fliegen
stuffy	muffig
or what?	oder?
warn	warnen
swoon all over someone	jemanden anhimmeln
storm off	davonstürmen
for days on end	tagelang
as if	als ob
new-found	neu entdeckt
state of bliss	Wonnezustand
hand over	rüberschieben
murmur	Murren
trim	Stutzen
As if!	Von wegen!
go ballistic	ausrasten
won't it?	nicht wahr?
find fault	meckern
I might as well	ich könnte genauso gut
yell	schreien
I'm off to	ich gehe zu
hairdresser's	Frisör

SEITE 116

dye	färben
tint	tönen
eyebrow	Augenbraue
jerk	Blödmann
stand up	sich bewähren

SEITE 123

disaster	Desaster
bright	leuchtend
sophisticated	raffiniert

SEITE 124

pale	blass
totally naff	absolut bescheuert
smug	selbstgefällig
self-satisfied	selbstzufrieden
gloat	sich hämisch freuen
definitely	definitiv
proper	richtig
cuddling	Schmusen
bowling	Kegeln
get beyond	weitergehen als
damp	feucht
slurp	Schmatz
cheek	Wange
immature	unreif
it doesn't matter	es macht nichts
either of us	jedweder von uns
what if	was wäre wenn
outcome	Ergebnis
till	bis
bedtime	Schlafenszeit
major	größer
bust-up	Krach
epic	Saga
persuade	überreden
leave lying around	rumliegen lassen
sadly	traurigerweise

SEITE 125

turn into	verwandeln in
decent	anständig
human being	menschliches Wesen
come clean about something	etwas zugeben
get hurt	verletzt werden
fault	Schuld
in some ways	in mancher Hinsicht
had told me to walk	hatte mich aufgefordert zu gehen
as far as	bis zu
corner shop	Eckladen
was ages coming	brauchte eine Ewigkeit zu kommen
be fed up of	es leid haben
for a laugh	zum Spaß
goody-goody	ein superbraves Mädchen
drip	Feigling
grab	grabschen
made her come with me	zwang sie, mit mir zu kommen

SEITE 126

swing	Schaukel
dead bored	total gelangweilt
wander off	davonziehen
this wooded bit	so 'n Stück Wald
rug	Wolldecke
take off	ausziehen
sort of	und so
must have screamed	muss geschrien haben
shout out	laut rufen
face	Gesicht
turn purple	purpurrot werden

made to come after me	schickte sich an, mir hinterherzukommen
as	als, während
grip	packen
shoulder	Schulter
close to	dicht an
breath	Atem
smell	riechen
I'll have you thrown out	Ich werde dich rauswerfen lassen
keep	aushalten
kid	Kind
gesticulate	herumfuchteln
half turn	sich halb drehen
manage	schaffen
kept running	lief weiter
the bottom of	das untere Ende von
stream	Bach
gang	Bande
just along from	ein Stückchen weiter

SEITE 127

state	Zustand
from nowhere	aus dem Nichts
motorbike	Motorrad
roaring along he was	er brauste entlang
front wheel	Vorderrad
look like	aussehen wie
rag-doll	Flickenpuppe
being thrown into the air	die in die Luft geworfen wird
wheel round	wenden
rev	aufheulen lassen
fucking	*derb!* verflucht
soul	Seele

secondary school	weiterführende Schule
the same site	dasselbe Gelände
primary	Grund-
right	echt
tearaway	Rabauke
have a crush on somebody	verknallt in jemanden sein
idol	Idol, Held
tower over	bedrohlich stehen über
hard	hart
cruel	grausam
breathe	hauchen
dead meat	totes Fleisch
roar off	davonbrausen
disappear	verschwinden
be a blur	verschwommen sein
see Becky lying there	sah wie Becky dort lag
angle	Winkel
bone	Knochen
stick out	herausragen
through	durch
skin	Haut
towards	in Richtung (auf)
coppice	Wäldchen
he'd been	er war gewesen
he'd gone	er war gegangen
faint	in Ohnmacht fallen
afterwards	danach

SEITE 128

a whole lot more	eine ganze Menge mehr
or rather	oder eher
in shock	unter Schock
prove negative	sich als negativ herausstellen

sorry to have gone on	tut mir Leid, so lange gequasselt zu haben
scary	beängstigend
your horse is better	deinem Pferd geht es besser
gallop away	davongaloppieren
troubles	Sorgen
mood	Stimmung, Laune
take	erfassen

SEITE 137

relieved	erleichtert
glad	froh

SEITE 138

the Channel	der Ärmelkanal
get over something	über etwas hinwegkommen
terror	Schrecken
get you away from him	dich von ihm wegzubekommen
stepfather	Stiefvater
waiting for my turn	und wartete, bis ich dran war
suddenly	plötzlich
experience	erleben
cramp	Krampf
felt	fühlte
trickle	Rinnsal
sanitary towel	Binde
mountain	Berg
had been lifted	war gehoben worden
back	Rücken
hysterical	hysterisch
morning sickness	morgendliche Übelkeit

thankfully	Gott sei Dank
all along	die ganze Zeit
abuse	missbrauchen
trust	Vertrauen
without me knowing	ohne dass ich es wusste
in the clear	unschuldig
I don't want letters other girls are getting too	ich will keine Briefe, die andere Mädchen auch bekommen
be through with	fertig sein mit
cheating	betrügerisch
all bundled up	ganz eingewickelt
wrapping paper	Geschenkpapier
solo	allein
pack	packen

SEITE 139

trek	Reise
to clear	klären
enjoy	genießen
nature	Natur
rely on	sich verlassen auf
ability	Fähigkeit
organise	organisieren
living	Leben
dangerous	gefährlich
travel	Reise
area	Gegend
insist on	bestehen auf
cellular phone	Handy
therapeutic	therapeutisch
breathing space	Atempause
Spielcasinos	Spielcasinos
worry about	sich Sorgen machen um
stranger	Fremde, -r

debt	Schuld
furious	wütend
louse	Laus
deal with	fertig werden mit
scarf	Tuch
forbidden	verboten
bow	Schleife
broad band	breites Band
this is the longest e-mail I've ever written	dies ist die längste E-Mail, die ich jemals geschrieben habe
worn out	erschöpft
go on and on	ewig weitermachen
if you where here	wenn du hier wärst
endlessly	endlos
midnight	Mitternacht

SEITE 140

wouldn't that be fun?	würde das keinen Spaß machen?
for ages	seit ewig langer Zeit
stop hiding	hör auf, dich zu verstecken
directly	direkt
couldn't he have changed?	könnte er sich nicht geändert haben?
sign	Zeichen
different	anders
likeable	liebenswürdig
being	Wesen
if they are to be believed	wenn man ihnen glauben kann
kiss	Kuss
heartful	Herz voll
will get solved	werden gelöst werden
nearly	beinahe

SEITE 146

excuse	Ausrede
sort out	in Ordnung bringen
revenge	Rache
until	bis
someone lets something slip	jemandem rutscht etwas heraus
move away	wegziehen
instantly	sofort
see his mind working	sehen, wie er dachte
despite	trotz
threat	Drohung
run down	überfahren
truly	ehrlich
figure	sich zurechtdenken
lie	lügen
so could I	ich auch
walk a dog	einen Hund spazieren führen
ambulance	Krankenwagen
both	beide
office	Büro
frantic	völlig außer sich
worry	Sorge
desperate	verzweifelt
reach	erreichen
God	Gott
loom over	hängen über
trolley	fahrbare Liege
Emergency	Notfall
I could hear him saying	Ich hörte ihn sagen

SEITE 147

wander	umherirren
homeless	obdachlos
take notice	Notiz nehmen
safer	sicherer
grave	Grab
would be able to prove it	würde es beweisen können
feel sorry for someone	jemanden bemitleiden
pat	tätscheln
change the subject	das Thema wechseln
dump	wegwerfen
stolen	gestohlen
carpark	Parkplatz
railway station	Bahnhof
get away with something	ungestraft davonkommen
trace	Spur
wool	Wolle
cardigan	Strickjacke
imbedded	eingedrückt
tyre tread	Reifenprofil
put out	senden
appeal	Appell
local radio	Lokalrundfunksender
pick up	registrieren
criminal	Verbrecher, -in
shortly after that	kurz danach
move up here	hierher ziehen
Jason was sent	Jason wurde geschickt
Young Offenders Institute	Jugendstrafanstalt
chatty	geschwätzig

SEITE 148

tick off	einen Rüffel geben
under age	minderjährig
sham	Trug
underneath	darunter
without having	ohne zu haben
sod	*derb!* Arsch
I would never have a thought	ich hätte nie gedacht
behind Mum's back	hinter Mamas Rücken
have an affair	eine Liebesaffäre haben
cope with	umgehen mit
roof	Dach

SEITE 149

I shall have to stop	ich werde aufhören müssen
mate	Kumpel
hell	Hölle
type	Typ

SEITE 150

make sense	einen Sinn machen

SEITE 157

clueless	ratlos
novel	Roman
ticket	Fahrkarte
acute	akut
shortage	Mangel
survival trip	Überlebensreise
beastly	gehässig
notion	Idee

cheap	billig
pour out	ergießen
rotten	stinkig
charm	Charm
female	weiblich
make a pass at	anmachen
leave out	auslassen
opportunity	Gelegenheit
recall something	sich erinnern an etwas
deep-and-never-ending	tief und nie endend
oh-so-true	ach so wahr
feeling	Gefühl
gag	würgen
this is something I had quite enough of	das war etwas, von dem ich mehr als genug hatte
skip	überspringen
heartfelt	herzlich
welcome	Willkommen
kick myself	mich treten
get rid of	loswerden
only	nur
did it?	nicht wahr?
after all	schließlich
she struck me as…	sie kam mir … vor
sensible	vernünftig
helpless	hilflos

SEITE 158

if only	wenn nur
plane ticket	Flugticket
off and away	auf und davon
move us	uns umziehen
stable	Pferdestall
driving licence	Führerschein
travel	fahren, reisen

ride	reiten
hunk	Prachtexemplar
tall	groß
waver	schwanken
resolve	Entschlossenheit

SEITE 165

slimeball	Widerling
as a way	als ein Mittel
accomodation	Unterkunft
admit	zugeben
together	zusammen
what's more	was noch dazukommt
snog	knutschen
spotty	pickelig

SEITE 166

college	Hochschule
caretaker	Hausmeister, -in
sound off	rumtönen
confront	zur Rede stellen
cheque	Scheck
easy bit	leichter Teil
frankly	ehrlich gesagt

SEITE 170

odd	merkwürdig
at one point	einmal
cry	weinen
foul mood	miese Laune
and yet	und doch
half naked	halb nackt

in the first place	überhaupt
dumb	dumm
realise	erkennen
Mum would never have let him	Mama hätte ihn nie gelassen
clear cut	eindeutig
personally	persönlich
horsy	pferdebesessen
wet	nass
a bit of all right	ziemlich in Ordnung
have a look	sehen

SEITE 176

toughie	schwierige Frage
deserve	verdienen
devastating	vernichtend
declaration of unending contempt	Erklärung unendlicher Verachtung
compared with	verglichen mit
immediate	unmittelbar
shit	Scheißtyp
my distance makes me a bad judge	aus dieser Entfernung kann ich es schlecht beurteilen
necessarily	unbedingt
cast	geeignet
role	Rolle
being cheated	betrogen werden
government agency	Behörde
counsel	beraten

SEITE 177

foster parents	Pflegeeltern
support	unterstützen
financially	finanziell

dreary	langweilig
social worker	Sozialarbeiter, -in
in whom	zu dem
confidence	Vertrauen
rotten	schlecht
agony aunt	Kummerkastentante
dreadful	schrecklich
crisis	Krise
scoundrel	Schuft
bolt	durchgehen
halter	Halfter
got caught	verfing sich
it took us hours	wir brauchten Stunden
knocked out and over	ich bin fix und fertig
I'm dying to know	ich will unbedingt wissen

SEITE 183

mad	verrückt
trauma	seelische Erschütterung
drastic	drastisch
brain cell	Hirnzelle
run over	überfahren
injure	verletzen
wheelchair	Rollstuhl
whenever	wann auch immer
Get real!	Du hast sie wohl nicht alle!
packed	rappelvoll
teatime	Teezeit
toddler	Kleinkind
get nasty	unangenehm werden
public	öffentlich
nosey parker	Neugierige, -r
ferret out	herauskitzeln

SEITE 184

in a huff	beleidigt
wicked	böse
copy	Kopie
sweet	süß
get on with	auskommen mit
add	hinzufügen

SEITE 191

devastated	am Boden zerstört
eat away at	zehren an
carry on	weitergehen
bump into someone	jemandem über den Weg laufen

SEITE 192

sense	Verstand
wound	Wunde
violent	gewalttätig
it could have been me who…	ich hätte diejenige sein können, die…
mega-brave	megatapfer
doesn't it?	nicht wahr?
courage	Mut
go through with	zu Ende führen
turn up	auftauchen
extraordinary	außerordentlich
fate	Schicksal
work out	klappen
encouraging	ermutigend
message	Botschaft
opening paragraph	Anfangsabsatz
oh-so-revengeful	ach so rachsüchtig

scum	Abschaum
toerag	Fußlappen
eager	eifrig
anticipation	Vorfreude

SEITE 198

strength	Kraft
determination	Entschlossenheit
fervent	inbrünstig
wish	Wunsch
of your succeeding in	für deinen Erfolg beim
convincing	Überzeugen
stand up against	sich behaupten gegen
pill	Pille
conviction	Überzeugung
giggle	Kichern
serious	ernsthaft
truckload	Wagenladung
never-flinching	standhaft
impudence	Unverschämtheit

SEITE 199

ardent	feurig
desire	Verlangen
trolley	Einkaufswagen
basketful	Korb voll
never-wavering	unbeirrbar
belief	Glauben
in the open	öffentlich
get a grip	in den Griff bekommen
remain silent	schweigen
snuggle	sich wiegen
shelter	Zuflucht

gift	Geschenk
difference	Unterschied
mean	ernst meinen
offer	anbieten
battle	Schlacht
pot	Topf
turn out	werden
keep my fingers crossed	die Daumen drücken
toe	Zehe
hooves	Hufe
paw	Pfote

SEITE 201

shit hits the fan	*derb!* die Kacke ist am Dampfen

SEITE 202

start	Anfang
conniving	hinterhältig
scheme	Plan
of the first order	ersten Ranges
discover	entdecken
being used	benutzt werden
stick together	zusammenhalten

SEITE 203

hospital	Krankenhaus
lock up	einschließen
celebrate	feiern
trot	traben
in one piece	in einem Stück

SEITE 204

care	sich Sorgen machen
all hell broke loose	die Hölle war los
psyched up	wild entschlossen
as luck would have it	wie das Glück es haben wollte

SEITE 205

agitated	aufgeregt
burst into tears	in Tränen ausbrechen
daydreaming	tagträumen
bloody	verdammt
I might be able to think straight	ich könnte in der Lage sein, klar zu denken
pour out	hinausströmen
sink in	durchdringen
bribe	bestechen
keep quiet	den Mund halten
torrent	Sturzbach
if she had been there, maybe I wouldn't have said so much	wenn sie da gewesen wäre, hätte ich vielleicht nicht so viel gesagt
come over	überkommen
come to terms with	sich abfinden mit
have it away	es treiben
trashy	schlampig
noisy	laut
crying	Weinen
white as a sheet	kalkweiß
shake	zucken
run down	hinunterlaufen
shove away	wegschieben
your blood running cold	dass einem das Blut in den Adern gefriert

it appears	es scheint, dass
turn a blind eye	bewusst übersehen
couldn't have afforded	hätte sich nicht leisten können
bring up	erziehen
on her own	allein
make the best of a bad job	das Beste daraus machen
that cut her up	das haute sie um
supper	Abendessen

SEITE 206

plate	Teller
all jolly	ganz munter
wonder	sich fragen
get to	abbleiben
let someone have it	auf jemanden losgehen
ring	anrufen
police station	Polizeiwache
he had been arrested	er war verhaftet worden
give a sidelong glance	verstohlen von der Seite anschauen
hesitate	zögern
blow	explodieren
brain	Hirn

SEITE 207

to be told the truth	die Wahrheit zu erfahren
gobsmacked	baff
reaction	Reaktion
so was I	ich auch
something of a …	ein(e) ziemliche, -r, -s
fiend	Satan

slam	knallen
fist	Faust
hurtle around	umhersausen
stick	Stock
shout the odds	rumschreien
hesitantly	zögerlich
hit	schlagen
knock out	k. o. schlagen
at once	sofort
bore	langweilen
fractured skull	Schädelbruch
be due to do something	etwas tun sollen
court	Gericht
in custody	in Gewahrsam
freak	ausrasten
best mate	beste(r) Freund, -in
alongside	neben
bully	brutaler Kerl

SEITE 208

quiz	ausfragen
honest	ehrlich
upfront	offen
drop out	schwänzen
something to look forward to	etwas, auf das man sich freuen kann
revision	Wiederholung
divorce	sich scheiden lassen
ace	prima
will have read it	wird es gelesen haben
womaniser	Frauenheld
liar	Lügner, -in
scrounger	Schnorrer, -in

SEITE 209

fancy someone	scharf sein auf jemanden
planet	Planet
dishy	appetitlich

SEITE 210

tough	zäh
open-minded	unvoreingenommen
fashion	Mode
compose	dichten
limerick	Limerickgedicht
dedicated	gewidmet
romance	Romanze
glance	Blick

Alphabetische Wortliste

a bit of all right	ziemlich in Ordnung
a whole lot more	eine ganze Menge mehr
ability	Fähigkeit
absent	abwesend
absent-minded	geistesabwesend
absolutely	absolut
abuse	missbrauchen
accept	akzeptieren
accident	Unfall
accommodation	Unterkunft
accuse	beschuldigen
ace	prima
act as though	so tun, als ob
actually	wirklich, um genau zu sein
acute	akut
add to	vermehren
add	hinzufügen
admit	zugeben
adored	anbeten
adult	erwachsene, -r, -s
advice	Rat
affair, have an affair	eine Liebesaffäre haben
afford	sich leisten
afford, couldn't have afforded	hätte sich nicht leisten können
afraid, be afraid	Angst haben

after all	schließlich
afterwards	danach
against	gegen
agitated	aufgeregt
agony aunt	Kummerkastentante
ahead, go ahead	dann los
Alcoholics Anonymous	Anonyme Alkoholiker
alien	Außerirdischer
all along	die ganze Zeit
all bundled up	ganz eingewickelt
all hell broke loose	die Hölle war los
all jolly	ganz munter
all she has been through	alles, was sie durchgemacht hat
alluring	verführerisch
alongside	neben
although	jedoch
ambulance	Krankenwagen
an item	ein Paar
and talking of	und wenn wir schon reden von
and yet	und doch
angle	Winkel
anticipation	Vorfreude
anything other than	irgendetwas anderes als
anyway	ohnehin, sowieso
anywhere near	auch nur annähernd
appeal	Appell
appear, it appears	es scheint, dass
ardent	feurig
area	Gegend
aren't they?	nicht wahr?
as a way	als ein Mittel
as far as	bis zu
as for…	was… angeht, was… betrifft

as if	als ob
As if!	Von wegen!
as luck would have it	wie das Glück es haben wollte
as sick as anything	so was von übel
as to	was… betrifft
as well as I do	genauso gut wie ich
as	als, während, weil
aside from	abgesehen von
assuming	vorausgesetzt
assured, rest assured	sei beruhigt
astonished	erstaunt
at least	wenigstens, zumindest
at once	sofort
at one point	einmal
attachment	Anhang
attentions	Zuwendungen
auburn, go auburn	kastanienbraun werden
away, get away with something	ungestraft davonkommen, durchkommen mit
away, have it away	es treiben
awful at	ganz schlecht in
awful	furchtbar
awfully	wahnsinnig, zutiefst
back	Rücken
backstage	hinter der Bühne
bag	ergattern
baker	Bäcker
bale out	heraushelfen
ballistic, go ballistic	ausrasten
basketful	Korb voll
battered	ramponiert
battle	Schlacht
bear, can't bear	nicht ertragen können
beastly	gehässig
because of	wegen

bedtime	Schlafenszeit
behaviour	Benehmen
behind Mum's back	hinter Mamas Rücken
being called	genannt werden
being cheated	betrogen werden
being thrown in the air	die in die Luft geworfen wird
being used	benutzt werden
being	Wesen
belief	Glauben
believe	glauben
belong	gehören
better, your horse is better	deinem Pferd geht es besser
besides	außerdem
best mate	beste(r) Freund, -in
best wishes	die besten Wünsche
better, get better	sich verbessern
beyond, get beyond	weitergehen als
big deal!	was ist das schon!
bill	Rechnung
billionaire	Milliardär
bleach	bleichen
bless	segnen
blonde	blond
blood, your blood running cold	dass einem das Blut in den Adern gefriert
bloody	verdammt
blow	explodieren
blur, be a blur	verschwommen sein
bolt	durchgehen
bone	Knochen
bore	langweilen
borrow	borgen
both	beide
bother	belästigen
bottom, the bottom of	das untere Ende von

bound, be bound to (do something)	zwangsläufig (etwas tun) müssen
bow	Schleife
bowling	Kegeln
brain cell	Hirnzelle
brain	Hirn
brainwave	Geistesblitz
breast	Brust
breath	Atem
breathe	hauchen
breathing space	Atempause
bribe	bestechen
bright	leuchtend
bring up	erziehen
broad band	breites Band
broken	kaputt
bully	brutaler Kerl
bump into someone	jemandem über den Weg laufen
burst into tears	in Tränen ausbrechen
bust-up	Krach
button	Knopf
by the way	übrigens
cabbage	Kohl
cardigan	Strickjacke
care about	sich kümmern um
care	sich Sorgen machen
care, take care of	sich kümmern um
caretaker	Hausmeister, -in
carpark	Parkplatz
carry on	weitergehen, weitermachen
case	Fall
case, in case	falls
cast	geeignet
cause	Ursache
celebrate	feiern

cellular phone	Handy
certainly	sicherlich, mit Sicherheit
change the subject	das Thema wechseln
Channel, the Channel	der Ärmelkanal
charge, in charge of	zuständig für
charm	Charme
chatty	geschwätzig
cheap	billig
cheating	betrügerisch
cheek	Wange, Frechheit
cheer up	Kopf hoch
chemist	Drogist, -in
cheque	Scheck
choose	wählen
chores	Arbeiten (im Haushalt)
chose	wählte
claim	Behauptung
clam up	dicht machen
clean, come clean about something	etwas zugeben
clear cut	eindeutig
clear, get… clear	klären
clear, in the clear	unschuldig
clear, to clear	klären
cling	klammern
close to	dicht an
clue	Anhaltspunkt
clue, not have a clue	Anhaltspunkt, keine Ahnung haben
clueless	ratlos
coach	Reisebus
college	Hochschule
come over	überkommen
come to think of it	wenn man darüber nachdenkt
committed to me	gebunden an mich

common, in common with	gemein haben mit
communicate	sich verständigen
compared with	verglichen mit
complicated	kompliziert
compose	dichten
composed by whomsoever	verfasst von irgendwem
computer wizard	Computerfreak
concentrate	sich konzentrieren
concern	betreffen
concerned	die es angeht
confidence	Vertrauen
confront	zur Rede stellen
confused	durcheinander, verwirrt
conniving	hinterhältig
considering	in Anbetracht, wenn man bedenkt, dass
conspicuous	auffallend
conversation	Unterhaltung
conviction	Überzeugung
cope with	umgehen mit
coppice	Wäldchen
copy	Kopie
corner shop	Eckladen
correspond	Briefe schreiben
cough up	ausspucken
could you?	nicht wahr?
could, it could have been me who…	ich hätte diejenige sein können, die…
couldn't have afforded	hätte sich nicht leisten können
couldn't he have changed?	könnte er sich nicht geändert haben?
counsel	beraten
counsellor	Betreuer, -in
count	zählen
courage	Mut

court	Gericht
cramp	Krampf
crash course	Schnellkursus
crazy about	verrückt nach
crew cut	Stoppelhaarschnitt
criminal	Verbrecher, -in
crisis	Krise
cropped	geschoren
cross out	(durch)streichen
cruel	grausam
crush, have a crush on somebody	verknallt in jemanden sein
cry	weinen
crying	Weinen
cuddling	Schmusen
cure	Behandlung
cursed	verdammt
custody, in custody	in Gewahrsam
cut, be a cut above	was Besseres sein
cut, that cut her up	das haute sie um
daft	doof
damp	feucht
dangerous	gefährlich
dare	wagen
dash	flitzen
daydreaming	tagträumen
dead bored	total gelangweilt
dead meat	totes Fleisch
dead	total
deal with	fertig werden mit
debt	Schuld
decent	anständig
decide	entscheiden
declaration of unending contempt	Erklärung unendlicher Verachtung
dedicated	gewidmet

deep-and-never-ending	tief und nie endend
definitely	definitiv
deign	sich herablassen
deserve	verdienen
desire	Verlangen
desperate	verzweifelt
despite	trotz
destroy	zerstören
determination	Entschlossenheit
devastated	am Boden zerstört
devastating	vernichtend
devious	mies
devote	widmen
devour	auffressen
did it?	nicht wahr?
did you?	nicht wahr?
difference	Unterschied
different	anders
direct	richten an
directly	direkt
dirt	Schmutz
disappear	verschwinden
disappointed	enttäuscht
disaster	Desaster
disastrous	katastrophal
discover	entdecken
disguising effect	Tarneffekt
dishy	appetitlich
divorce	sich scheiden lassen
divorced	geschieden
do	behandeln
doesn't it?	nicht wahr?
don't you forget it	vergiss das bloß nicht
doubt	(be)zweifeln
drag … into	hineinzerren
drastic	drastisch

draw attention to yourself	Aufmerksamkeit auf dich ziehen
dreadful	schrecklich
dreadfully	schrecklich
Dream on!	Träum weiter!
dreary	langweilig
drip	Feigling
driving licence	Führerschein
drop out	schwänzen
due, be due to do something	etwas tun sollen
dumb animal	armes Vieh
dumb	dumm
dump	wegwerfen
during	während
dweeb	dumme Pute
dye	färben
dyeing	Färben
each	jede, -r, -s
eager	begierig, eifrig
easy bit	leichter Teil
eat away at	zehren an
either of us	jedweder von uns
emergency	Notfall
en vogue	»in«
encouraging	ermutigend
endlessly	endlos
end-of-camp disco	Campabschlussdisko
enemy	Feind
engage in	teilnehmen an
engulf	umschlingen
enjoy	genießen
enter	betreten
entire	gesamt
epic	Saga
equation	Gleichung
erase	löschen

escape	Entkommen
especially	insbesondere
even if	auch wenn
even	auch nur
evil	bösartig
except	außer
excuse	Ausrede, sich entschuldigen
exist	existieren
expect	erwarten
expelled, get expelled	von der Schule fliegen
expensive	teuer
experience	erleben
experiment	experimentieren
expression	Ausdruck
extraordinary	außerordentlich
eyebrow	Augenbraue
face the fact	sich der Tatsache stellen
face	Gesicht
fact	Tatsache
faint	in Ohnmacht fallen
fall back on	zurückgreifen auf
fall for	hereinfallen auf
fan, this is where the shit hits the fan	jetzt ist der Teufel los
fancy someone	scharf sein auf jemanden
Fancy that!	Stell dir vor!
farce	»Theater«
farewell	Abschied
fashion	Mode
fate	Schicksal
fault	Schuld
favour	bevorzugen, Gefallen
fear	Angst
fed, be fed up of	es Leid haben
feel like a spare part	sich überflüssig fühlen
feel sorry for someone	jemanden bemitleiden

feeling	Gefühl
felt	fühlte
female	weiblich(es) Wesen
ferret out	herauskitzeln
fervent	inbrünstig
fib	Schwindelei
fiend	Satan
fight	ankämpfen gegen
figure	sich zurechtdenken, Zahl
financially	finanziell
find fault	meckern
firm	fest
first, in the first place	überhaupt
fist	Faust
fold	falten
food dye	Lebensmittelfarbe
for a laugh	zum Spaß
for a while	eine Zeit lang
for ages	seit ewig langer Zeit
for days on end	tagelang
for ever	für immer
for material gain	für materiellen Gewinn
for what it's worth	wozu das auch immer gut sein soll
forbidden	verboten
foreign language	Fremdsprache
formality	Förmlichkeit
formerly known as	früher bekannt als
forward	weiterleiten an
foster parents	Pflegeeltern
foul mood	miese Laune
fractured skull	Schädelbruch
frankly	ehrlich gesagt
frantic	völlig außer sich
freak	ausrasten

fright	Angst
frightened, be frightened	Angst haben
from nowhere	aus dem Nichts
front wheel	Vorderrad
fucking	*derb!* verflucht
full-blown	voll entwickelt
furious	wütend
gag	würgen
gallop away	davongaloppieren
gamble	(um Geld) spielen
Gamblers Anonymous	Anonyme Spieler
gambling-addicted	spielsüchtig
gang	Bande
garbage	Unflat
gerbil	Wüstenspringmaus
gesticulate	herumfuchteln
get my hair cut off	mir die Haare abschneiden lassen
get on with	auskommen mit
get over something	über etwas hinwegkommen
get to	abbleiben
get you away from him	dich von ihm wegzubekommen
gibber	labern
gift	Geschenk
giggle	Kichern
give a sidelong glance	verstohlen von der Seite anschauen
glad	froh
glance	Blick
gloat	sich hämisch freuen
glorying in	triumphierend über
go on and on	ewig weitermachen
go on	vor sich gehen
go out with	gehen mit

go ride	geh doch hin und reite
go through with	zu Ende führen
gobsmacked	baff
God	Gott
good riddance	Auf Nimmerwiedersehen!
goody-goody	ein superbraves Mädchen
got caught	verfing sich
got it?	kapiert?
government agency	Behörde
grab	grabschen
gran	Oma
grave	Grab
grip	packen
grip, get a grip	in den Griff bekommen
grow out of	herauswachsen aus
Grow up!	Werd erwachsen!
guess	annehmen
guilty	schuldig
guts, who hates my guts	der mich nicht ausstehen kann
guy	Typ
had been lifted	war gehoben worden
had fallen	wäre gestürzt
had told me to walk	hatte mich aufgefordert zu gehen
haircut	Haarschnitt
hairdresser	Frisör
hairy	haarig
half naked	halb nackt
half turn	sich halb drehen
half-truth	Halbwahrheit
halfway	halb, auf halbem Weg
halter	Halfter
hand over	rüberschieben
happen	passieren
hard	hart

hardly	kaum
hardly, is hardly ever used	wird kaum benutzt
has changed	hat sich verändert
hate	hassen
have a go at	sich versuchen an
have a look	sehen
have	bekommen
having had	gehabt zu haben
he had been arrested	er war verhaftet worden
he'd been	er war gewesen
he'd gone	er war gegangen
he's mine	er gehört mir
head, goes to their heads	steigt ihnen zu Kopf
heart attack	Herzinfarkt
heartfelt	herzlich
heartful	Herz voll
hell	Hölle
helpless	hilflos
hero	Held
hesitantly	zögerlich
hesitate	zögern
high-flyer	Überflieger
hint	Anspielung
hit	schlagen
hold back secrets	Geheimnisse für sich behalten
hold one another close	einander eng umschlungen halten
homeless	obdachlos
honest	ehrlich
hooves	Hufe
horsy	pferdebesessen
hospital	Krankenhaus
hot stuff	das Allertollste
How dare you?	Was fällt dir ein?
huff, in a huff	beleidigt

human being	menschliches Wesen
humiliate	demütigen
hunk	Prachtexemplar
hurt	wehtun
hurt, get hurt	verletzt werden
hurtle around	umhersausen
hysterical	hysterisch
I bet	ich wette
I could do with	ich könnte … gut gebrauchen
I could hear him saying	ich hörte ihn sagen
I don't care	es macht mir nichts aus
I don't want letters other girls are getting too	ich will keine Briefe, die andere Mädchen auch bekommen
I have a life to get on with	ich habe ein Leben, mit dem ich weitermachen muss
I might as well	ich könnte genauso gut
I might be able to think straight	ich könnte in der Lage sein, klar zu denken
I shall have to stop	ich werde aufhören müssen
I will not have them smeared	ich werde es nicht zulassen, dass sie beschmutzt werden
I would never have thought	ich hätte nie gedacht
I'd suggest	ich würde vorschlagen
I'll have you thrown out	ich werde dich rauswerfen lassen
I'm dying to know	ich will unbedingt wissen
I'm off to	ich gehe zu
I'm supposed to	ich soll
idol	Idol, Held
if only	wenn nur
if she had been there, maybe I wouldn't have said so much	wenn sie da gewesen wäre, hätte ich vielleicht nicht so viel gesagt

if they are to be believed	wenn man ihnen glauben kann
if you don't mind	wenn dir … nichts ausmachen
If you don't mind	Wenn's dir nichts ausmacht
if you were here	wenn du hier wärst
if	ob
ignorance	Unwissenheit, Unkenntnis
I-Love-Myself-To-Pieces	ich find mich so wahnsinnig toll
imagine	sich einbilden, sich vorstellen
imbedded	eingedrückt
immature	unreif
immediate	unmittelbar
impudence	Unverschämtheit
inform	informieren
injure	verletzen
innermost	innerst, tiefst
inside	drinnen
insist (on)	bestehen (auf)
instalment	Beitrag
instantly	sofort
instructions	Gebrauchsanweisungen
insurance	Versicherung
it is me he loves	lieben tut er nur mich
it was me he danced with	ich war diejenige, mit der er getanzt hat
jealous	eifersüchtig
jeer	spotten
jerk	Blödmann
joke	Witz, witzeln
junkie	Süchtige, -r
just along from	ein Stückchen weiter
just	nur

keen on	scharf auf
keep my fingers crossed	die Daumen drücken
keep quiet	den Mund halten
keep	aushalten
kept running	lief weiter
kept telling	andauernd erzähltest
kick myself	mich treten
kid	Kind
kind	freundlich, nett
kiss	Kuss
knock out	k. o. schlagen
knocked out and over	ich bin fix und fertig
lakeside	Seeufer
laughter	Gelächter
lead to	führen zu
leave lying around	rumliegen lassen
leave out	auslassen
lengths, go to any lengths	alle Mühen auf sich nehmen
let … suffer	leiden lassen
let it be	lass es gut sein
let someone have it	auf jemanden losgehen
Let's face it	Seien wir doch mal ehrlich
liar	Lügner, -in
lie	Lüge, lügen
like me to (= would you like me to)	möchtest du, dass ich
like that	solche
like	wie
likeable	liebenswürdig
limerick	Limerickgedicht
lines	Text
living	Leben
loads of	eine Menge
local radio	Lokalrundfunksender
lock up	einschließen

longest, this is the longest e-mail I've ever written	dies ist die längste E-Mail, die ich jemals geschrieben habe
look like	aussehen wie
look up	besuchen
look	aussehen, Aussehen
loom over	hängen über
louse	Laus
lovely	hübsch
loving	liebevoll
lying	Lügen
mad	verrückt
made her come with me	zwang sie, mit mir zu kommen
made me think of…	brachten mich dazu, an… zu denken
made to come after me	schickte sich an, mir hinterherzukommen
mail	schicken
major	größer
make a fuss of	einen Aufstand machen um
make a pass at	anmachen
make sense	einen Sinn machen
make someone believe something	jemanden etwas glauben lassen
make the best of a bad job	das Beste daraus machen
manage	schaffen
marry	heiraten
mate	Kumpel
matter	ausmachen
matter, it doesn't matter	es macht nichts
mature	reif
may have stolen	mag(st) gestohlen haben
may not be	mag nicht sein
mean	ernst meinen, gemein
meant	bedeutete

meant, he's meant to	er sollte
meantime, in the meantime	in der Zwischenzeit
medical treatment	ärztliche Behandlung
meeting	Treffen
mega clever	megaschlau
mega-brave	megatapfer
mega-hip	megatoll
mega-long	riesenlang
memory	Gedächtnis
mention	erwähnen
mention, is mentioned	wird erwähnt
mess	Durcheinander
message	Botschaft
midnight	Mitternacht
might be	könnte vielleicht sein
might	könnte(st) vielleicht
mildly	eben
mind you	allerdings
mind	Hirn
moan	stöhnen
mood	Laune, Stimmung
more or less	mehr oder weniger
morning sickness	morgendliche Übelkeit
motorbike	Motorrad
mountain	Berg
move away	wegziehen
move house	umziehen
move to	umziehen nach
move up here	hierher ziehen
move us	uns umziehen
Mum would never have let him	Mama hätte ihn nie gelassen
mumbling	murmelnd
Munich	München
murmur	Murren
must have screamed	muss geschrien haben

my distance makes me a bad judge	aus dieser Entfernung kann ich es schlecht beurteilen
naked	nackt
narrowly missed being hit by a car	beinahe von einem Auto angefahren worden wäre
nasty, get nasty	unangenehm werden
nature	Natur
nearly	beinahe
necessarily	unbedingt
nervous, get nervous	nervös werden
never mind	ganz zu schweigen von
never-flinching	standhaft
never-wavering	unbeirrbar
new-found	neu entdeckt
newsletter	Rundbrief
nicely	prächtig
nightmare	Albtraum
no one	niemand
No way!	Auf keinen Fall!
noisy	laut
nosey parker	Neugierige, -r
not … either	auch nicht
not exactly	nicht gerade
not only … but … as well	nicht nur … sondern auch …
note	Notiz
notice	bemerken
notice, take notice	Notiz nehmen
noticeable	wahrnehmbar
notion	Idee
novel	Roman
obliged	verpflichtet
obliterate	löschen
obviously	offensichtlich
odd	merkwürdig
of the first order	ersten Ranges

of your succeeding in convincing	für deinen Erfolg beim Überzeugen
off and away	auf und davon
offer	anbieten
office	Büro
official	offiziell
oh-so-brilliant	ach so genial
oh-so-loaded	ach so betucht
oh-so-revengeful	ach so rachsüchtig
oh-so-sweet	ach so liebenswert
oh-so-true	ach so wahr
on her own	allein
once	einmal
once again	wieder, noch einmal
one and only	einzig
one another	einander
one single time	ein einziges Mal
only	nur
only, to the one and only you	an deine einzigartige Person
open, in the open	öffentlich
opening paragraph	Anfangsabsatz
open-minded	unvoreingenommen
opportunity	Gelegenheit
or rather	oder eher
or what?	oder?
organise	organisieren
out, to get out of	sich drücken vor
outcome	Ergebnis
overcome with	überwältigt von
overdue	überfällig
pack	packen
packed	rappelvoll
paint	Farbe
pale	blass
parcel	Päckchen
part	Rolle

partly	teilweise
passion	Leidenschaft
past, get past	hinter sich lassen
pat	tätscheln
paw	Pfote
peeling	abblätternd
penetratingly	durchdringend
People's Dispensary for Sick Animals	Volksklinik für kranke Tiere
perfect	perfekt
perhaps	vielleicht
period	Menstruation
personality	Persönlichkeit
personally	persönlich
persuade	überreden
pester	belästigen
pharmacy	Apotheke
pick up	registrieren
picture	Foto
piece, in one piece	in einem Stück
pill	Pille
pits, the pits	das Letzte
plain	einfach, schlicht
plane ticket	Flugticket
planet	Planet
plate	Teller
play up to	mitspielen bei
play	Theaterstück
police station	Polizeiwache
politely	höflich
pollute	zumüllen
pot	Topf
pour out	ergießen, hinausströmen
precious	kostbar
prefer	vorziehen
pregnancy	Schwangerschaft

pregnant	schwanger
preoccupied	gedankenverloren
pressure	Druck
pretend	vorgeben
pretty	ziemlich
primary	Grund-
private	privat
probably	wahrscheinlich
promise	versprechen
proper	richtig
props	Requisiten
prove negative	sich als negativ herausstellen
psyched up	wild entschlossen
public	öffentlich
put it right	es wieder richtig machen
put out	senden
put you in the picture	dich ins Bild setzen
put, be put down	eingeschläfert werden
quite, this is something I had quite enough of	das war etwas, von dem ich mehr als genug hatte
quiz	ausfragen
quote	zitieren
rag-doll	Flickenpuppe
railway station	Bahnhof
ramble on	abschweifen
rarely	selten
rather, you'd rather not	du würdest lieber nicht
reach	erreichen
reaction	Reaktion
real	richtig
real, Get real!	Du hast sie wohl nicht alle!
realise	erkennen
reason	Grund
recall something	sich erinnern an etwas
receive	erhalten

recently	in letzter Zeit
reckon	finden, denken
recognise	erkennen
recover	sich erholen
refer to	bezeichnen als
refuse	sich weigern
rehearse	proben
reject	zurückweisen
rejoice	frohlocken
relationship	Verhältnis, Beziehung
relative	Verwandte, -r
relieved	erleichtert
rely on	sich verlassen auf
remain silent	schweigen
remind	erinnern
resist	widerstehen
resolve	Entschlossenheit
rest assured	sei beruhigt
rest	der Rest
rev	aufheulen lassen
revenge	Rache
revision	Wiederholung
revolve round	sich drehen um
rich, that's rich!	das ist ein Ding!
rid, get rid of	loswerden
ride	reiten
right now	momentan
right then	damals
right	echt
ring	anrufen
roar off	davonbrausen
roaring along he was	er brauste entlang
role	Rolle
romance	Romanze
romantic	romantisch
roof	Dach

rotten	schlecht, stinkig
rug	Wolldecke
run down	überfahren, hinunterlaufen
run over	überfahren
sad	traurig
sadly	traurigerweise
sadness	Traurigkeit
safer	sicherer
sailing trip	Segeltörn
sanitary towel	Binde
save yourself	dir ersparen
scared, be scared	Angst haben
scarf	Tuch
scary	beängstigend
scheme	Plan
scoundrel	Schuft
scrawl	kritzeln
script	Drehbuch
scrounger	Schnorrer, -in
scum	Abschaum
secondary school	weiterführende Schule
secret	geheim, Geheimnis
seductive	verführerisch
see Becky lying there	sah, wie Becky dort lag
see his mind working	sehen, wie er dachte
see	gehen mit
seem	scheinen
self-satisfied	selbstzufrieden
sense	Verstand
sensible	vernünftig
sent, Jason was sent	Jason wurde geschickt
sentence	Satz
separation	Trennung
serious	ernsthaft
service	Dienst
shake	zucken

sham	Trug
share	teilen
shed	Schuppen
shelter	Zuflucht
shit	Scheißtyp
shock, in shock	unter Schock
shortage	Mangel
shortly after that	kurz danach
shoulder	Schulter
shouldn't have	hätte nicht gemusst
shout out	laut rufen
shout the odds	rumschreien
shove away	wegschieben
show … off to …	angeben mit … gegen über …
sick	krank
sick, be sick	sich übergeben
sign	Zeichen
silly	albern
since	da, weil, seit, seitdem
single	einzeln
sink in	durchdringen
sink that low	so tief sinken
site, the same site	dasselbe Gelände
skin	Haut
skip	überspringen, Seil springen
skipping rope	Springseil
skive off	sich drücken
slam	knallen
slightest	geringste
slimeball	Widerling
slip … into	hineinschmuggeln
slurp	Schmatz
smacking	klatschend
smell	riechen
smug	selbstgefällig

snog	knutschen
snuggle	sich wiegen
so could I	ich auch
so it seems to me	so kommt es mir vor
so there	da hast du's
so was I	ich auch
So what?	Na und?
social worker	Sozialarbeiter, -in
sod	*derb!* Arsch
soft toy	Kuscheltier
solo	allein
solve	lösen
solved, will get solved	werden gelöst werden
somehow	irgendwie
someone else	jemand anderes
someone lets something slip	jemandem rutscht etwas heraus
something of a …	ein(e) ziemliche, -r, -s
something to look forward to	etwas, auf das man sich freuen kann
sophisticated	raffiniert
so-rich	gar so reich
sorry to have gone on	tut mir Leid, so lange gequasselt zu haben
sort of	und so
sort out	in Ordnung bringen
soul	Seele
sound off	rumtönen
Spielcasinos	Spielcasinos
spiteful	boshaft
spotty	pickelig
stable	Pferdestall
stage	Stadium
stand up against	sich behaupten gegen
stand up	sich bewähren
start	Anfang

start over	neu anfangen
state of bliss	Wonnezustand
state	Zustand
stepdad	Stiefvater
stepfather	Stiefvater
stick out	herausragen
stick together	zusammenhalten
stick	Stock
still	immer noch
stolen	gestohlen
stop hiding	hör auf, dich zu verstecken
storm off	davonstürmen
strange	merkwürdig
stranger	Fremde, -r
stream	Bach
strength	Kraft
stroke	streicheln
struck, she struck me as	sie kam mir … vor
stuck, be stuck with	am Hals haben
stuff	Zeug
stuffy	muffig
stupid	dumm
subconscious mind	Unterbewusstsein
subject	Fach
such, there are such things as	es gibt so was wie
suck my thumb	meinen Daumen lutschen
suddenly	plötzlich
suggest	schließen lassen auf
suggestion	Vorschlag
suit	passen
superficial	oberflächlich
supper	Abendessen
support	unterstützen
suppose	annehmen
supposed, be supposed to	soll angeblich
surely	bestimmt

surely?	oder?
surprised	überrascht
survival trip	Überlebensreise
suspect about	Verdacht haben über
swallow	verschlucken
swan in	hineinstolzieren
sweating	schwitzend
sweet	süß
swing	Schaukel
swoon all over someone	jemanden anhimmeln
sympathy	Mitgefühl
take (someone) off (someone)	(jemanden)(jemandem) wegnehmen
take off	ausziehen
take time out	sich die Zeit nehmen
take	erfassen
talking of…	was… angeht
tall	groß
tearaway	Rabauke
tease	hänseln
teatime	Teezeit
tempt	verleiten
tender	zart
term of endearment	Kosewort
terms, come to terms with	sich abfinden mit
terribly	schrecklich
terrific	prima
terror	Schrecken
text	Text
thankful	dankbar
thankfully	Gott sei Dank
that	der, die, das usw.
therapeutic	therapeutisch
there you are	jetzt ist es raus
therefore	deshalb
thing, the thing is…	die Sache ist die…

though	jedoch
thought	Gedanke
threat	Drohung
threaten	bedrohen
thrill	(er)beben
through	durch
through, be through with	fertig sein mit
throw	werfen
tick off	einen Rüffel geben
ticket	Fahrkarte
till	bis
tinnily	blechern
tint	tönen
tiny	winzig
toddler	Kleinkind
toe	Zehe
toerag	Fußlappen
together	zusammen
together, get it together	»es« tun
took, it took us hours	wir brauchten Stunden
torrent	Sturzbach
toss and turn	sich wälzen
totally naff	absolut bescheuert
touch	Berührung
tough	zäh
toughie	schwierige Frage
towards	in Richtung (auf)
tower over	bedrohlich stehen über
trace	Spur
tragic	tragisch
translate	übersetzen
translation	Übersetzung
trashy	schlampig
trauma	seelische Erschütterung
travel	Reise, fahren, reisen
treasured memories	wertvollste Erinnerungen

trek	Reise
trickle	Rinnsal
trim	Stutzen
trolley	Einkaufswagen, fahrbare Liege
trot	traben
troubles	Sorgen
truckload	Wagenladung
truly	ehrlich
trust	Vertrauen
truth	Wahrheit
truth, to be told the truth	die Wahrheit zu erfahren
try	versuchen
tube	Röhrchen
turn a blind eye	bewusst übersehen
turn into	verwandeln in
turn out	werden
turn purple	purpurrot werden
turn up	auftauchen
twee	niedlich
two-time	betrügen
type	Typ
tyre tread	Reifenprofil
unbelievable	unglaublich
under age	minderjährig
underneath	darunter
undetected	unentdeckt
unless	es sei denn, dass
unspoken	unausgesprochen
until	bis
up, be up to	nicht ausreichen für
up, isn't up to much	taugt nicht viel
upfront	offen
upset, get upset	sich aufregen
upside-down, be upside-down	auf dem Kopf stehen

use	benutzen
used, get used to	sich gewöhnen an
very	genau, just
vet	Tierarzt, -ärztin
violent	gewalttätig
vocabulary	Wortschatz
waiting for my turn	und wartete, bis ich dran war
walk a dog	einen Hund spazieren führen
wander off	davonziehen
wander	abschweifen, umherirren
wants to be written to by you	möchte von dir angeschrieben werden
warn	warnen
was ages coming	brauchte eine Ewigkeit zu kommen
waver	schwanken
way, in some ways	in mancher Hinsicht
way, the same way	auf die gleiche Weise
weird	merkwürdig
welcome	willkommen
wet	nass
what if	was wäre wenn
what's more	was noch dazu kommt
whatever you were told	was auch immer dir erzählt wurde
wheel round	wenden
wheelchair	Rollstuhl
whenever	wann auch immer
wherever	wo immer
which	welche, -r, -s, der, die, das
whisper	flüstern
white as a sheet	kalkweiß
whizz off	abzischen
whoever	wer auch immer

whole	ganz
whom	wem
whom, in whom	zu dem
whose	dessen
wicked	böse
will have read it	wird es gelesen haben
wish	Wunsch
witch	Hexe
without having	ohne zu haben
without me knowing	ohne dass ich es wusste
without	ohne
witter on	zetern
womaniser	Frauenheld
won't it	nicht wahr?
wonder	sich fragen
wooded, this wooded bit	so 'n Stück Wald
wool	Wolle
work out	klappen
work	funktionieren
world	Welt
worn out	erschöpft
worried	besorgt
worry about	sich Sorgen machen um
worry	Sorge
worst	schlechteste
would be able to prove it	würde es beweisen können
would	würde, -st, -n
wouldn't that be fun?	würde das keinen Spaß machen?
wound	Wunde
wrapped up in yourself	mit dir selbst beschäftigt
wrapping paper	Geschenkpapier
writing attentions	schriftliche Aufmerksamkeiten
yawn!	gähn!
yearn	sich sehnen

yell	schreien
you are a laugh	du machst dich lächerlich
you did everything you could	du tatest alles, was du konntest
Young Offenders Institute	Jugendstrafanstalt
zap	blitzschnell verschicken